中国年度优秀散文诗 2021卷

杨志学　干海兵　郝子奇　主编

新华出版社

图书在版编目（CIP）数据

中国年度优秀散文诗 . 2021 卷 / 杨志学，干海兵，
郝子奇主编 . -- 北京：新华出版社，2022.3
ISBN 978-7-5166-6231-1

Ⅰ. ①中… Ⅱ. ①杨…②干…③郝… Ⅲ. ①散文诗—
诗集—中国—当代 Ⅳ. ① I227.6

中国版本图书馆 CIP 数据核字（2022）第 049078 号

中国年度优秀散文诗 . 2021 卷
主　　编：杨志学　干海兵　郝子奇

责任编辑：李　成　　**封面设计：**李尘工作室

出版发行：新华出版社
地　　址：北京石景山区京原路 8 号　　**邮　　编：**100040
网　　址：http://www.xinhuapub.com
经　　销：新华书店、新华出版社天猫旗舰店、京东旗舰店及各大网店
购书热线：010-63077122　　**中国新闻书店购书热线：**010-63072012

照　　排：华兴嘉誉
印　　刷：天津文林印务有限公司

成品尺寸：150mm × 230mm
印　　张：21.75　　**字　　数：**278 千字
版　　次：2022 年 4 月第一版　　**印　　次：**2022 年 4 月第一次印刷

书　　号：ISBN978-7-5166-6231-1
定　　价：50.00 元

目录 | CONTENTS

一辑　大江东去

二辑　登山观海

三辑　城市之光

四辑　乡村守望

五辑　仰望星空

六辑　走向未来

一辑 大江东去

野草不野（外二章）

耿林莽

野草的生命力，源自于她的野；野草的美，也源自于她的野。

野即随意，野即自由。山谷，河畔，田间，地头，小巷一角，井栏的边沿，都可以恣意生长，坦然地枯朽。

鲁迅将他的散文诗集命名为《野草》。他说：“我自爱我的野草，但我嫌恶以野草作装饰的地面。”

而现在，野草正在装饰着城市的地面，欣然生长于街心公园狭窄的脊背。

野草不野，她的头发蓬蓬松松长高了的时候，割草机就开过来了。

嗡嗡然隆隆然，一遍遍从她们身上碾过，是为她们剪平修长的发，还是割掉那柔软的头？

疼么？

从不曾听见过一声嘤嘤的啼哭。

野草不野，早被驯服为规规矩矩服服帖帖的一族。

姿态，表情，身段，列队的士兵般整齐严肃，高度统一。

一切都为了高贵人类的文明体面，赏心悦目。

当贵夫人的高跟鞋从她们身上踩过，不野的野草感到非常欢喜，无比荣幸。

琴　岛

海之波是燕的羽吗？飞腾着的阔翅膀，剪碎了的白的帆。

总有一双手在弹拨着，青色的键，白色的键。

红色崖坡，柔软的滩。仙女在哪里？怎看不见她手指的按动，只听见

琴声在委婉地回旋。

青色键，白色键，

亮的闪，暗的闪。

蛇一样的珠串月光下跳跳荡荡，一曲终了，琴声幽咽。

太平角，燕儿岛，浮山湾，曲曲弯弯的海岸线，全听成了默不一语的硬石片。

海睡去，万籁俱寂。

夜很暗。

苦雨无边

这雨下得久了，现在仍在下着，

无涯无岸，无边无际。

一串串滚滚而下的珠子，一条条打不散拆不断的锁链，在你敞开的窗子前面挂着，在你居住的城市上空高悬。

这雨下得久了，至今还没有下完，

像个爱说废话的老妇，唠唠叨叨，噜噜苏苏，重复千遍万遍，自从盘古开天地，一直说到如今，还没有说完。

听雨人撑一把伞在院子里站着，雨水沾湿了他的头发、背脊，他依然站在那里，不走。

这雨下得久了，至今还没有下完，
梅子烂在树上，水珠烂在水里。
人呢？
人还站在那里，撑一把伞，听雨。
（这雨真的有那么好听吗？）
听雨人说：“雨打伞棚，叮叮咚咚，好听，好听。”
他听得津津有味，一丝不苟。

（选自《星星》下旬刊2021年第3期）

人海之间（二章）

刘　虔

在人间。收紧行囊……

在人间，人是唯一寂寞的旅者。醉里醒着的旅者。命运收紧行囊，敞开着胸襟，只进入自己的世界。而路总在脚下。停不下的光阴，停不了的故事，停不住的念想。停不住。只有来时。消失了以往。在人间。风不留声，却能去无穷的远方。雨不留痕，只有河流能读懂雨的彷徨。让所有的花朵放出芬芳的，是五月的流浪。石头里说爱。峰巅上挽月。把树根植入泥土，浓荫蔽空迎迓雀鸟鸣欢的日子，便有更深更切的温暖。在人间。人是寂寞长路上唯一的旅者。寂寞里收紧了行囊。收紧心上的所有。而路在脚下。直达远方。远方，那月白色的云雾轻笼火焰生香的好所在……

流浪。但风不去天堂……

是呀，风要流浪，流浪，流浪……但风蝉褪了虚幻，不去天堂。去到大地最高的峰岭。去到最高峰岭的梦乡。每一次燃烧，都在水里。每一片眸光，总被电火洗亮。雾，飘荡在林间喊疼。路，缠住脚踝日夜奔忙。披上蓑衣，也佩上宝剑，在夜雨泥泞中前行。风起云动。风，掠走秋日的漂泊，把无底的深渊带入干渴的心灵。所有。所在。所思。所爱。都在时光的浩劫中，一展自己的光焰，还有光焰里撒泼到四方以远销魂摇曳的落寞。从窄门到窄门。从灰烬到灰烬。命运，要在词语的长河里跌宕，且歌唱着那不可泯灭的祈愿，那长存于心的希望。太阳失落后的决斗，正是风和我们毕生拥有的全部理由与宝藏。

（选自《青岛文学》2021 年第 6 期）

渐趋高龄（四章）

章德益

一面跌落的镜子碎成两半

一面跌落的镜子碎裂成两半。

左一半的镜子里，我的黑发还在继续生长。右一半的镜子里，我的白发已大雪纷飞。

左一半镜子里，阳光穿透带伤的面孔照亮幽暗的裂缝。右一半镜子里，肩膀滑落如山崩，崩石底下压着一张破碎的面具。

左一半，右一半。一面镜子碎裂成两半：童年与晚年。此在与彼在。真实与虚幻。一张脸的阴阳两隔。一张面具的生死两绝。一种表情的瞬间定格与分崩离析。

跌落的镜子还在尘土里繁殖无穷无尽的玻璃碎片。每一粒玻璃碎片里都葬着一个一瞬的我与永在的我。

渐趋高龄的日子

渐趋高龄的日子，年龄已是一种摆设，一种慰藉，一种自我安慰的数字游戏。

寿限年数原是一种由基因设定的生死密码，用不着你我操心。一种鬼使神差的必然定数。

病是生与死之间的一次次交火，或者说试探火力。我常常在疾病偷袭时溃不成军。一声咳嗽，就听见胸腔里兵败如山倒的气管与肺。药罐是我唯一的钢盔，武装着自己摇摇欲坠的年龄。

灵魂也病了，老是挤进我梦中到处寻找医院。但梦中只有兽医站，兽医所，或者宠物医院……

有人在下水道里种植人参，有人在燕窝里提炼太上老君长生不老丹，啊，种种骗人的巫术要绑架我的年龄作人质。

但我的寿限只是流水，只是过程，只是上游、中游与下游间的商榷，只是时间在黑暗中的水到渠成。

（以上二章选自《绿风》2021 年第 1 期）

小旅馆

时间路过我，但不定居。我是时间的小旅馆。

旅馆门开着，只为了迎来送往庸常的日子。

生活是每天的常客。灵感是偶然的过客。世界是素昧平生的左邻右舍。宁静是灵魂的贵客。人间是每天擅自闯入的迷路者。

我经营我自己。每天用语言把日子装潢一新。书本是食物。头脑是卧室。躯壳是阁楼。内心是地下室。思想是炉灶。回忆是厨房。灵魂是餐厅。旧梦是下水道！

永远有一座梦中的花园环绕这家旅馆展开。花园不大。却有四季的花朵同时盛开。

多少年，生活只是路过，而非定居。生命只是路过，而非定居。灵魂只是路过，而非定居。语言只是路过，而非定居。

我是我自己的过客。生是前门。死是后门。

雕刻一颗泪

雕刻一颗泪，或者说，雕刻一滴苦咸的水。

柔弱的泪却有着最坚硬的核：痛苦。

宁静的泪却有着最恣意的澎湃：情感。

纤弱的泪却有着最动荡的激情：沧海。

瞬间的泪却有着最恒久的光明：日月。

把它雕刻成一只鸟吧，让它穿越生命的小巢，飞翔在火山之上。把它雕刻成一颗树种吧，让它植根于大地，完成春夏秋冬的梦的循环。把它雕刻成一枚熟透的果子吧，从它内部取出生命的核：心。把它雕刻成一枚砝码吧，用沉重的泪血称量出世界的恶与善。

而我更想把它雕刻成一颗地球仪。一颗泪滴形状的地球仪。脉络细微，却广覆宇宙。地球仪虽小，却在人类的掌心里珍重地旋转。旋转。这颗泪滴本质的地球仪。这颗易碎而无常的地球仪。又苦又咸。八十亿人类就是这颗泪滴里的八十亿粒盐。

（以上二章选自《散文诗》上半月刊 2021 年第 1 期）

金顶在望（外一章）

邹岳汉

一程，接送一程。

一峰，高过一峰。

爬陡坡。过深涧。穿丛林。越绝岭。

挥热汗。忍饥渴。历尽人世间所能想象到的一切艰辛，终于，登上了眼下最后的一座高峰——那在山脚下，曾经让人们遥遥景仰、一心向往着的辉煌金顶，现在已被我真真切切地踩踏在脚下了吧。

移步。抬头一望：

那光芒四射的金顶，却依然是遥遥在望——

还隔着好几条云绕雾衍，飞瀑直下的深谷；还隔着一峰险似一峰的好几座雄伟峭拔的山梁哩！

而我，只是站在了这千丘万壑之中，一个小小的山包上。

展望——

苍翠迷蒙的烟岚雾海里，依稀浮现：伫立山头，似在辨识着方向的岩羊；林中落单，寻觅着伴侣的麋鹿；半空中缓缓扇翅盘飞，找寻着捕猎目标的山鹰——还有在崎岖险道上，不息登攀的前行者，那些浅淡而跃然在目的背影……

入夜。还将要闪现：一边英勇无畏、自由自在地坠落，一边默默地尽情地释放、绚丽地燃烧，从高天峡谷间一划而过的点点流星。

走在铁轨上的女人

遭遗弃的汽笛声被流放到了莫名的远天边，即刻长成一小朵与火车时刻表毫不相干的紫云；而荒寂已久的远山，却将那一声悠长、决绝的回响，想象为头顶一棵孤零零的老枫树，点燃了一蓬火似的晚霞。

剩下那条从来不肯服输的道路，一个劲地朝向仿佛是没有尽头的远方伸展；沿着那道据说是可以穿越时空隧道的长轨，就能够寻找到你回家的方向吗？

上了路，莫要回头。

既然错过了今天最末一班列车，你，就凭着一双古铜色的光脚板，踏着田园诗般明快抒情的节拍，去应和铁轨枕条铿锵锵的现代韵律。

红衣的帆，漂浮暮色苍茫的波涛之上。

一盏闪烁烁的灯。渐远。愈亮。

是现代女娲背负远古夸父的理念，一级级地，信心满满地攀爬着竖立大地之上的一架天梯？抑或是，执拗地要去找回，在候鸟般往返于城乡之间的旅途上遗落的那枚乡思？

不曾料想：你再也下不来了，成为无云也无月的今夜，一颗最明亮的新星。

（以上二章选自《星星》下旬刊 2021 年第 12 期）

西顶戏台

王幅明

一

西顶村位于凤凰岭的顶端，因为靠西，故名西顶。

曾几何时，一个小小的山村有了戏台。

戏台位于西顶村最大的四合院内。曾经是西顶小学的校园，生产队的队部，全村人收听广播，观看演出，召开大会的地方。更是全村人难以忘怀的天堂电影院。

放映员从十几里外艰难地背着电影机上山。一年中难得的几次。山风荡漾着阵阵欢笑，也抚平一些入戏人晶莹的泪花。

二

西顶好风水。这个小山村曾经保护过抗日队伍的将士。太行军区副政委黄镇将军曾在此运筹帷幄指挥战斗，他住过八个月的斗室，至今依然矗立在西顶。

西顶有文化立家的传统。民间流传着“西顶村用钱办学，黄庙沟用钱买骡”。西顶村民个个都是读书人。当年，村里青年全都参军，跟随部队；因为出色，许多人立功，提干。谁能相信，多位大学学子从简陋的西顶小学走出？

许多故事在西顶戏台上演。

外出的西顶人有出息了，没有忘记家乡，纷纷把老人接到城里居住。

外面的世界很精彩。可西顶，并没有多少改变，依旧藏在深山无人识。

三

从兴盛时的二百多人，到后来寥寥数十人。

大多房屋被闲置。依然坚守的，多为怀旧的老人。

西顶村成了空村，贫困村。

一阵东风吹过，西顶村来了两位以旅游扶贫为己任的贵人，一对来自滑县的企业家伉俪。

他们仔细考察了隐藏在太行山间的“北斗七星”，最终在被称为“玉衡星”的西顶村落脚扎寨。

“玉衡星”又称“廉贞星”，象征着见识不凡，敢作敢当。这正是夫妻两人的个性啊。

他们钟情于西顶，决心在西顶戏台唱一出大戏。

四

有人说，西顶村历经六百年，已经苍老了。

但她是一棵老而不衰的梧桐树，终于引来了凤凰。

那些用石头砌成的石屋、庭院、巷道，一经入眼，便让城里人惊艳。荒废已久的民居，经过设计师的神奇之手，被改造成风格独具的云崖小筑。

在山腰落成的几幢被称为云端金宿的洋房，被四季美景包围，游客全都成了梦幻的画中人。

古与今，俗与雅，单与复，在这个古朴的村落和谐相处。

游客可以放心采购老乡们亲手栽种的山核桃、山花椒、山葡萄，种种山货。

可口的手工馒头、卤面、豆沫、大锅菜，引发了多少人亲切的回忆？

西顶的风花雪月引来一群又一群的驴友、摄影家、画家、诗人。

灵感飘然而至，作品随之诞生。更多的潜在游人对西顶心生神往。

五

从西顶戏台走出，便是一处绝佳的观景台。每天清晨，游客争相早起，只为目睹对面佛头山辉煌的日出。

春天黄灿灿的油菜花，夏天雨后水墨画一样的群山，秋天的满山红叶，冬天的皑皑白雪，都是西顶不可错过的绝景。

西顶是“北斗七星”的天然中心。居西顶，南边走山路下山，可到苇泉山腰的名刹静居寺。转而可去黄庙沟的原始森林天然氧吧。往北不远，便是东齐及王家辿，漫山遍野是夺目的香椿树，还有，洹河岸边的奇特化石。

久违了的古朴、单纯。白天，倚着墙根儿晒晒太阳、与老人聊聊西顶的往事。夜深人静，万籁俱寂，看看星光，听听犬吠，隐约可闻静居寺传来的钟声。

从纷繁的世间走来，在西顶回归单纯。

六

西顶，西顶，会当凌绝顶。

西顶戏台向游客开放。检验一下受到压抑的肺活量吧，让同行的诗友、摄友评判一下你的歌声。

要不，喝一口西顶酒坊自酿的西顶纯，提提精气神。

乡亲们最爱听的还是豫剧，总是枕着那些百听不厌的唱段入睡。

人生如戏。时光如戏。

云端西顶的好戏，好像才刚刚开幕。

（选自《中原散文诗》2021 年第 1 期）

慢慢地梳理淡淡的月色（四章）

谢克强

滩　石

河滩上，躺着一块石头、一片片石头，或大或小，或圆或方。

是融铸地火熔岩之血，还是凝聚日月星辰之光，几经江流洪波淘洗，才以铮铮风骨躺在江滩上，

默默无语，赤裸着自己。

默默无语，不是没有话说。

这不，它一开口说话，不是被一把时尚的刀或雕或琢，以凸现其潜藏的美学基因，使之散发奇形异状的艺术之光；就是被一双诗意的脚步，绵绵踩成通向世俗的或弯或曲的小径；或者干脆给那些都市里灯红酒绿、声色犬马缺钙的高楼大厦奠基，以增加它们抗拒物欲横流的骨气……

不可预知的快乐，也不可预知的惊喜。

默默躺在江滩上，赤裸着自己，以铮铮风骨和沉实凝重，一任时间与岁月

选择！

窗外的树

一棵树，以高于冬天的心情，远远站在我的窗口，默默守望。

夕阳翠绿的光芒，使葱翠的树干和枝桠充满激情，拔地而起之

后，又以一种挺拔的苍劲，伸向深不可测的天空。

若问这根深叶茂的树根深扎何处，除了深入泥土，也深入沧桑的历史和我的记忆与憧憬……

夜幕降临。

我关上有点窄小的窗子，但我会拉开那道障眼的窗帘。

夜色渐深，弦月慢慢梳理着淡淡的月色，让梦幻为窗外树上的鸟巢氛围起安然无恙的天地，或者一个神秘的世界。

头顶苍穹，根扎大地，枝繁叶茂的华盖只为远来的生灵栉风沐雨，好让它们的翅膀飞得更远。所有这些，怎不为我惊叹、折服，并为之神往呵！

就在我干涸的眼神与窗外的树遥遥相对时，有风吹来，摇响语言的树叶，摇响岁月的风铃，叩响我的窗子。

默默守望窗口的树，仿佛镶在窗子上的一幅风景，除了凝眸观赏风景，我在想是什么让我垂下翅膀，忘记了飞翔呢？！

晚　风

用不着怀疑，这风是从夕阳那边吹来的，不仅吹低了向晚的天空，也拂去我胸中的烦忧、擦去我眼底的疲倦……

晚风，你恣意地吹吧，把季节的扣子解开！

是的，这是个多愁善感的季节，谁将情感的流云放逐明澈的天空，那无法言说的美，竟蔓延成轻柔的晚风，掠过我茫然的心空；而随风潜入的孤独，却从意想不到的角度渗入灵魂深处……

暮岚四合，已是苍茫时分，选择这一冷峻时刻坐在窗前，我不想拧亮台灯。

黑色一层层漫了过来，颜色还一层层加浓。夜的黑，夜的浓稠的黑，在晚风里轻轻地颤栗。

我静静地坐着，与夜的黑一起颤栗的还有我的眉梢残留的浅浅的睡意。这时，风又贴着我的耳朵，悄悄告诉我，快让那渗入灵魂的孤独在清凉如水的晚风中酝酿成酒，供我慢慢啜饮。

问　莲

那时，我还在梦里，我就用田田的叶，用我渐深渐浓的绿意，为你撑开田田的伞。

缤纷的幻梦里，你蓓蕾了。我恪守古典的荣誉，苦心修炼于泥土深处，用我丰盈纯净的身躯给你挡风，给你挡雨，甚至太阳的光线强烈了些，我也将你荫护在我的爱里。

我知道，这是我的责任与义务，谁叫我比你先来到这个世界呢？

如今，水开花了，阳光也开花了，你也吐瓣开花了，可你比水更多情，比阳光更绚丽。这不，你对太阳笑，你对月亮笑，你对游人笑，你对过路的水鸟笑，可是你高傲的眼睛竟没有一缕余光投向我。

这没有什么，只是我想提醒你，如果没有我盈盈绿叶的陪衬，红亭亭的荷花啊，你不觉你美得残缺、美得孤单么？!

（选自《星星·散文诗》2021 年第 5 期）

峡谷竹影摇诗韵

张庆和

是峡谷风的沐浴？是江南雨的滋润？

毛竹，三月破土，四月拔节，五月刚过半，便长成了典型的男子汉形象：挺直，高大，一株株，一片片，或伫立路旁，或云集谷底，以坚韧刚毅、不卑不亢的个性，向路人宣示自己的存在。

这便是我去福建泰宁，在寨下大峡谷第一次见到毛竹时发自心底的惊羡。

我爱竹，尤爱江南的竹，却始终无缘去那里看竹、赏竹、细细地品竹。于是，一些竹的画，竹制品，往往就成了我心灵的慰藉。

还在部队时，办公室里有老首长从云南边境带回的一把竹椅。那竹椅已经跟随他多年，扶手上的竹片竹皮亦已破损，我就用布把它包上，缝好。老首长转业地方了，临走就把它留给了我。那竹椅又伴我多年，直到我调转了单位，还经常回去借故看看它。我的朋友中有不少是画家，可画竹的不多。听说正安先生是画竹高手，便立即向他求画。先生慷慨，二话没说，不几天就送我一幅名为“劲节图”的水墨竹画：我亦立即找画店裱好，挂上厅堂，如今已伴我数载。

时过境迁，那竹椅早已成为记忆；那竹画笔力遒劲，直抵心性。而眼前这实实在在、生龙活虎般的竹呢，堪称气韵生动，摇撼心灵。

对于毛竹，过去一无所知，见峡谷里一棵棵碗口粗细的毛竹在身旁耸立，以北方人的眼光看，原以为起码也有几岁龄了。问导游方知，凡那些竹干表面还挂着白霜的竹子，都是当年的新竹。进而还获知，毛竹是世界上生长速度最快的植物，45 天时间，就能长到 20 多米高。而后五年的时间里毛竹丝毫不长，到了第六年雨季到来的时候，它便以每天六英尺的速度向上挺进，15 天左右就可以长高到 90 英尺，成为竹林中最惹眼的身高冠军。更为奇特的是在它快速生长的那段日子里，处在它周围十多米内的其他植物，会像接到命令似的都停止了生长。等到它的生长期结束后，那些植物才又获得了生长的权力。真是自然界一大不易为人所知的奇观。

从内行的植物学家那里还得知，毛竹的前五年不是没有生长，只不过是以一种不易被人们发觉的方式在生长——努力地在地下发展。经过五年的“地下工作”，一株雏竹的根系已经向周围伸展了十多米，向地下也深扎了近五米。所以，当第六年雨季到来的时候，它才能够几乎以资源垄断的方式独自生长。而此时，周围其他的植物只能望竹兴叹，眼巴巴望着它长高。

毛竹的生长过程或许会给人一种启悟：天人合一，心同自然。只有打牢基础，扎扎实实地做好强壮根系的事情，才会如毛竹一样拥有旺盛的生命力、生长力，直至长成葱葱郁郁的一片风景。这对人类社会中某些喜好做表面文章、搞面子工程的人也不能说不是一种有力的暗示和提醒。

穿越了数公里的寨下大峡谷，边看边想，仿佛真的阅读了一部内容厚重的哲学著作。那里充满了哲理，充满了思辨，充满了对立统一——古老的峡谷与新生的毛竹，皲裂的天岩与新竹的青秀，缓慢的变异与快速的生长……让人品咂不尽。

在植物界，毛竹真的是一个值得赞美、值得骄傲的家族。它不像峡谷里那些藤藤蔓蔓，喜好攀附高枝儿以炫耀自己的高大威风；也不像那些枝枝杈杈，喜好是是非非地叽叽喳喳。毛竹独立正直，向上向善，要求的很少，奉献的很多——它驱除了峡谷的空旷寂寥与乏味；竹笋可食，味美，且营养丰富；长大后又可用来织席编篓，制筏做板，就连那条著名的“朱德的扁担”也是毛竹的贡献。

毛竹尽管不是这大峡谷的主角，却尽着志愿者的责任。一年四季，无论晴天雨日，它都在一刻不停地演奏着一首生命之歌、新生之歌、绿色之歌。

（选自 2021 年 7 月 18 日《海口日报》）

悠悠我心（三章）

蔡　旭

羡　慕

2011年4月，茂名石化医院。

病房走廊里，一个耄耋老人坐着轮椅，她的晚辈在后面慢慢地推行。

坐着的一身病容。推着的一脸愁容。

如果能给我推轮椅的机会，我一定会露出笑容。

此时，我坐在危重病房母亲的床边，从门口看到了这一幕。

我已没有如果，我不再有推轮椅的幸运。

我的身旁，濒临衰竭的95岁老母亲躺倒在床，连扶坐起来的能力都丢失了。

我们都不得不离开了医院。

我回了家。母亲没有回去。

这些年过去。每当见到轮椅从我面前走过，我都想——

去推一下。

（选自《散文诗世界》2021年11月号）

晒太阳

影子拖在我身后时，我把伞撑起。

影子走在我眼前时，我把伞折叠了。

阳光照在身后，我并不宽厚的背就是小小的电池板，让我尽情地吸收与储藏。

那就是宝贵的太阳能呀。

晒太阳的好处大家都知道。

消毒，杀菌，补血、补铁、补钙，促进血液循环，增强新陈代谢，提高人体免疫力，利于身心健康。

人也是需要加油的。光是让我充加能量、心情愉悦这一条就够好了。

有人怕晒黑。黑与健康，你要哪样？其实，你在早晨与黄昏去晒就好。

有人怕晒得难受。你不必面向阳光，转过身来不就好了吗？

世上许多事都是有讲究的。

事半功倍或事倍功半；两全其美或鱼和熊掌不可兼得；大获全胜或杀敌一千自损八百……

都得由你把控与选择。

你不主动选择，可能就会得到相反的选择。

（选自《星星 散文诗》2021 年 8 月号）

鬼仔戏

儿时最爱看“鬼仔戏”，它的雅号叫“单人木偶”。

一条扁担，就挑起了一个戏班。

一张方桌搭起的舞台上，杖头木偶们演绎着悲欢离合、金戈铁马与喜怒哀乐。

一座村庄端坐在台前。让一口方言俚语与诙谐唱腔，掀起一片片笑浪。

那时，我和小伙伴的兴趣不在台前，而在台后。

幕后只有一个人。生、旦、净、丑是他，唱、做、念、打是他，吹、拉、弹、唱还是他。

出神入化的表演，令我们佩服得五体投地。

60 年过去。我回到故乡时，又听到了鬼仔戏的锣鼓声。

我不禁穿过熙攘的人群，绕到台后偷看。

表演者竟是我的童年玩伴。

他已是木偶名艺人，听说还是非物质文化遗产代表性传承人呢。

我们的眼光相碰时，我发现正深情吟唱的剧中人的手，意外地抖动了一下。

两头白发在鉴定着，我们都老了。

濒临失传的鬼仔戏当然也老了。

不过，令我最高兴的是，在我童年玩伴手中——

鬼仔戏又继续年轻。

（选自《新民晚报》2021 年 7 月 12 日）

画外音（四章）

周所同

高更《白马》

心看到的才是真看到的。接近虚无的美暗恋色彩梦幻；比如从此处到彼处跋涉，遥远距离则是最好马匹；复杂花瓣喜欢单纯雨水，自然亲近打开自由天地；万事万物的披风上缀满矛盾纽扣，却敞开宽大衣襟；这就是高更的白马，不要缰绳不要鞍鞯更不要栅栏。五色鬃毛梳理长天海风，高扬嘶声被整个世界听见；马背上的裸女都是邻家姐妹，坚硬岩石和柔美草地，便在一池浅水中找到深刻影子。绝尘而宁静，旷世而悠远，谁此刻听到两片叶子低声交谈，谁可能就是交谈的叶子；这也是高更的白马，它始终与你保持一段距离，你走近时它已走远。

布歇《音乐的寓意》

离得太远全因靠得太近，距离若玻璃，倾听也是，谁看穿就阻挡谁；物质的岩石，形而上的流水，和谐永远是矛盾的核心；至高至尊的音乐手握麦穗，把炊烟认作自己的母亲；哨音传来说明鸽子已经飞去，玫瑰盛开意味着即将凋零；面对六弦琴和一支古老竹笛，孩子手上的花环美得惊心；一闪而逝仅仅暗指速度，永恒事物靠短暂的形式活得更加长久。大风起于青萍之末，寂静是另类摧毁暴力；仿佛高处突然失手的杯子，坠落时保持从未有过的平静；音乐最终告诉人们，我是你又不是你，一个真相守着无数秘密；而我们一生寻找的恰恰是令人难堪的自己。

马奈《阳台》

怀念是一种慢性疾病，深深折磨来自淡淡忧伤；少女爱上玫瑰不是错误，错误的是你仍坐在原地，昨天便轻易成为往事。风吹来，风已远走，檐前雨滴汇入阶下流水；阳台高的像上个世纪的贵族，仰望者到底能坚持多久？轻拢折扇藏起秘密，雾笼远山之间，谁正以一瞥的速度离去；手抓住水时手中没有水，看到瀑布之前，首先要有纵身一跃的勇气。就像无路时到处都是路，饥饿时看见石头也可充饥；挽留一个人不需要多说什么，只要换上布鞋跟在他身后；不知道爱时你已经爱了，复杂的事情从来就是这么简单；越是盲目越是不要理由的热爱，都有时间的长度、金属的品质和永不生锈的光泽；即便失聋失哑或瞎了眼睛，众里寻他，他依然是唯一。

拉斐尔《哲学》

如果夜行者失去灯盏，平静河流突然卷入漩涡；单纯事物如果满含复杂感觉，你却一语道破其中曲折；如果坚硬玻璃代表易碎品质，从一双鞋到一座山，如果脚底火焰只剩下灰烬；青萍之风摇动千古大树，树根深处如果陷入疲倦沉默；哲学就在这时说话，从典籍到尘世万物，所有阴影或黑暗瞬间豁亮。钢铁上升，浮尘下落，所谓高度建立在失重之下或仰望之上；如果真理、宗教、信仰、道德、律令都是存在的机理，接纳、凝注、诠释一切也被一切包容；哲学便是水中的石头含而不露，总是以抽象姿态，始终与我们形象地对峙；它存在既不能走近，它虚无又不敢远离；如果这是必须寻觅必须经历的距离，才催生了我们热爱艺术的理由；如果艺术需要逆行，需要绝对审美偏见，我们真实我们平凡我们选择，我们是哲学的邻居。

（选自《星星》下旬刊 2021 年第 8 期）

抒情的逻辑性（外五章）

周庆荣

还未成熟的果实从枝头掉落，这一场景被我目睹。

仲夏之时的狂风暴雨，它只是环境的布景，不是让果实失去成熟结果的唯一作用力。

比如，一个月后才会真正成熟的李子，它们今天洒落一地。每一个李子的肌肤上，仿佛梨花带雨。

事物自发抒情，或者配合抒情，其结果必然是：情未浓透，却已物是人非。

狂风暴雨是真的，五个小时后，天空一轮明月也是真的。

我在月下缓缓踱步，抒情的逻辑性多么像人间上空的月，此前，风雨飘摇，电闪雷鸣。

净峰寺

因为我不同意自己轻易地六根清净，我依然固执地爱着人间。

市井之声里有梵音吗？

在净峰寺，弘一刚走，我来了。

点燃三炷香，一炷坦陈我尘缘未了；一炷袅袅诉说浑浊背景下的忐忑；第三炷想告诉正在登山的人，我准备离开净峰寺，下山，继续当一名播种者。

来过这个干净的山峰，我与以前应该不同。

我播的种子，从此各有其名。

它们分别是：善良、公平和幸福。

都说净峰寺有求必应，我的种子会生根发芽，然后茁壮成长？

惠安女

如果苦水比海水还多，就让它干脆是盐。

如果温柔比海浪还丰富，就让自己是梦里的海鸥。

劳动需要劳动去证明，惠安女就是最好的证人。

她是一条载满生活的船，丈夫的船篙一撑，她便跟着走。

河流总是最好的，真正的自己在别人那里。

失去或者得到，都是惠安女。

水底的海草，自由看不见，鱼群游弋其中；礁石上的一丛丛苔藓，生命力附着在坚硬的表面。

惠安女一出生，她就能恍然大悟。

一生只热爱，一生不叹息。

深井之水

别再继续做深井之水。

井口的勒痕证明它曾经借助一只木桶，按照一根绳子的要求，走向大米成为米饭，走向庄稼变成第二天新生的叶片，走向被汗水浸透后的衣服，因此抚摸到一个女人的双手。

深井之水，有一千个理由被遗忘；

被遗忘之后，有更多的理由死亡那样地蛰伏在土地的深处。

与井绳相遇，深处的水动身向上。

想象着月色下的一个村庄。

一桶清凉的水，在炎热的夏夜，从乡村少女的秀发开始，流过手臂和羊脂玉般的身体，谁能够准确地形容深井之水的具体形状？

在美好之前，应该有一次深刻。有一次冷寂。

我想做那个抓着井绳，把水提上来的人。

疑　虑

石头在天空漂浮，一切坚定的都不再坚定。

我把云错觉为石头时，其实是在责备正常的逻辑。

在人间，坚如磐石的必须是希望。希望，应该是一个日子之后另一个日子会继续。盘古退休了，女娲隐居。天空的太阳不断出现，后羿的箭袋已经空荡。

热浪使人们怀念北国的雪。

大雪平均了世间的地形，所有的路都是雪原。

太阳多了，冷被误会成生命的真理?

我肩扛着一泓水，濯足还是濯缨?

如果石头真的漂浮，谁来认定品质的重量?

瞬　间

发光的绳索，缚住我的黑暗之身。

一些约定俗成的惯性，经过电解，就会分离为两级。一极为足可成事，另一极为败事者被禁足。

我黑暗的时候，发光的力量控制住了我。

从远处赶过来的沙尘暴，遮蔽了高处的太阳，推理是不能反过来的。

所以，如果我是黑暗，我愿意被光明管理。

（选自《上海诗人》2021 年第 4 期）

触觉（三章）

皇　泯

海平线，再也不可能平静

过完今天，就是明年。

十二月三十一日，是年末的时间节点。

年初，浪漫的三级跳远，两步就跌倒在沙坑，传统已深陷至腰身，脚印，怎能逃离?

关于时间的算计，细如沙漏。我们在潮汐的起落中看到了水丰富的表情。

起起伏伏，是生命的常态，海平线，再也不想平静。

腾跃浪尖的欢畅，与跌入漩涡的痛苦，殊途同归。

那是升起的帆，扇开了白云的翅膀；

那是撒开的网，收不拢鳞状的波光。

那是触礁后的鱼翔浅底，隐入了潜流；

那是归航的港湾，没有抛锚的锁链。

一孔牧笛，横槊赋诗

这是生命肆意疯长的季节，自由，开放在草原，草原，茂盛在天边。

激情于风吹草低见牛羊的日子，一孔牧笛，横槊赋诗。

天空湛蓝得有一点假，云朵洁白得不是很真实。

天堂的幸福，离地狱仅隔一层纸，只要舌尖有味觉，一舔就穿。

沿着一条覆满嫩草的黄皮肤小路，深入腹地，深入天边。

不怕车轱辘碾压的伤筋动骨，何惧鞭影如飞蚊，大道当空，就对应一路赤裸裸的脚印。

妹妹也放声歌唱，哥哥你大胆地往前走！

想睡遍呼伦贝尔，那一片大草原

想把星城宾馆那一朵血色的玫瑰花，淡忘。

因为，那是一朵不带刺的浪漫，理智成无花果；

想把杭州小吃街那一夜美味，饱食。

因为，那是一次巧妙的可口可乐，无法重新品尝；

想畅游喀拉斯湖，那一泓碧水。

因为，那是一汪神秘的圣洁，由不得你的世俗；

想睡遍呼伦贝尔，那一片大草原。

因为，那是一张铺天盖地的温柔，淹没了你的强悍。

（选自《星星》下旬刊 2021 年第 11 期）

车票（外一章）

韩嘉川

一张车票就是故乡。
无论隔着千山万水，无论高铁还是动车，无论
疫情的阴阳，隔离线那边的故乡，已经在我手上。

简陋的风，依附着塌陷的泥墙，踽踽而行；
一年的阳光，被作为潜台词，用以描述无所挂碍的岁月静好。
雀鸟把过日子的底气，高高放置于树梢的鸟巢；不再相信
雪落大地，于虚张的簸箩下施以谷粒的花言巧语。

用手机拍下车票和自己面庞的画面，已经很近了，与故乡
只差最后一格电的距离。

北方的冬天潦草，水的骨头也很低调，却依然在河道里挺直了脊梁。

虽然只差一张票的车程，但故乡很坚强……

亚麻布的早晨

在亚麻布面上作画的人，在厦檐坡度很大的落地窗里，

阳光撩起纱帘，主妇一样穿堂入室，然后站在房角打量着色的布面。

松节油的气味儿在油彩中弥漫，山林的气息浸染了画面，
与烧制咖啡的器皿一起，令那个早晨混杂了多层次的意味儿。
一抹粗粮颗粒状的色块出现在布面上，还有桌子上果汁瓶的倒影；

于是，早餐的氛围与主妇一样的阳光和谐相处。
而阳光的指尖悄然释放地中海沿岸的麦色气息，
风和草叶的姿势被其借喻为女性的躯体，将钟声乳化做露滴。

穹隆状的窗子后面，阳光的流苏拖在地板上。
窗帘下露出半只赤脚，脚趾着力地曲起……
旁边被啃了一口的苞米，展露画家颗粒状的思考。

（选自《华苑文学》2021 年第 12 期）

步行街（外二章）

林登豪

靠在步行街牌坊的花岗岩石柱边，我摘下朝晖的光晕，折射街中时聚时散的群影，远眺行道仄巷。

秀脸款款而移，翡翠睁大眼睛盯着美媚。有人口叼香烟，肆无忌惮地行走，公共场所禁烟的提示牌，早已踩在脚下。

两旁也有肉山酒海。

艳阳当空，我的心已被捂淡烤干了。

在玻璃墙的反光中，我遇见了好些个熟悉的脸孔，似包浆在阳光下闪烁时光的抚爱与沉淀，令人兴奋。

几多价高质低的商品巧妙地拥挤顾客的双眸，时空的法掌抚弄有温度的脸庞，如狂草般的芭蕾，一抹暖色拖过街面。

大队人马慢慢地逛，以有趣等待无趣。

在街中侧身而行，犹如正在悬崖的索桥上蠕动，只祈盼自己快点抵达灵魂的光明顶。

在熙熙攘攘的嘈杂声中，我恍恍惚惚——街非街，物非物，人非人。

哦，步行街有爱，步行街有趣，步行街还散发着焦虑。

步行街拥有许许多多的铁杆粉丝！

快餐　快餐

几多人从脚手架俯冲下来，猴急端起快餐盒。

掏生活的双手拿着筷子，左右抖动，拒绝疲惫的审判。

汗水钙化成珍珠？

远郊的烟囱越长越快越傻高，偶尔也会冒出爱之情绪，只是灰濛濛的，七八盏路灯偷偷地摇摇头。

时光留下的碎片在碰撞，不少人在回忆中取暖。

水泥路边有间快餐店，厨房犹如酵母菌，散发阵阵狼藉的滋味。车厢式的桌子，皱皱的餐布，狐臭味刺激嗅觉。众人鱼贯而入，鱼贯而出，重温饮食文化对视的冷漠。

影子趔趔趄趄，犹如耄耋者。

墙上挂钟的秒针蠕动，纯净得如婴儿的双眸。

城之脉络越来越清晰，麦当劳与风味小吃交换体温。

环城高速出口，插入城之巨胃，许许多多人开始腹胀了。

一批又一批的泡沫饭盒在浮动，令城市加速易容。

一出电梯

迎着早霞，登上摩天大楼的平台上，朝阳犹如舞台追光灯，追随我。

只觉得自己的魂儿正在凌空飞翔，与白云共舞。天风洗濯心态，我被特别透亮了。

夺目的是闪烁的灵性。

下楼——

一出电梯，击云穿翔的感觉顿失。焦虑漫上身心，失却一种可以改变记忆的力量。

在灰濛濛的空间，我的行走如蜗牛。是被都市生存的负载压制着？

这是我的存在吗？又是谁的人生之路呢？路上的行人匆匆又匆匆。无人追问。

酒楼如性感之女，我和大家都去宵夜，归途，我又成为一只小迷羊……

（选自《散文诗》2021 年第 9 期）

大地原点（外三章）

耿　翔

我像走进，大地的心脏。

我也像走进，我的心脏。

大地原点，一个让我可以随时听到，大地在哪里心跳的地方。一个让我，可以随时抚摸自己，就能和大地，对一对心跳，对一对血型，也对一对体温的地方。我能一个人，走过的山河，都是大地从它的原点，放出去的山脉和河流。

大地原点，一个让我能够出生在，一条流过它的河流附近，而终生拥有它的一切的地方。我身体里的，一块平原，是它千年的关中。我身体里的一座秦岭，是它亿万年的近邻。

放出去千山万水，留在它的身边，只有泾河，只有嵯峨山。

对于飞向，天空的众鸟，这里也是它们的原点。

汉阳陵的落日

带着多余的冷光，孤悬陵顶，然后以坠落的样子，像拉我下马。

天地在这里，太空荡了。空荡得只剩下，一座被寂寞埋葬的土冢。也只有它，可以接替散乱在周边的村落，支撑太阳，在头顶移动。

而散乱在田野里，偶尔从神道上，赶着牲口走过的人，比起时间作旧的石雕，怎么看，都不成器。

同样散乱在，土冢的近旁，那些在细雨里，可以摇曳出一阵风，也可以改天换地，不再灰头土脸的庄稼，它们的样子，像给荒芜的土冢，换一件能遮挡衰老的衣裳。

它们不问，睡在这里，谁是皇帝？谁是皇后？

比起衣食，天下再无大事。

我来的时候，一抹落日的冷光，像为骑马的我解说：何为阳陵。

树上的柿子

像对天空，警告着什么。也像对人，防御着什么。

带着一身的孤傲，一片苍老的柿子树，在大地上盘踞不散。也在空荡的天空里，有意识地留下几颗，红得发冷的柿子。

作为一场大雪，遇见萧索的北方，还有这样夺目的果实，挂在高出万物的头顶，不能不痛快地落下。

亲临这个时候的大地，谁都可以成为，世界的物象。都可以身披，一件还原给大自然的雪袍。只是不能享用，这悬在头顶的几颗柿子。圣餐一样，它是谁，为留在天地之间，陪伴我们的鸟儿，化身的贡品？

一棵虬枝，作它的祭台。

大雪抹去，万物的时候，神为鸟儿，留下了自己。

小镇记

那些赶来，拍照的人，恨不得把掉到地上的影子，也拍走。

他们拍的，是被烟火作旧了的小镇。也是被烟火飘走了很多人，只留下一地寂寞的小镇。他们不明白，谁也不能轻易拍走，是小镇身上剜不走的痛，也是我身上，不想藏起来，也不想示人的部分。

小镇与我，有如一部天书，不是读不懂，是读着心痛。

因此，他们不明白，把自己静止在，事物表面上的这个小镇，不是谁都能，从心里拍走它。没有在此，受过难的人，没有在此，生养过的人，一滴雨水打在脸上，就会喊疼的人，不要再来，打扰小镇了。

我是小镇，断掉的一根肋骨。

疼痛，不在我身上，在它心里。

（选自《星星》下旬刊 2021 年第 10 期）

秦州故事

阳 飏

一

秦州的一场大雨记住了一位历史将其定格为“诗圣”的诗人。杜甫拖家带口一路颠簸来到秦州。

寓居秦州期间，杜甫写下了百余首诗。诗歌给诗人饥肠辘辘的肠胃以些许慰藉。

再之后，他辞别秦州，翻越青泥岭去了陇南同谷。不曾想，同样的饥肠辘辘只能继续靠诗歌得以慰藉。

青泥岭，一位逃亡的皇帝走过，狼狈的皇帝抬脚把一块石头踢下山去，他诅咒骨碌着不见影的石头就是安禄山。

狼牙齿花继续开着并且被我看见，李白看见过杜甫看见过，青泥岭的狼牙齿花开到了云上。

追寻杜甫的行迹，我看见成县同谷杜甫草堂院内所植细竹，在这个季节，老竿旧叶全似一笔笔浓墨侧锋，瘦若侧锋，枯若侧锋，霜似一笔飞白，似杜甫的白头乱发。亦如他在《同谷七歌》中所言：“有客有客字子美，白头乱发垂过耳。岁拾橡栗随狙公……”

杜甫站在草堂高处，弯下腰来才能看见一颗颗散落草丛中的橡栗啊——请允许我也弯下腰来，向曾经养活过诗人的橡栗鞠躬。

一个诗人的背影叠加在一个由盛而衰的王朝背影之上。

二

秦安的麦子已经黄了。

马谡大败于街亭，诸葛亮挥泪斩马谡。

司马懿率大军逼至诸葛亮退守的西城。

诸葛亮传令，偃旗息鼓，城门大开。然后披上鹤氅，端正纶巾，一派儒雅风流的模样，城上望敌楼燃起香，抚琴弹曲……

京剧《空城计》中余叔岩或马连良扮演的老生诸葛亮唱道："诸葛亮在城楼把驾等，等候你司马到此，咱们谈、谈、谈谈心……"

司马懿生性多疑，恐有伏兵，遂退去。

三国故事太多，英雄太多，美人太多，貂蝉一枝花，大乔小乔铜雀春深两枝花，赚了江山赚东风。一匹无躯的时间之马穿过历史的开阔地奔跑着，带来了英雄的最新消息。

秦安的麦子已经黄了。

羊皮贩子正从北面回来，北面少雨，扬尘的土路上，一只只有些脏的羊，如同又大又破开败了的花朵。

羊皮贩子不关心三国之前之后，草还是草，一朵乌云被形容为计谋。

羊只管低头吃草，羊不想从前的事。从前的事都是大事，天大的事无非打了一场仗。羊顶犄角，咩咩几声，然后各自低头吃草。

秦安的麦子已经黄了。

（选自《星星》下旬刊 2021 年第 9 期）

雷锋精神在我身上化作真实的行动

杨志学

四月，北京。风吹杨柳，春意正浓。

雷锋精神在我身上，化作一次真实的行动。

说的是，我的朋友刘某，给我快递了一本书。收到时我却纳闷：这本书，怎么这么轻？难道，是由新材料制作而成？

再说包装的形状也不太像是书。不过新型材料的书，也许有的就很轻，形式也很新颖

虽然有疑惑，但不管如何，拆开了再说吧。

没想到，打开后还是让我，大大地吃了一惊——

原来是一个精美的盒子。盒子里的东西，则不仅精美，而且贵重。原来是一款六福珠宝的金首饰，款式不俗。

然而，此刻，它却被投错了地方，投错了主。

我即刻致电刘某：你寄来的真的是你新出版的著作吗？

他回答说是真的。

我说：您的文字虽然金子般贵重，但您寄来的，却是实实在在的金子啊！

他说，别开玩笑了。

我说，到底谁在开玩笑啊。你快递的书，鬼知道去了哪里！一定是快递员疏忽，犯了错误。你快联系他们纠错吧！

过了不久，快递员打来电话，语调急促。说是要马上打车来找我。我说，我正把你们恭候。

见面后，快递员说，如果不是你们及时告知，我们一切都还在懵懂之中。他接着说，这件物品，寄件人保价就保了八千。我说，那我很荣幸啊，帮你们阻止了一桩索赔事件的发生。

快递小哥一口一个大叔，一口一个感动。说他今天真是遇到了活雷锋，而如果……

我说，小伙子不要多想。这事情谁遇到，都会这么做的。你快点忙去吧，尽快地，让快递之物各归其主。

快递员说，您应该收到的书，被我们错投到了江苏。我们会尽快追回，再给您送。

我说不急。

卸去了重负，我一身轻松，走在春风中……

（选自 2021 年 11 月 24 日“浅行诗歌”公众号）

流动的风景（三章）

崔国发

起风了

风，记住的不只是花的香。

还吹落了，竹叶上的露。此时，我清晰地听见大野之上，一种滴水的声音——

跌入早霞的那一滴，虽无迹可寻，却被阳光一饮而尽。

遍地虫鸣，在风中唧唧，

于跌宕起伏中，扰乱我们内心深处最神秘的恬静。

低头的草，

在风中，虔诚地念经，或者簌簌地抖擞着，一种朴素与清贫。

来去无定。风，不急于触及赤裸的灵魂。

风经过时，它总是会带走：漫漫征途上的仆仆风尘。

今夜月圆

一万顷空阔，渐次打开明净的部分。让白色的火焰，一次次地闪烁：月光是一种裸。

黑暗，不堪月光的一击。

它一点点地，被白夜切割。由表及里，由浅入深，它实在令人难以捉摸——

飞扬的神采，从指缝间漏下，没有人知道白霜的下落。

夜色并不带给我什么，除了舒袖起舞的嫦娥，她浑圆，玉润，高洁，在澄明之境中，一次次洗濯。

像轻柔的蝉翼，一袭光滑的丝绸飘落，于亲密的时刻，光顾。铅华洗尽，而灵魂也已被漂白。或许，一种久违的乡愁，才是我们心中最美的寄托。

今夜无眠。一片干净的丹心里安放着，一万顷寂静与明澈。

河水流动

风吹苜蓿：水边的一位女神，披一袭紫色的衣。

一脉浮动的暗香，把清粼粼的水，擦拭得更加亮丽。

多少年了，河水流动，在不绝如缕的述说中，轻轻地拍打着

一片窃窃私语的涛声，以及深不可测的神秘气息。

它就这么流淌着，在时光的深处，抱紧水岸、落日和鸟影掠过的大地。

水总流向远方。

临水照花：潮落又潮起，如花开的声音一般澄澈。

水边的花朵——

一株摇曳的苜蓿，出神入化，在美好的日子里，大声地念诵着，秋风的旨意。

（选自《星星》下旬刊 2021 年第 5 期）

太行风物（组章）

代红杰

贺坪峡

劈山的劲道还在，昨晚我留意过，一把劈山的斧头，在我住宿的农家，依偎着一堆劈柴沉睡。

峡壁上的杂树，像是赤裸着脚踝的一支队伍。扎营很多年了。风吹号角举手做操，晚上睡得再死，也不踢腿蹬脚。

最低处的溪水，跑到一口小潭里抱来抱去；潭中有鱼，鱼不跳龙门，只荡漾小日子。

再隐秘的地处，也不得无法无天啊！一线天像是天庭的一道画符：潮湿时乌青，现在瓦蓝。

英谈古寨

径直在前朝是不可能的。路家大院曲而深，像一副扁担。

一头挑着大户人家的金银细软，一头挑着土匪深夜熬红的眼睛。

比路家大院更曲更深的，是画家荒原，他沉沉地说——

“我不愿意过，一眼就望到底的生活。”

相比较而言，我偏爱一个翘着羊角辫子的小女生，她正专注地把眼前一棵柿子树的某颗柿子（对！是某颗柿子，说不定的一颗，说不定真好，说不定就有着无限的可能。说不定的一颗柿子），用一支画笔摘到画板上。

王瑙问答

有朋友问我，你去过山村吗？我说，是的，我去过王瑙古寨。朋友说，那里的风景如何？

我说，四面环山，有山曰红枫，有山曰笔架，有山曰青龙，有山曰举冠。山不太高，天空用溪水洗过。山花随意浪漫，薄荷味的风把山顶上的雾，一会儿赶进山寨里，一会儿送到天上。

朋友一脸悦意：那里的民风可好？我说，我住过他们的家，层层叠叠的红石房托付给嫩黄的月光看护，快两千年了，经历过太多的苦难，亲情不曾流失，道义不曾滑坡。

朋友动情地望着我：你是一个善于夸张的诗人。我说，不，不是，我是王瑙的情人。告诉你吧——你就是把我的牙齿全部换成天上的星星，我也难以叙说够。请允许我把王瑙和那里的人民浓缩成铀，那就是——那里是太行山最绿的地方：石房列队，谦卑忠诚；汗滴累累，果子累累。

临城溶洞：慢歌

陌生让人安静，眼前的世界犹如神话，不再是以痛吻我的洞外世界。

多么的欣喜啊，慢下来的时光：一道石瀑收回了流速，一朵石花一簇石芽一株石灵芝忘记四季，一条石鱼跳出了鱼缸和河流，一面石盾抵御着外界的喧嚣。

它们以慢，生活在溶洞中。它们一定是知悉了修行的秘密

但一切不是停止，不是妥协。我能感受到洞里的万物，在以低于洞外时光的速度慢慢生长——

你看那瀑布浓得快要化不开了；你看那蓝夜星云，其中的一块蓝色几乎要从天上掉下来了；你看那些个大象，神仙用色过重，它们快要跑不动了；还有那七彩莲池，几乎是用完了世上所有的染料。

而那一大片桃花，她们似乎知道我是路人，矜持着自己的红颜。

（选自《散文百家》2021 年第 1 期）

旧历年有感

杨柏榕

一个普通的时节复始点，迎接你的礼节却如此非凡。鞭炮为你开路鸣喊，新衣为你乔装打扮，佳肴为你慷慨奉献。你御驾四海的时令威严，即使至高的君主也依俗照办。

向往熟悉的炊烟，眷恋熟悉的笑脸。出于对旧日美好时光的怀念，哪怕是要跨越万水千山，也要在那个时间，回到灵魂深处的桃花源。

辞旧，是这样艰难！旧珍爱是无法带完。不知道旧物中哪一件，未来会变得千金不换。慌忙的挑拣，可能会造成终生抱憾。

迎新，是这样急切！新的画卷，谁不想先看一眼。旧日的期盼，苦尽甘来；人生登攀，谁不想尽快变现。

留恋与割断，后望与前瞻，怎样才让我们心圆意满？

没有旧物的灰暗，新物怎显得灿烂？脚踏新旧交替的边界线，最怕心神无主，眼花缭乱。

旧的必须退出，新的定然出现。时光，一年又一年；道路，一段又一段。万物就是这样，循环着向前。

喝吧，端起散发谷物芳香的酒碗；吃吧，用上年的勤劳换来的佳馔；看吧，印有往日风雨的生动画卷；唱吧，抒发出人生的欢乐与辛酸；记下吧，生命中永不可复制的云霞雷电。

怀旧的眷念，向前的期盼，是每个人脚印的前后两端。

旧年，我要把你牢记心间，说一声深情的再见。新年，无论你丑陋美艳，我都要平静无畏地走到你的面前！

（选自 2021 年 2 月 18 日《中国新闻出版广电报》）

热血英魂（二章）

唐德亮

鹰　姿

——写给冯达飞

红军第一个飞行员，第一个飞行教官，

你将自己炼成一只雄鹰。

红色的鹰，从粤北连县东陂起飞，飞向黄埔，飞过长江、黄河，飞向苏联。万里航程，穿越乌云闪电，暴风骤雨，雄鹰的翅膀愈发丰满、坚强。

广州起义，百色起义，你展翅搏击乌云，撕碎黑夜。鹰的身姿何等矫健，勇猛。

铁流二万五千里，鹰的身影掠过逶迤磅礴的五岭，激流汹涌的金沙江，皑皑的雪山，茫茫的草地。

抗日烽火燃华夏，你驰骋大江南北，与日寇厮杀于疆场。“皖南事变”，你的翅膀被罪恶的黑手囚禁。

上饶集中营，面对威逼利诱，虽然也渴望在蓝天自由翱翔，但你决不以出卖灵魂、出卖崇高的共产主义信仰为代价。

茅家岭山坡上，一声枪响，刽子手夺去了你灿烂的生命，但夺不走你刻在历史上的功绩，抹不掉你飞翔的雄姿。

（选自 2021 年 10 月 1 日《潮州日报》）

在澎湃的涛声中永恒

——写给彭湃

熊熊大火，一下子烧毁了
五百多张你自己彭家的“田仔”——佃农的地契。
将土地交还给农民，这是何等的无私胸怀、气魄与胆识！

在海陆丰，你最早播种农运的种子，
播撒真理的声音，响彻潮汕、岭南乃至华夏。
远赴广宁，为广大的农民撑腰，让土豪劣绅闻风丧胆。

红潮澎湃，冲击着封建统治的基石。
赤潮澎湃，最终冲垮反动腐朽的统治。
澎湃的潮声，汇入历史波澜的壮丽与浩瀚。
你在澎湃的涛声中永恒……

（选自2021年8月26日《云浮日报》）

新谣歌（节选）

成　路

歌　头

1

寂静。

阳婆婆无声，眼翳在疯长。书匠坐在残城的马面上，看悬崖下面破冰的黄河水，如君临。

翳鸟儿伴在书匠旁，他看见流动的水，鼓动的风，全是静止。

他说，坐在这儿就心安。

他用鼻音哼唱：

巴颜喀拉的水，黄河滚滚的源。

游击队长的心，陕甘土地的魂。

苦难人儿的笑，甜过枣儿的味。

书匠，以手的记忆，在空旷的胸前弹着三弦琴。

起雾了。

阳婆婆的光芒，像萌生的红，带着大水，无声地汹涌着。书匠似唱似说：拨动琴弦和上音，黄河上的船舱需要捻缝了。

雾携带着红，如帷幕。一二帮腔地填上衬词：听古今。

第一支谣歌

2

桃子烂了核还在，艄公累了唱曲儿：

腊月里的细毛毛风，刮破穷家的窗棂纸。
河岸边上的干石板，我家锅灶生不起火。
老艄公啊抱着桨板，老婆子啊泪水洗脸。
雇税所绑走的羊儿，今夜盛在谁的碗里。

唉。我摆渡过的“铰辫子”军说，没有了皇帝，天下为公了。

唉。辫子铰短了，畜税、猪税、洋烟税、驼捐、船捐、皮毛捐，多得就像土里的跳蚤，扑上身子炙烧心。

3

寒冬里艄公站村头，我瞎子拨弦和着声：

远处的唢呐响起了响起了，冻土里埋人插不起引魂幡；
跑壮丁的男人不敢哭出声，婆姨女子端碗清水祭献上。

天上刮大风下刀子黑煞煞，地上拷捐税拷肉票血淋淋；
黄河的冰凌子泛着铁青色，陕甘的地皮刮一层又一层。

人儿呀，瘠薄的地面站不定，走南路走北路，舍不得留下祖坟孤单单。

人儿呀，快刀斩河冰水在流，生我的我生的，根扎穿石头佛上了灯龛。

嘿，嘿嘿（似哭似笑）

猫头鹰赶夜路，蝙蝠清扫尘气里埋下的贼冰。其实，猫头鹰是在为吃不上祭品的穷灵探寻去路。

4

就着星光，女子缓慢地铰掉祭台上父亲的一枚扣子，说：你的魂别憋着，出壳吧。

就着星光，女子抹着泪花花缝合祭台上父亲的衣袋，说：你别装债了，轻松地去别个世界，开荒种地吃饱肚子。

女子的祈词念得冬天雷声滚滚，佛塔裂缝。

5

佛塔上背阴的青苔没根长不高，穷人送财东迎军阀过不成光景；

干石头压在梁子上榨不出滴油，陕甘人的家舍不够一只公鸡驮。

唉，咳呀

女子嘴唇枯裂的口子上跑过狼群，哀嚎四野。

人儿在山岗上挣脱冷风和鬼交谈，月亮僵立。

狼和鬼占着黑夜，侵着白天。蝗虫飞来又飞走。眼泪冻结的冰盖使大地成了伶仃的孤儿。

6

星光沉重的影子压垮土墙上的柴门，隐没了。

旷野枯萎的花瓣随着骨头上的磷火，烧焦了。

陕甘穷人的脸颊让眼泪冲割成壕沟，变形了。

（选自《散文诗》2021 年第 7 期）

玛达瓦斯卡山谷（外一章）

郭　辉

空旷是与生俱来的。

大空若无，不着边际。却有火焰一般燃烧的热度，金子一般透亮的成色，从里往外，四处弥漫开来。

让空更空。

我像一根蜂王的尾刺，深深刺入。甜蜜的痛感，满满的幸福感，浸淫在一片无穷无尽的遐想之中。

溪涧流水散淡。岩石上的风放慢了思绪。

不知名的鸟儿长声连着短声，语焉未详。

阔叶们迈着小舞步，跳下了黄金冠。仿佛是得到了神启，叶面上的反光冉冉升腾，在半空之中、林梢之上，如同出窍的灵魂，素面朝天。

忽然，一只毛茸茸的野兔子，从不可知处跑了过来。

它半蹲在树杈之间，朝我摇着耳朵，眨着眼睛，憨态可掬。嘴唇似乎也在张合着，几多无言之言，是在向人类示好么？

大自然的善意，历久而弥新。我不由得轻轻地呵出了一声。

是欣然领受了，还是惊恐了？野兔子一转身，蹭蹭蹭蹭地就跑了，不见了，消失得无影无踪……

多么好！这大山谷，这即有即空，这有我无我之境。

今天，我逃离了过去的自己。这才是我所——

暗恋的生活！

凤凰木

死去多少年了？

横卧在蔚蓝色的圣约翰湖畔，树皮，树干，树根，全都枯干了，焦黑焦黑，如同野火焚烧之后，残留下的一架骨骸。

曾经，比彤云烈焰还要炽热的花冠，早已灰飞烟灭，没入了虚无，却依旧孤傲而又固执，怀着一颗不死之心！

水岸之间，这一棵以凤凰命名的原木，犹在挣扎着，在一寸一寸拚命地挪动着，欲把僵硬的躯体、死而未僵的意念，伸进大湖之中。

要吸水。

要振翮重飞。

是不是神的旨意？看哪，一群肤色各异的孩子，从这个夏日的入口处，咚咚咚咚跑过来了。

湖边的树干，像一块磁铁，吸引了他们；又像是一只臂膀，搂住了他们。

他们挥动着小手，喊着，叫着，笑着，上上下下，蹦蹦跳跳，打打闹闹。

幼小的、单纯的、圣洁的快乐，如同清风一般掠过了水面，感染得整个圣约翰湖，都如醉如痴。

老与幼，或许前世，或许今生，有过梦幻之约。

凤凰木呵，如果是圣约翰湖紧紧握着的一管横笛，孩子们，就是天神特意安排的一枚枚彩色的指头。

按动着，蹦跳着，抑扬顿挫，给死去多年的生命，吹奏出了——多么鲜活，多么缤纷的畅想曲！

（选自《散文诗》2021 年第 12 期）

二辑 登山观海

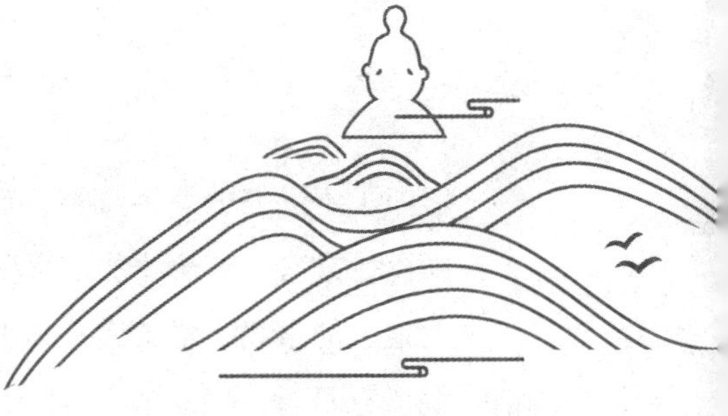

草原（外四章）

孙大梅

一粒草籽，就可以芳草碧连天。

风创造了草原，又迎来送走了无数个草原。

一朵花悄然开放了。

它的身边就会跑来千万个美丽的姊妹。

无边无际是草原的心胸。草原养育了成群的牛羊，有的跑到了天边外，和云共同创造了一片片无法区分的白云牧场。

沿途客栈

习惯了不远处的晨钟暮鼓，心留在安营扎寨中。

雨夜，常有人打伞出去；却没有归来。

大地上的事物，沿袭着一脉相承。唯有梁上怀旧的燕子，离开前，绕梁三日。

失落的人心，有时候也会幡然醒悟。有人在时间里懂得了感恩，理解了回报是一种永远的智慧……

机器人与诗

这一天指日可待了。

相信机器人写出来的诗，依旧赋予情感的悲欢离合，一定会超过我们人类……

辞海的数据库就在它触手可及的一个感应器上。读着这些机器人的诗，我们却成了，无言以对的异乡人。

机器人写诗，让我们低下头来，羞愧地质疑我们的祖先，我们是否曾经属于过人类的边缘线上，可曾有过进退维谷的决择期？

历史就在这里，成为一件不可逆转的科技拐点。

空城计

在定军山的城楼上，你独抱一把琴，城门大开。把所有的耳朵请进来捧捧场。

进来吧，放下枪炮，我们都是亲如弟兄的一家人。

当然我们都是士兵，枪不离手，也是当兵的一种责任。

几万人马，望而却步，只能原地，洗耳恭听。

两个手握扫把的士兵，不慌不忙地扫着门前的尘土，也扫着门外，琴声里，渐渐失去信心的兵卒。

有谁知道，那些不卑不亢的旋律中，流出你一身机智的冷汗。

而另一个你却胸有成竹地笑看人生。

小　站

有多少个小站，在人生的旅途上被生活抛弃，离我们越来越远。

有时候忘却的人，亦如生活中消失的小站。只有火车沿着铁轨继续向远方奔跑……

它带走了我们生命中的一部分时光，永远挂在了没有路牌的远方。

（选自《诗潮》2021 年 9 月号）

大地明亮（三章）

亚　楠

在金蓬山

在静穆里渲染的夕阳把山河装入了梦中。不，是把远山淡影还原为梦。清风拂柳啊，花香摇曳，似乎，每一片花瓣都是音符！

梦中羌笛起伏，潮汐般，把潋滟水光拢成乡愁。古老的记忆似流水，悠远而清澈，仿佛一个民族的往昔都汇聚在这里。

而驰骋的想象，于无声处呼唤他至亲的人。

多么美啊！金蓬山上，万物被金色浸染，辉映，明亮的心绪化作了彩虹。就从尘土中升起吧，让这古朴、明净的爱唤醒内心的河山。

阿克苏河

从天山深处涌来。这明亮的激情在白云岩谷地击荡、回旋，就像乳白色梦幻萦绕于恒久的记忆中。就纵情奔驰吧，开疆拓土，让草木春风里轻轻摇曳。而高处的雪澄明，圣洁，便多了一分沉思的凝重感。

此时我想象库玛拉克圣洁的辉光，一路逡巡，汇入阿克苏河不眠之夜。也以神话般的力量，为茫茫大漠注入生机。是啊，拓荒者用他们的犁，和不朽意志，把千年浩叹变成了一座座绿洲。

时间之水依旧静静流淌。人们用时间改变的，也终将成为时间的一部分。或者就像阳光下万物勃发——在那里，一只鹰飞向远方。

扎嘎瀑布

这跳荡之水，这音符绘制的壁画在天空回响。也是光，是闪电释放的乡音。林荫中，柔润的光被水吸纳，仿佛远处的蛙鸣，平添了几分幽静。

而向阳坡地上，山花吐艳……清香扑鼻而来，就像一缕缕炊烟，淡淡的，有一种亲人般的温暖。鸟啼声时高时低，宛若错落有致的楼宇，在微风轻拂下，焕发出神采。我总觉得，这就是大自然恩赐啊，是兄弟般的久别重逢！

也会看见游离于水光之外的鹰，那么高远，淡定……此时，我聆听水的轰鸣，宛若不远处的山寺钟声，悠远肃穆，却又那么明亮、安详。

（选自《特区文学·诗》2021 年第 4 期）

如此辽阔的落寞（四章）

干海兵

黄昏之舞

在新疆可以看到地平线的绝大多数戈壁，夕阳被一块块乱石割成了不规则的弧形。有时候你觉得骆驼刺在流血，有时候觉得芨芨草受到了重创。

牧羊人在混沌的红和黄中越来越模糊，他的轮廓仿佛蠕动着绒毛，一会儿被地拉下去，一会儿被天提上来。其实这时候天地搅在了一起，像蛋白和蛋黄彼此交融，羊群陷进去了，再响亮的口哨也将它们吹不出来。

小虫子一样的汽车，在一条断成几节的线上昏昏沉沉地奔跑。断成几节的线？也许不能再看成一条了？它扎进乱石，惶恐的灯光四处乱溅。

这时候你感觉到了地平线在上浮，每一块石头和沙砾在看不见的水中动荡不安，钉子样的胡杨先碰到了天空，然后是牧羊人闪烁的烟头，然后是一声碎了的老鹰的鸣叫。

如果此刻你不牢牢压住躁动的座椅，汽车将尝试飞上天空，那些倾斜而下的沾血的蛋壳将糊满车窗。你转过脸去，缩在旁边的同伴长着粟特人灿烂的胡须，你的多余的钥匙叮当作响，像一万颗撞身取暖的昆仑玉。

察布查尔的弓箭

锡伯族有大弓，箭袋上有飞腾的龙和马。

信奉万物有灵的老人一定见过它们。以云和露水为生的两种祥物，出现在夜里，出现在野外，在伊犁河的上空。

锡伯族的箭是飞翔的胡杨，长着血红的年轮，在经过的每一条时间之河中啜饮，硬骨头的夜晚常常被擦出火花。

以箭为马的草原，察布查尔的每个人心中都有神兽在指路，击鼓的汉子，把天地系在箭杆的腰上。

也有在火塘旁睡熟的弓，梦见了大雪，连绵到天山，

仿佛东北来的，白头的大雁。

落　寞

如此辽阔的落寞属于都市黄昏的人潮，属于红绿灯中停泊在道路中间的那个失忆的人。他想在那些肮脏的脚印丈量过的路标中间，在落日未及的高楼背面，他想如云一样坐下去，无依无靠，让另一个身体在各种缝隙间流淌。

多么像空无一人的荒原，被花朵丢弃的果实，被落叶砍伐的老树，让雷声戛然而止的每一棵草芥，颤抖中那无边的死亡的安宁——一切不再被背影照亮，只有流星在静止的蓝色湖面上扩散。

而此刻被都市拥在怀中的老月亮，耳聋眼花的月亮，独坐于车流灯海，让那把只剩筋骨的铁椅搀扶着他似是而非的爱情。他有时候像凝固的风，有时候像走失的省略号，有时候像一万条鲫鱼的弃儿。只有那些不是等待的等待是他的，只有那些不是呐喊的呐喊是他的，只有那些空旷中模糊的面孔是他的。

他有时候也不是他的。

苏小小墓

青骢马是一页翻过去的灯光。而现在的梅雨，生长在油壁车半掩的小窗上。温庭筠来过，李贺来过、徐渭来过；茉莉花来过

西湖的鲫鱼来过。虎丘山不动声色，灵隐寺的小沙弥

一整夜都在超度不安的湖水。

她在露珠唱歌的小径上结茧，化不化成蝴蝶要看明天早上来的第一个游客。

是只看她一眼，还是扶上小三轮驶向灯红酒绿的市区。

这一生多么漫长，传说中的小书生一直在云烟笼罩的西泠桥赶考。

时世幻变，莫来由的相思长出了青苔

今夜我将绕道走过她的小院，一座石头砌成的爱情太重，给其他人吧。

我只愿邂逅落在无人小道的青红手绢

（选自《铁区文学》2021 年第 2 期）

读李白《独坐敬亭山》(外一章)

心　亦

月落，星稀。白昼藏进众鸟的眼睛。

斟满纪叟封酿的老春酒，一饮而尽。

残云，携鸟鸣、风声，悠然独行。除了水面的波纹，垂柳也一刻不停地，在敬亭湖的岸边，练习着演奏竖琴……

云舒。云卷。

即使是天边的风，也吹不淡比山顶更高远的湛蓝。那朵孤云，早已化作了密密的芦花，茂盛地生长在湖边。风声雨声、昆虫的呢喃，都在静静地注视摇曳的芦苇那千年不改的容颜。

真希望，在山顶，总有那朵云，在左右陪伴。当夜晚的蜜，被慢慢耗尽，鸟语的飞白，正在干净的宣纸上，悄然落阵。

总是奢望，从唐诗里私奔出来的云，突然间苏醒，惊吓得千年寿纸之上，黑白分明的诗句，屏住呼吸，一声没吭。

可惜呀！这轻微的响动，只惊醒了漫山遍野的花期。历史捕捉的，不是敬亭山的花瓣，而是那些花瓣在风中轻微的颤栗。

花朵，永远不会死，只会静静地老成山的果实。

读孟浩然《宿建德江》

移舟就是去寻丢了的魂。
今夜，你无论泊往何处，都将不能安宁。
落日早已溜走，赶紧去点燃乡愁。
客的叹息声，按压住了
通往天边的路……

旷野的树，伸开枝手，撑起了苍穹之幕。
月，再也不会掉落到
船头。

异乡的洞箫声，阵阵钻心，
吹皱了江中的月，水草的影，清澈间的客人。

漏网的几尾鱼，溯流而行。
捎回故乡的口信里，落叶纷纷……

（选自《敬亭山文学》2021 年冬之卷）

四月，我们在博山（三章）

栾承舟

夜宿原山

暮云向晚，千层万叠的波涛，如若天籁。

齐长城，古远之地。历经天崩地裂，风花雪月。

马蜂，鹳鸟和羊，自密林出，尔后，是如冰河期一样久远的缄默。

波涛隐隐，二亿五千年了，至今，仍在奔突。

孟姜女的泪，将士的金戈和交迸的雷鸣，沉寂下来，无声。

李清照，吟者之姿清雅，像一位云中仙子，一片含羞草叶，欲语还休。

旷古未有的风，附在我的耳边。

说出：一波波盛开的潮涌……

齐长城听风

怒吼在风中咆哮。

齐长城，每一块青石之上，碧血殷殷，至今，仍是热的。

干净的风吹，像一条长河，在流。一个个涡旋，仰首凝听着霜晨雁鸣。

每一条斜枝，铭记着乱世纷纷。

那些个雉堞，战车，城墓，均已废弛。山风暮霭之间，鸟鸣落满了原山、鲁山。

穿绿衣的女子，云中仙子，很美，像在梦里。

此时，整个齐鲁，鸟雀都已展翅。

尔后，云岫轻响，遍野麦浪渐成燎原之势……

石海霞光

凝固的波涛，依稀吹奏着鱼气息，豚气息，

各种水生的草气息。

五月的风，和凉，鹊之吟哦，路过铁骨铮铮的壮美。

一朵光乳中的小黄花，凭吊着日月嬗变，血肉相搏。

拜读古遗址，自奔突的马蹄开始。

这个时节，宛若宣言、传说、梦幻的石海霞光，均已萌发新芽，拷问着谁的骸骨？

四只，历经硝烟的牛，破敌复国的牛，心中的火焰渐渐灭熄。

美，力度与内在的蕴含，上升为雕塑艺术。

（选自《湛江文学》2021 年第 8 期）

雪山（外一章）

李　成

雪山化为一只雪鹿，向我走来，在这暮晚。天色有些微寒，而更严重的是，正是幽暗的时光。

多么令人感动。那雪鹿挣脱地平线，一路跑过来。它仿佛天生就无羁绊，天生就无拘无束，天生就会嬉笑浪漫。它跑过来，闯进我的柴扉，把头轻轻抵近我的胸膛。

它一身雪白，它的雪白就是夜晚的唯一光亮，足以把我俩的视线点亮，不仅让我们看见彼此，而且也能看到世界的轮廓，世界的自由与局限。

它贴近我的胸膛，它一定能听见我激烈的心跳，像山泉在山涧里叮当，叮当……而它的心或许藏得太深，或许曾被冻结，却寂无声息；但这不要紧，我的怀抱很温暖，一定会有一道山泉醒来，从雪岭那边朝着我们进发。

这只雪鹿用沉默的眼睛望着我，它的眼眸里有深沉的光。那光凝结着深邃的时间。它望着我的刹那，我们的心灵便已接通，我仿佛知晓一座雪山化成一只雪鹿的原由和过程，我相信，它也看到了我后背上的阴影——一直纠缠的苦难。

这一会儿，苦难只能在远处不耐烦地徘徊，用阴郁的眼色盯着我们。

我们不在意，重要的是这匹雪鹿并不在意这些。对于它每一时刻都是新的，每一天都可以开创天地。

我把手抚摸着鹿的头颅和颈项。我们不需要睡眠，我把一缕彩色的丝线轻轻地挂在它花枝一般的角上……

一觉醒来，我推开门，看见旷野上的雪山，此刻，它的洁白的身上一片红光，而它的头顶，却有一缕缕的云霞……

雨中停车场

下雨天。雨把天地间的一切都弄得湿淋淋的。

一切都湿淋淋，一切都如诗人写所：连大鹏鸟也倒地不起浑身湿漉漉……

我走到一个停车场，那里停满了小汽车，各种大小的小汽车——当然不会太大也不会太小，它们是差不多大小；

但它们形状各异；形状各异也使得它们似乎大小不一样。

现在，它们都被雨淋湿了，有的洗得发亮，有的像是遭了灾殃而流下腌脏的汗，有的垂头丧气像是刚刚经受打击……

它们都一声不吭。它们都一动不动窝在那里，仿佛在思索着，阴沉地思索着，有的脸上还挂着泪珠。

夜色即将降临，夜色降临之前总有一些朦胧的光射出来，这些光使得这些小汽车似乎变成了五颜六色。它们本来颜色就不一样，这会儿这些颜色流淌混合在了一起。

我从它们身边走过，它们都阴郁地沉默。

我忽然有一种感觉，要提醒自己：我千万不要是一辆小汽车，不要是其中的一辆，哪怕曾经是一场雨让我苏醒过来，我就再也不会趴在这里，而是开始行动。

我忽然感觉这些小汽车都是被淋湿的小动物，它们被雨洗去了一切记忆，它们忘记了回家的路，现在我要做的事就是：

一只一只拍醒它们，让它们走动起来，走回山坡上的树林，走回湖那边的草地，走回铁道那旁的村庄，走回波浪熠熠的海滨……

（原载《星星散文诗》2021 年第 1 期）

贺兰山缺（四章）

亚　男

落日下的贺兰山

我在归鸟的路上，夕光忍不住发出鸣叫。

黄河的水啊，把我送到贺兰山下。我身体里的雄性涂抹在山上渗出了苍凉。一匹马的豪迈奔驰而来。仰望着，这一生仅存的一点时光，也必须是雄壮的。

贺兰山一座座山峰，刀一样插进我的视野。

石头越来越冷，越来越控制不住情绪的张扬。

一千里的落日，多想抽出一丝丝柔软。

进入中年，山势变得陡峭。

刚烈的贺兰山，我想有一场雪来呼应。我的血是热的，奔腾的。

站在贺兰山，接受加冕，我必须呼喊出一腔热血。

雄鹰，岩羊和落日对视着——山的雄性冶炼着我的余生。

落日下，我站成贺兰山的主峰。

落日下，我是一个孤独者，坚守着内心的挚爱。

落日下，我就是贺兰山那只岩羊。

岩　羊

这些羊，赶到山上后就没再收回来。

它们在岩石丛中，望着的，是我，还是天空？

风吹痛了皮毛，钻进骨头就是一把刀。我用岩石的坚硬来抵挡一小会儿。而性格泼辣的岩羊，不像我穿行在城市，总是小心翼翼，左顾右盼。风撕开裂口，血的温热，一天天加剧贺兰山的粗犷。

夜色裹着我的孤独，窗外的声音携带了苍茫。

我仰躺在枸杞的红里，把一阕红读了又读。

饱满的岩石，一粒粒排列在身体里，不允许有丝毫懈怠。

也许是荒芜在喂养着岩羊。它们在冷酷中承载着繁衍。

攀上巅峰。岩羊从悬崖峭壁取走日月。

一声声疼痛划破夜色，划破贺兰山的沉默，划出一道亮光。

我不想它熄灭。但我只有与这些羸弱的汉字一起，去抵御寒风。

岩羊走进活性炭之后，高昂的品质，认同了我们的相遇。

岩　画

这是一滴血。我要画出贺兰山的雄壮。

带上我的生命，尽管只能作短暂停留，但我也要坚守体内江水的流向和流速。穿越千里，高处的岩画已经有明晰的轮廓。

烈性的线条和温婉的构图，派生出深厚的想象。

这一夜的贺兰山，与江南的流水是默契的。

岩画曼妙，或是狂野，手法娴熟。一只羊，或者飞鸟，圆润的线条，非一朝一夕。三年五载，难得水到渠成。

唯巉岩挺立。贺兰山十万将士，已经迁移。

高血压，高血脂，一幅幅岩画的疗效，胜过人间的虚假情意。

贺兰山上每一块岩石都会唤起苍茫，配得上不朽。

我借一只苍鹰，叩问：

就留在这塞上江南吧——在岩壁上画我的余生。

（选自《天山时报·散文诗月刊》2021 年第 10 期）

故里（外二章）

香　奴

伟人的故里。

他至今未归，却有宝鼎说出四个字：实事求是。

修竹的岁月更长，在他之后，欣闻港澳回归，1997，很久就成了历史，他的三起三落和最新鲜的花瓣一起，荣归大海。

他的故里，是广安，是嘉陵江，是蜀道，是长江，是中华锦绣，是大海无边无际。

民间传说中，是被祖上救过命的风水先生的一个郑重报答，但我更信，天降大任，江中藏龙。

这片神奇的土地用来给江山多娇打下伏笔，一个孩童走在菜花的金黄里拽着风筝，一个少年在江边弄潮时懂得了篙的力量，一排排水花编整有序，何止万马齐鸣，家国命运里他将负责统领三军。

广安，也是他们的故里，板楯蛮族人，巴人的一支，沿嘉陵江、渠江水道向上游开辟宽阔的疆域，在茫荒的江河两岸，勤劳勇敢的板楯蛮人，逐水而居，渔猎、农耕，缔造了广安最初的模样。

故里，就是一个传奇的源头，一段历史的最终定论，一个名字，最深情的归属地。

广安白塔

广安白塔，冷雨清檐，与对崖迤逦的奎星塔遥遥相对，这让人相信，孤寂也需适逢对手，就像知音，伯牙子期。

高山流水到此终止，松下贤士散去，秀出云表的你，袅绕着鸿断的清愁，春去秋来，内心伸展出来的野草杂乱无章，岁月叠加，你逐渐斑驳点点，壮士暮年，这样的坚守让人生出疑问，在你破败的窗棂之内，是否还能羁押得牢固？一直想双飞的燕子，衔来衔去的暖巢。

世人夹杂在风雨里，一定有人怀摧毁之心，也一定有人意欲修缮。

而你泰然自若，从时间的角度衡量，你早已进入无人之境，那个写雷峰塔倒掉的人已经不在，你还需站直了，待他重生。

我一直认为，所有的塔下都藏着蛇，她安静内敛，人生信条不像燕子那样显而易见，可能有些心机，潜伏在阴凉处，她暗恋的汉家男子，写杏花的诗，喝桂花的酒。

塔与寺都带有戒律和修行。寺更严苛、清明；塔，有温和的禅意，来者随缘，去留随意。

华蓥山的雪

世上竟然有那么小的雪花。

像一辆疾驰而过的货车丢在风里的碎米粒，星星点点地白了一瞬。

一瞬，就全部融化了。引来扑空的鸟儿，啾啾地盘旋出风的声响。

很小很小的水珠停在我手心。在铺天盖地的思念里，生出这细小的恨，生出甜味的香气，生出秋天浓缩的酸，那么小的雪，那么小的雪，她落下来，只为了讨要一个虚拟的怀抱。

漫山遍野，三月的梨花。而冷雪积颠顶，远望如琼瑶坠地，水晶铺上山梁，雪如梨花，梨花似雪，方能诠释这个神赐的芳名：华蓥山。

石林，是终止的记忆，而杉木，却是活着的化石，木秀于林，风必摧之，一摧再摧，石头已经修炼成金刚之身，最忠诚的戍守者都有着金刚一样的沉默，而摩崖石刻上也没有一句海誓山盟。

草木皆白，独坐，隐匿于雪。

雪，飞扬，旋转，裙裾上有水晶的亮片。风的歌唱变成难以复制的高音，穿越云霄。

污秽的尘埃跌落云海、竹海，贴着地面扭打和厮杀，众多的雪粉身碎骨，葬送了洁白的颜色，骨骼却坚硬成了冰。

所有空中飘浮的罪孽都一一臣服于大地，雪，越下越大……我眼前恍惚，这鹅毛，这梨花，这锦书的碎片，这撕毁的契约，这安然若素的棉，这心惊肉跳的裂帛！

这是一场颠覆。

而我置身其中，我被雪花推来搡去拷问以往，我亮出醒目的伤口，雪花也能落泪，众多的雪把我簇拥。

我被投进氤氲如泉的意境。雪，流淌下来。

流过白发，流过肩，流过空荡荡的怀抱，沁入心脾，汇入血液。

这是一次涅槃。

白凤凰之美，形如云的堆积。让北风的吼，更嘹亮。

华蓥山肃穆，沉默中孕育一场盛大的日出。

我的梨花，落满山谷。

（选自《散文诗世界》2021年第2期）

海滩上的图画（外一章）

李曙白

他是一个画家。

那一天他来到海岬，坐在高高的巉岩上，他看着面前的海滩，看着海滩上他刚刚留下的那些足印，突然觉得——

那就是一幅画。

于是，他在离开大海不远的地方造了一座小小的房子，开始在海滩上作画。

每一个早晨，他都来到海岬，用一张自制的木片在沙滩上画呀画呀。直到把海滩画满，直到那一片海滩成为一幅完整的画图。有时候他会站到高处瞧一会儿，然后又回到海滩上添上几笔。

当他满意之后，就坐到那块巉岩上，看他的画。

日复一日。年复一年。

他每天都作一幅画。每天的画都不重复。

月出大海时，夜潮涨起。第二天一早，海滩上什么都没有了，那是又一张崭新的大纸，等待他挥毫泼墨。

不羁的波浪伴着海涛的声响从天边涌来，又伴着海涛的声响向天边涌去。面对大海，他总有无穷无尽的灵感，无穷无尽的创作欲望。

多可惜呀，那么美的画都被潮水抹平了——见过他的画的人说。

不，是大海收藏了那些画。

他执着地相信，大海保留着他的每一幅画。

“有一天，大海会归还的。”

从东山返回

天色已暗。

道路就在脚下。荒草和过早到来幽暗都没有将它掩没。

我并没有到达峰顶。

那儿太高，路途过于遥远。在路边回头，我还能看到它，在刚刚降临的夜色中，它显得庄重而神秘。

不过，现在有没有登顶已经不重要了。

我在返回的路上。像一个真正的山里人一样走着。

白桦林和落叶松就在我的身边，它们都是后来栽种的。最早的那些林子早已砍伐殆尽，因为需要它们做出牺牲。

星辰已经在空中升起。

它们闪烁着。它们只为更年轻的生命照耀，千百年来都是如此。

我们都有折返的那一天。所有人都一无例外。

道路是预设的。去时的路和返回的路都是。

不同的只是走在这些路上的人，或者慌乱、匆忙，或者沉稳，从容。

（选自《星星》下旬刊 2021 年第 11 期）

甘南记（节选）

牧　风

题记：一切景象的呈现都是开拓者血与火的淬炼。

10

一曲羌戎牧歌吹动甘南汉代古韵的神话。

一支飞入草泽的箭簇捎来北方鲜卑人欲望的脚步。

一束六世纪初的月光透过青藏的缝隙，将吐谷浑神秘的影踪瞬间推入初唐甘南的原始秘境。

一条翻越巴颜喀拉的溪流在甘南的至高点完成小溪育河的壮美蜕变。

一朵汉唐喂养的格桑梅朵，在吐谷浑狼烟遍地、饮血踏歌中沉吟挽歌。

一片承接历史的荣枯和兴衰的银霜覆盖青藏原野和江湖横流。

一座横跨青藏的雪峰，用高耸入云的雄姿阻挡住外侵者贪婪的灵魂。

一颗埋没千年的文明种粒，冒险将瘦弱而顽强的头颅，顶出青藏腹地，摆动鲜活娇羞的脸庞，在雨雪的浸润中，把梦想繁衍成大野苍茫。

一抹彩虹把盛唐西边的雪域描绘成渴望和平的佛乐典章。

17

海拔三千二百米的阿米贡洪神山就是甘南最亮的美眸，镶嵌在安果民宿藏寨最隽秀的核心地带。每当晨曦的浓雾抚摸阿米贡洪牧场蹁跹的身姿，那云雀的声音亮过苍穹，亮过早春牛羊迈动的呼吸和苍鹰俯瞰的翅羽。

这是甘南草原生灵最温暖的栖息地，把人类的碎念和杂陈在阳光的布展中迅疾的掠尽。这是尘世最美的一隅风景，酒歌在梅朵的柔美舞姿和百灵鸟青翠欲滴的吟唱中缠绵冗长，牧人的响鞭掠过初春的阿米贡洪，留下几片悠长的慨叹！

18

把歌声留给温馨的草地牧帐，那炊烟袅袅里升起奶茶的飘香。

把祝福献给破茧蝶变的美丽藏乡，那绿色涂抹的家园是人间天堂。

把生命里快乐的时光呈现给三河一江，那波涛翻卷着朝晖和暮落的苍凉。

把雪域最美的赞歌献给秀美牧场和浩瀚林海，那高原壮美的骨骼在凛冽中铿锵有声。

把尘埃里孕育的故事倾诉给十万雪山和数千河流，那空旷的回音震撼着青藏的每一根神经。

呵，甘南，雪域深处的一朵怒放的雪莲，带着晨露的幸福时光。

（选自《星星》下旬刊 2021 年第 9 期）

菊痕（外二章）

王猛仁

我时常在一个静夜忽然醒来，看悄然的黎明和颠簸的回忆，在一池碧水中溶解成泥土，把内心的闪亮，一点一点，嵌进橘黄色的老屋，清晰着我的诗书之旅。

深入平原的野菊花，叼着思念的长线，在轻拂的浅草黄花中，被远方的一句问候，裹得清柔而芬芳。

所有消瘦的时光，一一跌进幽邃的心间，被澎湃的思绪拉得鼎沸而漫长。

残存在圣洁玉枝里的鸟的羽翼，企图在某个角落，隔着空气，隔着不同情感的风采，可以随手翻来。

还想有那么一次，让心灵的呓语融入无言的月光，天天漾在平静安详的湖心，在浸泡过的一杯菊香里持续地汹涌。

清明雨

手中的笔，自觉不自觉地，勾画着；一朵心中的云，盘旋着，向我肃立的地方张望。

凌晨的花，眨巴着双眼，一会儿明亮如初，一会儿雨丝绵绵。

当春光抚慰绿魂，我看见父母佝偻的背影，一次比一次缓慢，一次比一次清晰。

我一直拙于启口，我怕我的诗行爬上天空，踩碎孤独与星月，尽管午夜里我的泪水殷红殷红。

我想在严父的臂膀下，避风避雨，在依稀的梦中，将难以重复的旧念，再次复活。

平日，我时常微闭双眼，听一种苍老的声音，在绿草成荫的路上，诚实得像个少年。

清明的雨纷纷落下，我将赤热的心到处张贴，寒风路过时，藏一颗不朽的夕阳，给母亲。

我不敢久久对视。

我怕响彻在西陵园的呼唤，站在跟前，洞悉我浑浊的目光……

灯　火

远看，晚霞彩绘的凸窗，正以沉思的步履，巡游小溪与河川相遇的地带，不久，孑身凝伫的少女，卸去香艳的盛装，挽着双飞的诺言，在春天，重温一场掩饰不露的恋情。

真想拥有属于自己的一块净土，在亲手开垦的土地上，慢慢变成沉默的老人，如同纡回层迭的山石，远远地望着。

仿若望着清晨和黄昏刚刚露面时的爱情。

此刻，我站在她的背后，距离很近，她没有回头。

我恍如看到一位圣贤，两颊苍白，伫立着。

尽管他的眼睛苍茫，尽管前方的灯火已悄然熄灭……

（选自《诗潮》2021 年第 10 期）

秦岭的大小（外二章）

第广龙

如果把秦岭在缩小成巴掌大的中国地图上标示出来，看上去，就既像一道秦俑的浓眉，也像一笔遒劲的隶书。

秦岭，一个秦字，的确与秦有关，与一个帝国有关。

风烟散去，秦岭依然。

不过，不用放大，在大地上，秦岭就是自身，就是天造地设的原物。从诞生之日起，就一直在场，是山体的绵延，是石头和泥土，是流水和清泉，是树木和鸟兽的乐园，是庇佑人类，安放魂灵的故乡。

长度 1600 公里的秦岭，是一座庞大的山系，横亘于中国中部，乃亚洲之中轴。秦岭以其巍然的存在和影响，而拥有中华祖脉、中国父亲山之美誉。

在秦岭这个统称的名目里，还包括了上百座有名有姓的山体。每一座都被人敬仰，每一座都能引申出一串串故事和传说。

这是山的群落，山的集合体，山的矩阵。

书写秦岭，我依然选择方正的汉字。一笔一画，才能和秦岭的气质匹配，才能表达出秦岭乃一个民族之源头的本意。

秦岭是大音，是正剧，是史诗。

秦岭当得起所有大词，所有赞美。

秦岭 72 峪，各不相同。我攀登太平峪旁边的黄寺，土路细长，我走了一个上午。山顶上，寺庙没有了。留下了一个名字，还有一户人家，几棵柿子树。雪晴之后，阳光冰凉。柿子树的高处，几颗金黄的柿子，挂了雪，更加醒目。

地里头积雪未化，一个个漩涡，竟然整齐排列，像是人为的，其实，是被大风吹出来的。

这也许是秦岭最小的一块地方，那一天，我蹲在雪地上，吃了带来的食物，才慢慢下山。

这些年，我以这种方式和秦岭亲近，以这种方式了解秦岭，一个山口，一座村庄，一条河沟，都让我留恋。

我觉得，这才是秦岭有血有肉的部分。

正是这些细微的、局部的，甚至平常的、隐现的部分，构成了秦岭之大，之浑然一体，之伟岸的身躯。

分界线

小时候念书，知道秦岭和淮河，是中国地理分界线。

一边南方，又热又潮；

一边北方，又干又冷。

看地图就是一条线，我就想，如果人站在正中间，手伸向南边，接一把雨水，伸向北边，落一把雪花。

这，该有何等神奇啊！

其实，即便秦岭，具体到实地，也不是那么界限分明。总有一定的过渡，总有模糊地带。一如人生，一如生活，陡然翻篇，立时换装，那不是常态。

秦岭以其所处位置和高度，定义了南北，这在温度的差异、降水量的多少上是有指标的。南边常绿，北边落叶。水稻灌浆在汉中，麦子分蘖在白鹿原。以前，北边人睡土炕，南边人睡床。北边人出门乘马，南边人出门坐船。地理的间隔，带来了习俗上的不同。这不奇怪，隔河不同音，十里不同俗，都有例证可寻。

我发现，差别再大，也大不过相互的认同；地分南北，人心不分南北。我到南边去，有新鲜感，没有陌生感。我的踏实和从容，是自然的，不是刻意的。

随着交通的便利和物流的通畅，南北相互影响和交流，许多方面难分彼此，你中有我，我中有你，也已经在不知不觉间发生。

穿越秦岭

从秦岭的北边到秦岭的南边，是真正的翻山越岭，真正的看山跑死牛。过去，南北走上一趟，时间都花在路上了。有的人累倒了，有的人在半道上丢了性命。

给秦岭打洞，把秦岭打穿，如此浩大的工程，竟然能够接连完成，放到过去，想都不敢想。

我第一次穿越秦岭，是包茂高速通车。从秦岭终南山隧道进去，一直在石头的肚腹里潜行，像是在梦里穿行。18 公里路程，既漫长又快捷。终于看见出口，看见天光的时候，洞口的阳光，如豹子在奔突。

出去，就是柞水的营盘镇，似乎来到了另一个世界。在柞水吃豆腐，在牛背梁看羚牛，我为能够来到没有来过的地方而欣喜。如果没有隧道，顾虑路途艰难，即便空留遗憾，我也许也不会到秦岭的另一边去。

后来，西成铁路开通，坐动车去阆中，那是一次更远的旅行体验。一路上，像是有个控制开关，车窗一会儿亮一下，一会儿又暗了，那是因为穿行在秦岭的山间，刚从一个隧道出来，又进入下一个隧道的缘故。隧道有的长，有的短，就这样明暗变化着，亮起来的时候，看到山丘，看见山洼里的村庄，看见一块一块庄稼地。有时一瞬间，有时稍稍有些间隔，我都觉得新鲜。

这些年，我一次次穿越秦岭，到山那边的一个县、一个镇子去。也出省，去更加陌生的地界，行路难的感受，已经远去了。我出去，就是为了长见识，就是为了看看远方是什么样子。

秦岭，曾被兴叹“乃天下之大阻”，而如今，天堑变通途。

（选自《散文诗》2021 年第 12 期）

尼山日出（外二章）

高　伟

最棒的事情自己就会发生。

在尼山，当太阳像一个婴儿探出一天中的新身子，说的就是这种事情。

尼山是一块好地，一个丰沛到可以怀孕《论语》的身体。尼山的身体若是发出声音，

每一个字都是包了浆的星月菩提。

金声玉震，温尔厉，恭而安。

山不在高，有仙则灵。说的当然就是尼山。

日出尼山，这光彩的中心，文化宇宙中的奇点。

尼山有道，非常道。可道可不道。

一本足以成为地基的书，它才能成为被人类仰望的应许之地。思想的颜值，自带应许的诫命。山水格局，布置渊博的救恩。

尼山安抚我的心肺和灵魂，让它们从欲望中撤退，重新成为身体的原居民。

日出尼山。

逝者如斯。生者亦如斯。

默

一想到我曾经说过的那些话语，张枣诗中的梅花便落了下来。

我这个屌丝呵，本质上的蚁虫。话语一出口，阈值已出现，偏见像沉船里的破口被水涌进。

最要警惕的就是自己的话语。如果我停泊在蚁虫的话语地带，

话语带着不自知的漏洞，越肯定越走调。它们美如浒苔，可大海不需要这些污染物。

一岁开始学说话，上学，念书，去图书馆……得经过多少年代的损伤，才能说得出包了浆的句词，认出胡说和瞎说。

才能不说话。

莲　花

如果众花之中还有莲，还有莲的蓬，那在静谧夜晚发出的低微的声音，小心不让浊声的影响高过星光的带领，我就不能说我一无所有。

放下屠刀，未必立地成佛，但我依然选择放下。

放下。如一朵莲花打开心形的花瓣。

无为是一种为，不是一种无。就好像空不是一种无　而是一种大有。

每个人都有自身的风水。让争先恐后的人在前面走吧，我留在这里，一个人，灵魂在水面下观察。

观察的不是别人。

不带任何形式和抵抗地观察自己时，那个观察本身就是我的行动。

当我放弃我认为自己是谁，我就是自己全部，就是那个有蓬的莲。

（选自2021年9月30日《开封广播电视报》）

时光中的丘陵（外一章）

郭　毅

向着时光指派的丘陵，众多的翅膀又在飞翔中仰向神圣的穹窿。

这世内的春天，目睹的现实是一个利己主义者浅显的表白。他们和它们依托的色彩，在情色飞舞的丘峦，镶嵌甲骨，又专修现代篇章，拖出一弯弯新韵流水。

丘陵的身躯红透，品性养育的柔软，再没古籍中的硬伤。

欢喜的子民们，在低洼处望到高尚的太阳、凌空的月亮。

他们向着展露的星星，一颗颗钻出云层，披挂珠宝，不带丝毫忧虑和悲伤，把近处的身姿舒向远处的美景。

那么多的早课者，从朝阳中起身，朝拜每根挺直的脊梁，把腰身躬得纯粹干净、认真虔诚，让身边的飞虫、奔鸟……向着光，敢于与鹞鹰比肩，穿越薄云抵达绵延的阵营，亮出昂扬的信念和理想。

而我，再不是一个旁观者。我说出的经验和目标，因为倾慕和向往，幻化而来的图景，铸成的诗篇，早被他们（它们）在途中滚瓜烂熟。

他们跟着它们，又在新的章节中续满新词，将飘摇的一生，与万物紧紧相依、一脉相承。仿佛生于斯死于斯，一直热爱着，哪怕化作流云、沙子，也是肌骨相连，与时光显现的每个坐标溅出一朵朵跃升的花儿！

绿的净地

什么也不用说，这绿的净地坚持把丘峦和天空填满，就很了不得。

当我重新回来推开覆满尘土的窗户，看到的世外阳光，一针针把山河缝缀得这么好。

就连异性的河流仿佛也像女人的腰身，在春天怀胎。她们一个个迷醉的眼睛，一点不像经血流失的妇人。她们在劳动的丘坡上，佐证天下的圣洁。她们比拟的姿态，取来光芒和色彩，除了功德和真善美，丝毫没有恍惚和假恶丑。

在通向丘陵的途中，柏树和乔木，除了风温柔的安抚，草已撑绿一地。见缝插针的斑鸠和麻雀，欢喜得就像灵语在领地安详地串出琴弦。

而远处，更多行进的步伐在历史册页间，有的显得缓慢却很努力，有的走得飞快却又在等。它们披着比微风还细的披肩，举着民主的大旗，昭示无与伦比的个性，让丘峦以宽恕之心让出得以孕育的家园。

此时，历史沉寂，它们的梦想又从丘峦低处向高处移动几许。所有抖动的声音，踏着旧时神祇的路径，又被绿了一遍。

一切升起仿佛掩藏，把上帝怜爱的飞禽走兽才在光中展出，又静悄悄把它们饲养得最狂野最热血。

我看到重叠的秋峦仿佛坐骑演变为动车、汽车……一匹匹因绿的感染跑得最强劲最健美最勇猛，在号令中齐刷刷奔向国土起伏不绝的尽善尽美。

（选自《十月》2021 年 7 月单月号—4）

一只蝉（外一章）

川　梅

一只蝉卧在树上，跟树皮的颜色一样，隐入春夏深处，没有人在乎它要干啥。

时光如流水

花开花的惊艳，风摇风的野蛮。多情的雨，想落的时候就落下。蝉也不管，就窝在树上。

蝉卧的是秋蝉。

蝉一发声，就天下秋。

满山的蝉声，盖住了山径上的万古愁。

月光下

月光下，百丈寺门前的老树仿佛思春，胖大的影子，无风也动。

寺院不动，守夜的狗围绕着院墙转动，它的影子拖在地上，又细又长。

骚到墙头上的红杏，仿佛挑逗月光，她探头探脑，也许是想要出墙来，到外边把夜色玩弄。

夜色已经无边。

（选自《流派》2021 年第 4 期）

穿越恩施大峡谷（节选）

向天笑

1

走进恩施，就是为了走进大峡谷，走进她早已为我敞开的怀抱。

轻微的喘息，有如背后吹来的一缕绿风，轻轻地吹拂我的脸庞。

触摸高峰，放眼远望，满目绿色，任我信笔把这个炎炎的夏天涂抹成和煦的春天，尽管还是抹不去她曾经的沧桑。

徒步穿越大峡谷，仿佛爱抚过她的发丝、她的脸孔、她的腰身，整条大峡谷流淌的都是迷人的妩媚、吸人的灵动。

2

我站在大峡谷的栈道上，和峭壁一样，轻轻地挪动着，静静地对视着。

如果把目光盯在脚底下，会有一丝恐惧悄悄从心里升起。

我明白这次穿越之旅，是在危险的边缘上穿越，也是在华美的风光里穿越。于是这一路穿越，除了留下素来珍贵的激情，还留下满身不堪的疲惫。尽管每一步迈出去都是风景，但每一步也都会牵动我的双膝那隐隐的伤痛。

哪怕双脚以后恢复过来了，还能健步如飞，大峡谷也是我最后徒步穿越的景区！

3

这时候，鸟，是轻盈的，蝶，也是轻盈的，就在我的面前飞舞。

这时候，我抬起头来，看到悬崖上的花朵，她的美，高不可攀。

她低下头来，鸟，为她收拢飞翔的翅膀；蝶，也为她放弃拈花惹草。

耸立的山峰，他的孤独谁也无法想象，更没有谁触摸到他的寂寞，像点燃的一炷香一样，经年不熄。

峡谷的云雾，像涌荡的溪水一样，更像一条游动的巨龙，蜿蜒曲折前行，形态极为丰润，可谁又能明白她多年困守在这里的渴望与祈求？

4

风景的背后，都有坚硬的石头。

风光的背后，都有难言的痛楚。

大峡谷里有四面绝壁凹陷于丛峰之中，也有四面绝壁突出似凌架于丛峰之上。

石头，可以长出翅膀，在景区里飞翔。

但一个人的内心如果长满了石头，是很难在这世上行走的。

最阴暗的地方，还是在石头缝隙里，阴森森、冰凉凉，冷若冰霜。

石头，可以伸出手掌，在人生的道路上。

冷酷无情掌控人生的命脉，甚至于人生最后的关口。

（选自《中国诗歌》2021 年散文诗专号）

那个离自己最远的人（外一章）

陈波来

你看大海在一个玻璃瓶里安静了。你看城市公寓吐出未及消解的积雨云。笔记本因太多手写的流水账而变得滞重，在阴天难以打开。我在人群中总是找不到你。你看我的头发都白了。

我还有一个承诺没有践行。秋风起了，入海口的堤岸变得空旷且干净，像又一种忧郁。我还有一首诗没写完。那样的忧郁不属于飞离的白鹭。你看镜子里有一个我，似是而非忽远忽近。

那个离自己最远的人就是我，因为我曾是那个离自己最近的人。

你来，帮我找到我吧。

礼　物

给我爱的人，我要送上世间最耀眼的礼物。

我一直想。

丛林繁密，入海口堕入孤寂。叹息响起就意味着疏离与消失，因为某些缘由。可能是一片树叶在秋风中的哭泣，一粒沙在涛声中的一次翻身，一点星光在永恒的仰望里，放大的璀璨。

嘘，大鱼在无声接近。你也曾梦想过的大鱼。

请给我时间。

我一直想呵，给我爱的人，我要送上能够拿得出的最好的礼物…… 哪怕最终叉住的，只是一片硕大的鱼鳞。透过阳光它也可以是，最耀眼与最美好的。

（选自《星星》下旬刊 2021 年第 10 期）

西藏：虚掩之门（选章）

扎西才让

安德拉德：信任

闯过玛那村后，安德拉德与他的随从，乘着黑夜继续深入。

但他写道：

——我们进入沙漠，陷到大雪之中。

——我们抱团御寒，几乎失去直觉。

——高山病和雪盲之苦，没让我们退缩。

——我们遇到了茫茫无际的荒凉风景。

安德拉德他们，最终重新返回玛那村，村长用毛毡包裹了他们，把他们从死亡线上拉了回来。

其后，安德拉德——这位葡萄牙修士，竟然被西藏接纳。

据载：藏地王公贵族，视他为有大法力的圣洁的喇嘛，并给予他自由布教的权利。

安德拉德：新发现

1624 年 10 月底，幸运的安德拉德在返回故乡亚格拉后，给教会写了份报告。

此报告，以一本小书的模样送达欧洲。

在欧洲，有人发现了这本书的意义，它被隆重出版，且有着一个浮夸的书名——《大契丹或吐蕃王国的新发现》。

五年后，这本书以西班牙文、意大利文、法文、德文、波兰文和拉丁文的方式，在欧洲扩散开来，摆在西方人的案头。

西藏——这个安德拉德笔下被喻为“亚洲最难猜测的神秘国度”，再次点燃了更多大发现时代的蓝色眼球。

西藏滞留者

1720 年，理塘的转世灵童被带往拉萨，驻藏大臣到来，使猜测成为事实：西藏窗口，要对西方旅行家完全关闭！

深目高鼻滞留者，只能留下秘密的笔记：“我们被限制，被隔离，有时也被监视。在藏地，我们看到月落，也能看到日出？”

共　识

18 世纪末，有两批英国人，从不丹那面，深入喜马拉雅山麓。

一批，由东印度公司派遣的“集谨慎和毅力于一身”的青年官吏乔治·波格尔率领。

另一批，领袖是孟加拉军官塞缪尔·忒涅—— 一名文笔比波格尔还要精练的作家。

“你们在荒山的保佑下，生活在和平和欢乐之中！”

“对佛陀的虔诚崇拜和爱戴，令我坚信：他们是幸福的。”

显然，在西藏停留期间，他俩都记述了一个“慷慨、乐观而又充满感情的时代”。

波格尔：理解

苏格兰人波格尔，在西藏委任期间，见识了奇异的江孜：老宅中的两兄弟，共娶了一名非常美丽的女子。

这女子，又生下了三个他从未见过的漂亮孩子。

波格尔说：“他们前来与我饮茶，当夜幕降临，他们又载歌载舞。”

“就这样，在一种大欢乐里，我和他们度过了难以忘怀的两个时辰。对于西藏，我不感到惊奇，我只是常常叹息。”

波格尔：1775 年的夏天

藏历新年的某一天，两位藏族新贵邀请波格尔去他们的别墅小聚。

这两兄弟是扎什喇嘛的亲戚，因此，他们不能杀生，食荤也很谨慎。

但是，“当喇嘛不在的时候，我们就进入一个幽深的花园练习骑射……天黑了，我们返回火塘，唱歌，喝酒，1775 年的夏天，就这样过去了。”

波格尔：厚礼

1776 年，当大雪在山口开始融化时，在西藏逗留了三年的胡子枯黄的波格尔，想返回山后的印度。

在其致姐妹的信中，概述了他在藏地生活的日子。

他以令人伤感的理想主义的文笔，为西藏的朋友送上了“厚礼”——

“别了，忠诚而纯朴的民族，你们拥有开化民族不曾拥有的幸福。当文明人陷入无止境的贪婪，你们身处荒原，却享受着看得见的幸福！”

（选自《散文诗》上半月刊 2021 年第 3 期）

每个岛屿都是大海的肩（外一章）

张少恩

美丽的南海，有无数闪光的岛屿和沙洲，远远望去，像饰坠，像指环，像珠链和手串；像抻直的一道闪电；像幽梦掀开的一道缝；像蓬松的云鬓熠熠的银簪；像绚烂织锦提花的绣针……

岛屿虽小——它却是大海可依靠的肩头，是风暴灵敏的鼻子，是万里潮声倾听之耳廓；是攥紧的充满力量的拳头；是机警的目光，高昂的头颅，勃勃的雄心……

如果说南海是一匹烈马，它就是鞍鞯；如果说南海是一幅巨卷，它就是挂钩和铆钉。

它是秤砣，一两拨千金；它是胜算的大海不可忽略的棋子；是大海之交响的琴键；是华夏神圣的方印——钤记祖国浩瀚的胸襟，绵延不息的梦……

在祖国和人民的眼里，它更是轩辕剑坚实有力的执柄！

鸭公岛

远远地望去，碧蓝的大海上的一点白，如挂在青花瓷碗上的一滴乳汁。纯洁的闪耀，温暖的馨予与召唤。

鸭公岛，一个很小很小的岛屿，只有 0.01 平方公里，就像一只沾满月光的手拍在浩瀚无边的大海上，但它戳下的却是中国的指印。

小岛布满零碎的珊瑚礁石和贝壳，仿佛一身亮耀的鳞甲，有武士的风度。

我想赤足感受这珍珠的陆地，但收到的却是尖利的刺痛，趔趔趄趄，于是复又穿上鞋，漫步而行。

小岛翘脚也没高出大海三米，它像一只鸭子在海上游弋，狂风巨浪终没有把它吞没。它是坚定的，亦是神奇的，小小的身子肩起浩瀚的大海。潭门的渔民虽居简陋的小屋，却有着博大的心胸，他们整日出没于风波里，昂首于船头上，与大海一起呼吸——抵御外强，守卫海疆，炯然的目光是放电的雄心。

鸭公岛虽小，但不平凡，在风云莫测的南海上，它是一张铿锵的牌。

离开小岛，我又深情地回眸，迎风招展的国旗似滚烫的热血。我下意识地握紧了拳。

（选自《天山时报·散文诗月刊》2021 年第 10 期）

一张比纸还薄的背影（外一章）

堆　雪

一张比纸还薄的背影，是谁的。告别之后，一片阴影就再难抹掉。

一张旧影，被我贴在墙上，忘在半路，照进水中，写在天上。一张比纸还薄的背影啊，似乎，在挥动的时候，被风刮得脆响。

无法穿越的时空，不可遏止的命运。一张，越来越薄的背影里，书写着生命里最后的生动。比纸还薄的背影，在风中多么孤独。孤独得，都写不成草稿。

在大雪的映衬中，那张比纸还白的背影，多像我们身后的，一片哭声。

或是，看一眼就破的红尘。

大雪，使思念一下子变得简单起来

渴望已久的大雪终于来临。万物轰响，灯火辉煌。

大雪，从远山出发，跃上大路，越过人们做梦的屋顶，封锁了内心以外的，所有消息。

大雪扑地，使一个人的思念，再度变得鸦雀无声。

大雪茫茫，把一个人辉煌的梦境，变为纯粹的现实。

这，是我所盼望的大雪吗？这就是，我所盼望的——不顾一切的大雪？

不顾一切的想法和爱，飘满万水千山。

把青丝变成白首，把黑夜变成白昼。把泰山变成鸿毛，把眼泪变成石头。

把一个人对另一个人的全部思念，变成了不可更改的道路。把一个人对一种美的热望，变成了笼罩这个世界的阴影。

一场轰轰烈烈的大雪啊，多像一封不敢拆开的情书。

它噼啪燃烧的壮烈足以表明：这个冬天，我足不出户的心。

（选自《星星》下旬刊 2021 年第 5 期）

草原上的针孔（节选）

卢　静

题记：骤然奔驰的石柱群，从翠色欲流的胸脯上一跃而出。

1

万物的嘴唇，都在无声的闪烁中闭合了。

一切返回，原初之点。

挖掘不到一丁点儿，角斗声。

一匹曾穿越甘苦的黑马，在一株草的瞳孔里，变幻为一座水晶蓝的城堡。

（我的红草莓得救了。祖母递来的篮子曾经被劫持，倒悬的第一滴泪里，滚满了故乡的羊肠小道。）

枯焦的喧哗调子呢？

旅人呵！你丢失了翻译的笔，写不出比一圈涟漪还缓慢的动词。

那么大的水，正漫过深谷、峰尖，你一世无法泅渡的欢呼，漫过让气流似有若无的耳轮。

只为我的那拉提草原，留下一个静止的钟面。

圆圆的。

2

一闪，拔地而起的石柱群，仅仅一闪。

我的惊愕，缘于忽现的风洞，击中了一万年难以逾越的城垣。

你从洪荒来，我所爱的，左手挽虫豸，黝黑右肩上扛一只金色的鹰。

旅人呵，瞳孔尚藏迷惑，你弓如满月，箭已上弦，瞄准比太阳的扶桑宝座更遥远的方位。

3

谁？在西半球的天空，布置了一幅让十万火把熊熊燃烧的油画？

对生命存在的惊异，使我一平方厘米的胸脯上，发生了塌方。

一横只是左右开弓的双臂。一撇一捺筑造的立交桥头，矮小的人，蹲在石柱上，昂起高贵的头颅。

岸，始终翻滚着九曲回肠的悲欢。

一闪，一株羊茅草。

仅仅呈现为一度的锐角，足以弹出你的指尖，碰触大地的穴位。

5

谁？收到这一切馈礼。

让水、马与那拉提草原都举起镂空的灯座，让你用独一无二的名称，一盏接一盏毫不迟疑地点燃？

谁在一滴水的降落里，发现不停迁居的你。顶层者在一棵杉树的腹语中，听见纯净的灵魂。

我卷云飞蓬，长袖善舞。谁又用黄金比例的线段，缠束北温带茂盛的神经丛林，穿过我灵活的四肢？

（选自《诗潮》2021 年第 3 期）

一座桥的故事

洛迦·白玛

1

一朵蒲公英的故事，从一阵风开始。

一条林间小路的故事，从一片山开始。

一座桥的故事，从一条河开始。

2

一条河是难以被驯服的。

三百多年前，河上无桥，叫“泸”的河是寂寞的。它在寂寞中滋长着野马的脾性。人们在河岸修建渡口，叫它们沈村、子牛和烹坝。

渡口是弱小的，同样弱小的还有藤索和竹索。

牛皮船战战兢兢地尝试和一条河交好，与暴躁的河水及桀骜的礁石言欢。

结果无法预料，一条任性的河终究无法理解相亲相爱。

过一条河的赌注是命，有时是人的命，有时是物的命。

谁也不知道，那些奔波在茶马古道上的茶、米、布匹和人，会不会突然就在一条河里亡故。

就像铁线蕨更需要的是水而不是阳光，一条反复无常的河所需要的，最终不过也只是一座桥而已。

是的，一座桥。

康熙四十四年，十三根铁索和坚实的木板在河上修筑了一条路。

“泸水”，“平定”让一座桥有了名字——“泸定桥”。

3

唯有一座桥才懂得一条河的寂寞。唯有一座桥才能让一条河与万物和解。

冰冷的铁索与披着阳光的木板有着天生的默契。

数丈之上的桥与数丈之下的河在彼此的凝视中看到久别重逢。

4

如果没有血与火，一条河不过和千万条河一样。

如果没有血与火，一座桥终究也不过和千万座桥一样。

烈火、鲜血、震耳的枪炮声、前赴后继的身影，终让一座桥不再仅仅是一座桥。

1935 年 5 月 29 日，这是一个无法忘却的时间。

那一天，没有桥板的铁索分外冰凉。

那一天，悬空而荡的铁索桥下，河水的怒吼声声震天。

在“抢占泸定桥”的命令之下，是昼夜行军二百四十里的速度，是冒着枪林弹雨与火海前行的二十二名突击队员的无畏和英勇。

血在一条河的血管与一群人的血管里按着相同的节奏奔涌、咆哮。

铁索在一群人的骨骼里发现了和它一样经千锤百炼而来的刚硬。

电闪雷鸣，疾风骤雨。潜藏在血液中的风雨雷电交织在一起，汇聚成可以颠覆一切的力量。没有什么力能和用信仰凝成的力抗衡，这力足以创造一个奇迹，一个新的天地。

鲜血染红河水，热血洒满铁索。

从未屈服过的河终于知道了什么叫颤栗。

心怀寒冰的铁终于明白，除了火，还有一种比火更滚烫的东西，它能熔解冰冷乃至黑暗。

5

并不是所有的故事都有始有终。

不管是波涛汹涌还是波澜不惊，一些河流在时间的侵蚀下，终究会消失不见。

依附于河而存在的那些桥终将失去意义。

当一座桥并不只是一座桥，它的故事才不会因一条河的变化而终结。

它将持续不断地流淌下去，如一条永不枯竭的河。

（选自《星星》下旬刊 2021 年第 8 期）

济源记（节选）

汤松波

1

王屋山，与绵延八百里的太行山紧紧相依。

王屋山，这王者之屋，自黄帝在此设坛祭天，九州同梦，天下归心。从此，一代名山显赫的声誉，携暖暖的春色一路扶摇直上，世人崇敬的目光，撇下无情的剑刃和盔甲，伴五千年风雨，贯穿了一部浸润风雨的线装史书。

那时的天空与大地是多么的辽阔啊，连苍茫暮色也辽阔得无边无际。当轩辕的马车越过济水，花草伏地，山岚起舞，所有的渴望，所有赞颂的词语，于瞬间，都化成了浓香的烈酒。

九曲黄河，从天上甩下来，甩成一条玉腰带。那腰带上缠绕着一首首奔放的民歌，民歌的深处，泛起一阵又一阵被风吹动的情绪，历史般厚重的情绪。

王屋山，仅仅是一座山么？天下王屋，你灵魂的大锁，并没有锁住陈旧的时间所繁衍出的那些殷红殷红的锈斑。帝王遥远的坟墓，无需拜谒，那只是历史留给历史隆起的记忆。而活了千年万年的王屋山，在众人的心里，依然高高地耸立，耸立着一个民族豁达自信的誓言。

2

我来的时候，正值深秋。

绵绵的雨水，打湿了扑倒在窗前的红叶。尽管寒意袭人，王屋山还是欣喜地扒开云团，用足够的热情环抱我。在来的路上，我就已经认定，你就是我心中的灯盏，我会沿着你身体的节理，深情地奔走，尽量让自己的呼吸和自由的心灵，紧挨你头颅擎起的那一片蓝天。

此时，来一杯红酒该有多好，除了取暖，我还需要这杯红酒与王屋山勾兑情感，释稀相互之间因年代差别而形成的长久隔膜。我需要透过这杯红酒的玫瑰色，看见许多和我一样灵魂赤裸全无的游子，如何贴近母亲宽厚的胸襟，看见秋天里思念母亲的点点泪水，于梦中惊飞了的几只花喜鹊。

王屋山，站在你的面前，我不再用卑微的心态斜视自己。我梦的属性有了实际意义，你给我的世界，划出了明晰的疆界。辽阔的疆界，让我的血液涌动着浓浓勇气。在太行、王屋之间，我那些等待与爱人相遇的诗歌，潜入风月缠柳的夜晚，随时都可以任性地，逾越寂寥的悬崖和忧伤的流水。

（选自《星星》下旬刊 2021 年第 7 期）

西域不语（外一章）

王信国

西域如蝉，静谧的隧道里，所有温顺的、咆哮的生命，昼出夜伏。

被时间榨干血液，只留下最后一滴血，在干枯的呼吸中，督促日出日落。

背扛行囊的旅人，羊皮水袋里，盛不下被西域风霜修改的唐诗。骨骼远离血液的润泽，远离灵魂的赐予。蝉的手掌里，月光消瘦。海的底片上，雁阵高飞。没有箭头追逐的旅途中，雁阵上一支锤炼锋利的响箭。

没有什么理由，可以让一支利箭改变飞翔。

西域不语。不语的还有两峰掉队的骆驼。它们不言不语，而彼此关照。当天上的云霞低过背上的双峰时，高过大漠的植物盛典，终于拉开帷幕。

这一刻，铺天盖地的骆驼刺欢呼雀跃。

这一刻，西域停下喘息，守望亘古不变的孤寂，清点雁鸣。

这一刻，赶驼的人，已经点燃篝火。天狼星下，西域在蓝火苗上抚琴。

红柳，在天山脚下燃烧

这是燃烧的时光。火光，来自红柳的血性。

天山脚下，死寂吞噬着阴晴圆缺的季节，雪山作证。在白天和夜晚的临界，一只红蚂蚁背负燃烧的宿命，游走天涯。

醉酒的夕阳，在火焰里，搜寻被风吹落的记忆。

燃烧，让我的骨骼在深夜咯咯作响。这是红柳的舞蹈，在天山脚下，只要红柳和火焰站在一起，才能锻造金子一样的时光。

这一刻，我多想站成一面红色的旗帜，在风刮过胸膛时，让我的死亡，为红柳开启的重生之门，把曾经的坚韧和执著，归还万物。

天山脚下，铺天盖地燃烧的红柳，像一次生命轮回的盛典。

与西风站在一起，我吆喝夕阳，为热血沸腾的火焰让路。

（选自《诗潮》2021 年第 1 期）

凉山断句（节选）

王　琰

1

印迹消失了，我开始想你，反复地想你。像是压下了循环键的录影机。

彝族情歌忧伤炙热，彝族文字曲折迂回，如通往你的道路。

你在所有路的尽头。而我从不奢望有，我只知道我终会见到你。

见到你如同见到光，在每条路的尽头。

我愿意做一个迅急如电的捕梦者，交换密码，并在一大摞古籍中搜寻蛛丝马迹。

在独处的每一个深夜，我与咖啡做伴，不加糖不加奶，纯粹的带点苦味的孤独。

还好，它总是温热地熨烫着我的心。

让你看到我时，总是平整而纯洁。

我愿意这样等你，让你回归到舒适的家的状态。

我想象此时的你。我虚构了许多个版本，从一个人的梦到另一个人的梦。

我就这样，飘泊着也离你越来越近。一辆车套在几头犍牛的肩上，它们向不同的方向用力，它们的毛色一点点变得油光水滑。

我只是想说想念你的时候梦是不确定的，不是悲剧就是喜剧……

想你时，动词远比名词重要。

梦里看不清你的脸，能看见的只有你留下的吻痕。这个季节树上每一个青褐色的疤痕，都是爱的印迹。

3

当我向南行进，我头顶的云朵一路向北，它将你席卷入怀，仿佛我们从未分离。

身上一个个伤口飞速增长，数着数着，风就把柳丝编成了辫子，把水变成了飞沫。

我在人群中，再多的人我觉得孤独，四周是无处安放的人声鼎沸。

炽烈和冰凉的疼痛交替袭来。每一个房间按自己的方式黑下来，月亮比暮色白。

想念你的时候血流加速度流过，身上流出迅速交替的四季，我将头发散开，等待死亡和大地一同到来。

我把蛋壳敲碎，空空如也的蛋。没有蛋白，也没有蛋黄。白昼夹在过去与未来之间，我将自己从空空的蛋壳中重生。重生了还是会爱你。

干涸的河床空空如也。鱼网网到的不是鱼，是风。闭上一只眼睛，用另一只眼睛凝视灯芯，星星是另一根灯芯。

你不在，我数着数字才能渐渐入睡。数字和文字一起熠熠生辉，亮成一颗颗黄金的泪珠。

你在所有道路的尽头，所有的道路消失。地平线上绽出鱼肚白，晨曦用河水写了一行字，曲曲折折的彝族文字。将名字铭刻在光里。

5

弥漫的云雾在凉山散去，有泪水从云中滴落。我看见你清洁的脸，在泪水的背后。

没有你，我就是这世上最贫穷的人，贫穷是把刀，闪着锋芒。

我背对着你，举起刀，刀刃向着自己，我是这世上最贫穷的人。脸是去年的冷炙。

黑夜不会漫无尽头，用白昼当信纸写下最温柔的情诗的人，在邛海边居住。

我们遇见，就是凉山的节日。跳舞的人着镶银排花的黑衣裳，戴缀红缨的鸡冠帽，每支舞都有月琴伴奏。

凉山在电闪雷鸣中生下女儿，那挂着长长的银制耳饰，穿着百褶裙的女儿。三河乡中心小学，每一个孩子绽放的笑脸都是凉山的花朵，令人心疼的盛开。

那么多杂乱的生活，全部都放下吧。就这样生活在这里，云朵做被，雷电当马，就算我们是两个瘸子，此时也会合为一体，健步如飞。我和你，还有我们小小的花朵般的孩子。

如果有人觉得世上不存在爱情，那是因为你起得太迟。而它每天早晨经过你的床榻，从不缺勤。

每天晚上，当我们吻心爱的人，我总会想，爱得太深，每一朵花都能酿蜜，每一粒高粱皆可酿酒。

（选自《星星》下旬刊 2021 年第 5 期）

生命之源（外一章）

薛　菲

太阳在我脸上流淌金色的液体。泉水，野草，青稞都有那种辛辣却甜的味道。

有时候，太阳从我心里喷薄而出。

我有泉水的记忆，野草的走势，青稞的锋芒。从不能直视的源头，太阳插入身后的泥土。

岩石是裸露的儿子们，天空是蔚蓝的女儿唱着蔚蓝的歌，太阳顺着我的记忆葳蕤，成长。

太阳创造泥墙土瓦，金灿灿的故乡，而在它深邃的照耀中一切早已改变。

仰望生命之源，心灵的牧场渐次显现。

森林的礼物

我在森林中寻找一弯薄薄的月亮，银色，它的光很冷，但很亮。

我独自穿越森林，一直在寻找这样一弯月亮。

在林木整齐的王国，绿色是一扇神秘的门扉。

我的钥匙是一弯银色的月亮。

竹篮里，蘑菇鲜嫩，我携带额外的美食走向月亮。可能吧，有时它在天上，有时在地上，光芒带领我。

带着可口的蘑菇，菌类散发清静的气味。

我已拥有森林的礼物。

（选自《星星》下旬刊 2021 年第 1 期）

阿克苏：亲近的浩荡就在身边

鲜　圣

一

水的骨头，托起这方土地。

水的肌肤，光滑、细腻，像我触目的一株水草。

阳光洒在水上，水在奔跑，追逐远去的一轮波纹。

我站岸上的倒影，在水里徜徉、起伏，然后平静下来。

水，流经我的血脉，驻扎在我的领土上。

一滴水，就是我的江河，就是我仰望的这片土地流下的第一滴血、第一滴汗和第一滴泪。

阿克苏，水养的一座城，水在开花，水在结果，水成为浩瀚的江湖、古老的江山。

二

晨光，回到水的身边，水在阳光下，闪动迷人的光芒。

田野和村庄，在水的映照下，熠熠生辉。

逐水而居的阿克苏人，每一天都在水的笼罩下，享受阳光的温暖，成为水上的一朵莲花。

光着屁股的孩子，干净得就是一滴水。

凝视这片水域，戈壁荒漠之上独特的眷顾，让阿克苏更加理性。

维吾尔族姑娘每一天把笑与欢歌洒在水面上，朝霞与落日，就在这里厮守和绽放。

瓷与丝绸一样的时光流水，它流去，就有亘古的历史沉淀在这里，可以触摸，可以怀念，可以继承，可以感悟。

三

正午，风吹过来，水开始舞蹈。

在我环顾的土地上，推开一层又一层波浪的水，视野里，变得格外明媚。

我对着一株新鲜的绿草，小声说话，水底的鱼，簇拥过来，和我一起游戏。

此时的水，蓝得乖巧，绿得透亮。

此时的水，在我眼前安详得像一条银河，每一滴水，都是星辰。

阿克苏，在水的倒影里，更像一个牧场，牛羊是水岸上开出的绚丽花朵。

四

夜色笼罩，月光和水，在互相对话。

龙潭公园里的一丛芦苇，在侧耳倾听。

月亮泊的水，有了自己的温度。

黄宫湖像一个船工，在听水声里的呢喃。

水到渠成，水把阿克苏的天空，衬托得格外大方，格外入神。

遇见的水，全都滋养着我的世界。

我是阿克苏的一轮月亮，月光如水，倾泻在她的怀抱里，衣衫湿透，衣带渐宽，我已习惯了拥有，习惯了珍惜，习惯了与水共眠、与水问答和与水缠绵。

（选自《大沽河》2021 年第 1 期）

在福州，早晨是被鸟鸣喊醒的（外一章）

张九龄

厚重的窗帘遮住晨光。

而只有鸟鸣，它穿过城市的钢筋铁骨，摇醒一个异乡人的梦。

我喜欢这样睁开朦胧的双眼。

但耳朵如此清醒，那些叽叽喳喳的鸟语如闽江的水流涌入耳畔，是欢快的，是被浪花滋润过的。

只需要倾听。

或者这才是一个城市最应该有的语言。

和它们和谐相处，这里不仅是人的居所，也是鸟的天堂。

打开窗户，一拥入怀的是茂密的榕树、盛开的玉兰，还有更多其他的绿植。高楼林立在丛荫之中，这是不是人间乐园？

而鸟们呢？它们或许正以好奇的目光打量这陌生的客人。

握手问好吧。

或者，彼此相安，它们在绿叶之下微风细语，我在这人生的另一个驿站中醉享旅途。

古田会址凝思

这里永远都会光芒万丈。

因为信仰，因为坚持，一条艰辛的路被走在前面的人踏出了辉煌。

思想归流，万众一心，那站在最高处的人是谁？

他有深邃的目光和坚毅的面庞，风雨如磐，但如泰山般矗立。

从此便是新的起点，在血红的旗帜之下，汇聚着反抗奴役和压迫的洪流。

像枪弹般投出愤怒的火焰，像匕首般刺入黑暗的胸膛。

是的，就是要撕开一个个口子，让温暖的阳光进来，让清新的空气进来，让自由进来。

那么多人倒下，但更多的人却又站了起来。

每一座山都有英雄的坟墓，每一条河都有壮士的悲歌。

用去二十年的时间呀，才在沧桑的土地之上，换了人间。

要用什么样的文字才能记录这一部波澜壮阔的历史？要用什么样的语言才能书写出这惊天地、泣鬼神的史诗？

而此时的古田会址如此宁静。

这是五月的初夏，池塘中刚种下莲藕。只等到了盛夏，便一定会是田田的叶子，婀娜的荷花，以及清香四溢，醉了这村庄。

（选自《大沽河》2021 年第 1 期）

将一朵雪的温暖照耀（外一章）

叶枫林

白天奔跑的血管，终于化成一颗颗星星，像安装了节能灯泡，像羊群一样浮起。

附在脸颊上的吻痕，似烙红的铁。

我身怀一堆篝火，将雪的温暖照耀。

我回来了。我将购置一道仍然灼热的黎明，随风吹亮地平线。

那里血肉动态词灌满一个肢体行走。

滑入掌心，雪在眼眶里站着，

在我们头顶宣布，浩森的草原呈现幽蓝的气流，并向生命寄出关于心脏上的跋涉。

关于萝卜条的甜味，漫长双肩的火，时隐时现，山月占领望天的数据，帮身体清除昨天或者更早以前的印记。

那缠绕的冥想让我获取片刻爱意的安宁。

他（她）们是一个个甜美的孩子，从臂湾里缓慢释放的河流，流向各自奔走的睡眠。

我好像有点喜欢自己侧身弯腰的姿势了

一道缓慢的闪电，爬上两鬓斑白的山头，我想没有雨滴会涉足一个日出的蓬勃。

鞋子在草露里，在城市最后熄灭的一盏灯里。

瓷勺练习瓷的声音，小米粥陷入菜馅大包子，喉咙只想起黄豆酱，萝卜条和一碟脆黄瓜。

蒲公英晾晒完初夏，接着继续晾晒解毒的黄花。

午餐有黄鱼，餐后有泡泡糖，一支献给萨克斯管的词，套在跳绳上，恍如童年。

狗尾巴草和芦苇在河边比赛，古装戏里的茶楼被安置在新建的大桥上，咿咿呀呀，锣鼓一响就踩动一根木头，梆子一敲就捞起一条石斑鱼。

我好像有点喜欢了。

蒹葭苍苍，秋天的瘦水批阅着黄雀斑，鱼尾纹，添加红豆成分的胭脂，复制了绿豆的春天，涂抹雪花膏似的风忆上江南。

我好像有点喜欢了。

发丝变白时，我和红润的城市一起弯下喧嚣。

扭着腰身的河水，远郊把拐弯的星群整理，显而易见，白昼让我们把围裙系到胸前又取下。

没有别的，从眼睛到脚趾，从左手到右手，从肺腔的热血开始，我好像有点喜欢了，我自己的，侧身弯腰的姿势。

（选自 2021 年 1 月 11 日《湛江科技报·南国散文诗》）

民歌的记忆（外一章）

冉茂福

浑厚、沉郁的音乐，野性的唱腔，如金黄的稻穗，受用一生。

秋阳高挂，晨起的雾，揉碎一片梦境。

沉落千年，张扬千年。民歌哟，从沉睡中复活。一粒种子怂恿着生长，像飘渺的风，掀开了节日的盛装。

沿河岸，那些生命的精灵，黯哑的舞台逐一亮相。

记忆里，苦难的微笑装饰了祖先的祭坛。一如黄昏，苍茫、忧郁。

记忆里，舞之、蹈之的焰火，吞噬了家园。痛与恨、悲与欢注入了土地的灵魂，坚毅与刚强、高傲与冷漠，构成生命的质感。

被水渍浸泡的民歌，充满水性。

一如爱情，一路颠簸，跨进现代的词汇。

我们从民歌的记忆中走来，又走向民歌的记忆。

断裂的岩石

一张斑驳的黑色的布，充满皱纹和饥饿。

一张翠绿的圆润的树叶，闪耀露珠的光芒。

月光潮涌，空洞的眼睛蛛网密布，风云聚合的天空尘烟滚滚。一路走来，梦与音乐碎裂，古老的图腾拍打着泪痕，我站立，让记忆之雨一一串联。

一段枯藤，没落。晚归的乌鸦在老树的枝头筑巢，断桥、流水，一群蚂蚁围着篝火舞蹈。淌过河水，走过沼泽，生命之泉如残叶迷失在空蒙的季节。

目光如电，笑容凝结。恢弘与阔大、沧桑与忧郁、火山与陷阱，还有雷与电、幽深与峡谷、野兽的哀鸣，如无数的弯曲的路伸向密林，伸向高原的深处——

淬绝的火在燃烧，在悬崖和峭壁间蔓延。

地狱的嘴张开着，等待你的围城。而通往天堂之路呢?

一张斑驳的悬挂的布，充满饥饿和忧伤。

（选自2021年11月22日《湛江日报》）

美仁草原

北　琪

在美仁草原，草仅仅演绎“一岁一枯荣”是不够的，它要引导繁花，一直开到辽阔之外，怒放的生命时时抒情又富有哲理，只有与神比邻的羚城人，才能道破一棵草与辽阔的禅意。

所有人都能在美仁草原上空找到一片故乡的云，任何一朵云，都被允许在草原上空游走，有着温暖潮湿的属性，随时可以加入一场甘霖。

美仁草原，以母亲的胸怀，容纳雷同的草，容纳不同的生命哲学。这片土地一定是，看了就会爱上。爱上了，就再也放不下。

清晨，每一棵草都在数着黎明的露珠。一朵花依偎另一朵花，在阳光下，抒情。

风吹草低，格桑花开出新意。

甘南的雨水从不厚此薄彼，一直努力让大地的每一寸肌肤都生长活力，把碧绿献给每一株草，把娇美送给每一个花瓣。

草儿静美，守候四季轮回。野花无名，芬芳隽永。

再华丽的锦绣也抵不过盛装的美仁草原，美得纯粹，不染纤尘。所有生命都如迷途的羔羊返回自己的领地，端坐在晨光里。

一棵草与另一棵草描述春风浩荡，描述阳光温暖。

每一棵草，都肩负使命；每一朵紫苞雪莲，都是盛放月光的银碗、雨水停歇的闺房；三千多米的高度，群山绵延、曲线舒缓，千百年马匹和群羊似乎一动未动，大夏河水从南到北缓缓流过，一刻也未停止过追寻它的诗意与远方。

油菜花的八月，美仁草原的草都退身为隐士，磅礴的黄交错在两场大雨之间，天空纯净，大地明亮，感恩的花间路，陆续出现祈祷的人，每一棵草尖，都有一尊佛像。

你是英俊的王还是倦游的路人？或者，是那些频频回首的羚羊？你饮下青稞酒还是转身离去？

美仁草原，一样捧出微孔草编织的蓝哈达。蓝色，是河流，是天空，是少女拉姆静静地绽放。

雨季的美仁草原，微风和鸟鸣也是蓝色的。微孔草经历两个春秋才能修成蓝色正果，微苦，清凉，做为草药祛除人们体内的风寒。

到来的和离去的，都是草，既见证历史兴衰，又参与草原枯荣。

谁都可以标新立异，又都必须恪守岁月的沧桑。

（选自《大湾》2021 年第 6 期）

淇水，是一架古琴

韩　峰

这架古琴，比伏羲制作的琴还要古老，古老到五亿年前的下澳陶统时期。

这架古琴，从太行山的幽深峡谷中奏响，翻山越岭，穿林飞涧，任凭电闪雷鸣、天寒地冻，一路弹奏着激越、顽强、坚韧的旋律，勇往直前，向着憧憬的远方。

这架古琴，在《诗经》中又用不同的风格，弹奏着邶风、鄘风、卫风，用琴声描绘着2500多年前的风土人情，伴奏着各地或洋溢爱情或反抗婚姻不幸或反抗统治者压迫奴役的歌谣。

在这架古琴的伴奏下，新石器时期的先民刀耕火种，孕育着文明的种子。

在这架古琴的伴奏下，商王帝辛迎着朝阳，高歌猛进，将中原文化传播到江淮地区。

在这架古琴的伴奏下，"武公即位，修康叔之政，百姓和集。"

在这架古琴的伴奏下，"桧楫松舟"、"渐车帷裳"、"绿竹猗猗"；许穆夫人吟唱着《竹竿》《泉水》《载驰》，将思乡爱国之情放飞于奔驰救卫的单车。

在这架古琴的伴奏下，鬼谷子登上云梦山，把兵法的利刃和纵横术的三寸不烂之舌传给高徒，任他们在战国的刀枪剑戟中游刃。

在这架古琴的伴奏下，陶渊明、李白、杜甫、王维、白居易、骆宾王、高适、陈子昂、苏轼等人诗情大发，咏诵出数万首脍炙人口的诗篇。

如今，鹤壁儿女爱眼睛般地珍爱着这架古琴，将它擦拭得那么明亮。在这架古琴的伴奏下，鹤壁儿女正高唱着一首首小康之歌，抒写着一首首新时代的华章。

（选自《中原散文诗》2021年第2期）

三辑

城市之光

漫步北外滩

语　伞

1

理所当然，我热爱上海之唇上有一座外白渡桥。

理所当然，它怀着某种钥匙的秘密，又是一扇通往另外时代的门。

现在，以缓慢的步伐，我穿过它，朝向北外滩——

从外滩延伸而出，在苏州河与黄浦江的交汇处，裸出臂膀。

这里，水和水的亲密信任，为所有的人，示范着握手、拥抱的姿势。

欢迎你，古老的光照；欢迎你，怀旧的背影。

2

一些光，一些影，把我领进浦江饭店之谜。

点亮中国第一盏电灯的地方，接通中国第一部电话的地方，我凝望着，怀念那场中国最早的交谊舞会，口袋里装满音乐和探戈。

而我面前翩翩起舞的，可能是卓别林的胡须和罗素的哲学，可能是爱因斯坦的思考，和扑面而来的风。

风抬起手臂，引我的注意力来到上海大厦。

见证一杯程序规范的正宗咖啡，清咖、糖和牛奶，都不能错过对的时间。

我品尝到的，或许是大堂东侧那架钢琴上，无数名人手印留下的传奇记忆。

3

把目光递向城市的上空，我以眼神漫步。

太阳高悬，如一张公证员的脸。

是的，必须用肃穆的表情向即视的风景致敬：

一栋由波浪条纹状的深蓝色钢结蜿蜒而成的摩天大楼——

在汇聚空间、视觉、色彩、趣味、黑科技、特殊美学……浦西新的天际线。

我被静悄悄的感觉覆盖。

我探寻着这幢中国最大的楼体 LED 屏里的深度意象。

我探寻着这幢有着上海最大的 IMAX 影厅里有着怎样的听觉和回声。

我探寻着中国首家全微缩主题乐园如何完美融合寻常与惊喜，无缝衔接时光隧道的光阴倒流。

在此时，白玉兰就是上天创造的一种神圣微笑。

而白玉兰广场，则是一个可供永恒研究的深奥的命名学。

4

站在白玉兰花瓣状的顶层平台，俯瞰上海就是在为上海迎来更多的脚步。

那些脚步，从虹口滨江的一步一景的氧气水岸，经过智能的最美步道，走在名人荟萃的历史长廊上，

浸透着某种期冀，以及喜悦的动与静。

荣耀在我的前额，急于为我打开更宽阔的视线。

陆家嘴的手势充满狂喜，它的沉默，也带着骄傲、奢华的火焰。

区块链、人工智能、物联网、3D 打印……棋逢对手，也是一件莫大的幸事呢。

它醉了也一直醒着，它在等待一场带笑的博弈？

5

一只鸟用低飞提示我，这里的人们总是提篮过桥。

一只篮子，装过岁月的深、生活的沉、高于尘埃的祈祷。

都在下海浦流经的地方，已然成为现实。

那无数现实，又已成为远逝的过去。

而它的未来，会在一面明亮的镜中，建造历史与人文互照的透明岛屿。

我走得越来越慢，因为我不需要特殊的抵达。

路过上海邮政大楼的门前，白色巨柱挽扶着水磨石的外墙。

绿色窗框里，那些早已尘封的好消息和坏消息，我用猜测访问过它们。

唯有高耸的钟塔楼，让到来的人感叹：

一个小渔村的先民们，沉默在芦苇苍苍的岸边，泊舟晒网，他们可曾预料到，北外滩与世界对谈的今天？

（选自《星星》下旬刊 2021 年第 3 期）

滋润梦境的海珠湿地（外一章）

成 春

绿树红花，碧水蓝天，勃发着青春的力量的湿地，每一季，都鸟语花香。

梦境是一幅无边的画。营造一片净土，拓展我们的生存和想象空间。海珠湿地，延伸着海绵城市的概念。膜拜自然之美，创造自然之美。 人的梦想，在海珠湿地，一页页舒展。花鸟鱼虫的天堂，百果飘香。动植飞潜，用别样的优雅，用别样的雄风，亲近人类的心坎。人和万物，沐浴着和煦的阳光。无数干涸的心灵，生机勃勃，美好生长。

都市的繁华之外，诗画般惬意的自然风光。花艳四季的海珠湿地，优雅而古典。这手工织出的锦绣，迷住多少爱美的眼。种种美，可以触摸，可以轻抚。一片湿地，改变着钢铁森林的概念。

清新的空气让人的呼吸也变得贪婪，这是自然的味道，这是美酒和佳肴的味道。动植飞潜，姿态万千。散发清香的荷花婷婷于水面，沁人心脾。茉莉花洁白如玉，木棉花热烈似火，让人流连忘返。恢弘而瑰丽的湿地，安居乐业的生灵，欢聚一堂。这所充满诗情画意的人与自然和谐之美，从百鸟的歌声宣扬。

海珠湿地，滋润我的梦境，在花城，你是比花更美的地方。

花洲古渡

小小渡船，承载着多少希望的重量。颤悠悠的渡船，有不测风云，有忽来的风恶浪险。

从翠绿之春到金黄之秋，从寒冷之冬到温暖之春，起早摸黑的摆渡人，有风清日丽，有风雨兼程。多少似曾相识的面孔，擦肩而过。名来利往，离愁别绪，也有清汤寡水的一日三餐。此岸和彼岸，或许并不遥远，却能让许多人的一生走完。

亮一盏渔火，载满天星光。一声叮咛，一声问候。儿行千里，宾至如归。送你出行的是花，迎你归来的是花。鸟语花香的渡口，摆渡人的身影早已远去，如今花艳草碧的“花洲古渡”，那远去的卖花少女，忽隐忽现。花洲古渡 ，此往彼来，有花儿的欢悦，也有花儿的忧伤。这折柳的地方，鲜花绿草，年年雨露阳光。

南国红豆，年年火焰。从这里出发，前面也许是万水千山，也许是大海汪洋。花开花落，潮涨潮退，渡口那褪色的情歌，隐约而响。

（选自《天山时报》2021 年 8 月 21 日）

女值班主任（外一章）

赵克红

一列因洪灾滞留在巩义车站的 K292 次列车上，旅客们一张张焦灼的面孔，同样需要体贴与爱抚。

暴雨如注、泛滥的洪水想要淹没一切——淹没父母的牵挂、淹没情人的约会、淹没成功的签约、淹没妻子望眼欲穿的思念以及早已等待着的美好和期冀。因为 K292 的滞留，所有集聚的雨灾、水患以及带来的毁坏与拥堵、所有的怨恨、沾火就着的焦躁、心里涌起的巨浪，随时有可能引发更大的骚动。

可暴雨，依旧不依不饶地下着，归心似箭的旅客，潮水般涌向售票大厅，你临危不乱，沉着冷静，一边耐心疏导，一边果断加开三个退票窗口。因连续作战，你的喉咙已经嘶哑，你红肿的眼睛里却没有一丝抱怨，捧出芳心，用真诚化解一次次信任危机，用行动带出的春风抚慰一颗颗心灵，你用无私的关爱，化成了数百名滞留旅客心里的不安，你瘦弱的肩胛是旅客值得依靠的山。人们不知道你的名字，却把信赖和希望托付给了你。

时间在流逝，危机和险情仍在多点爆发，为防止山体滑坡，泥石流肆虐，旅客需要立即疏散、转移，你迅速与 292 次列车联系，并整理出 298 套被褥送往安置点，与同事一起帮助旅客抱小孩、拿行李，组织旅客有序撤离，最终将 76 名旅客安全送达目的地。

上天无情，人间有爱，在暴风雨中的巩义车站，你就是阳光缺席之后的人性之光，解困的人们纷纷把感恩的目光投向你，投向这个看似弱小的身躯，人们最终不知道你的姓名，却从你的臂章上看到四个字——值班主任。

真想握握养路工的手

这是慰问采访腾出的微小空闲，这是养路工们激战后的一次短暂休憩。远远地，我看着你们戴着安全帽，扛着铁锹等工具走出隧道，疲惫的脸上留下混在一起的汗水、泥水，污迹斑斑的黄色马褂早已湿透，阳光下你们裸露的肌肤依然是金子的底色，我怀着感恩和感激之情

伸手想要与你们相握，可你们竟将手怯怯地缩了回去，显得有点不好意思，歉意地对我说：我们刚收工、手还没顾上洗。的确，你们的手沾满了泥垢，还有的手被划伤，伤口还未痊愈，然而就是这样的一双双手，在灾难中却保障铁路的安全，让每一趟过往的列车四平八稳。

连绵不断的暴雨、洪灾，靠这样的一双双手来托举。你们不分昼夜，连续作战，险情就是命令，随时听候召唤，哪里的安全出现“漏洞”，你们的身影就在哪里出现，你们就是堵“枪眼”的黄继光，在你们挺起的脊梁、伸出的手上，大动脉得以通行无阻，祖国的肌体得以血脉通畅。

一场鏖战过后，你们疲惫地站在隧道口，看着渐渐远去的列车，养路班长轻声说了句，抓紧吃饭，大伙纷纷从旁边的袋子里，拿出馒头、矿泉水和一小袋榨菜……你们习惯速战速决，吃饭只用了不到十分钟。短暂的进食之后，你们又拎着工具，消失在最需要你们的地方。

而此时，早已过了饭点

看着风餐露宿的养路工兄弟，我的心被一道闪电击中，我的喉头哽咽、眼睛有些潮湿，你们扒拉饭菜的手，远在我崇敬的目光之上。

这次采风，唤醒了我久违的感动，养路工兄弟让我看到了，铁路背后强大的力量，平凡时期见真功，危难之处显身手，你们是钢铁大动脉的医生、护士和捍卫者，与你们握手，我像阅读教科书一样虔诚。

（选自《小百花》2021年冬之卷）

海上花名册（组章）

一个水手的日记

庞 白

水手长

绰名“神仙”，吹海风三十几年，水手长赵志耕竟然还有一张小白脸。幸好有一双粗糙大手，结缆绳和刷油漆的本事，在公司数百船员中，说一不二。

一日，同一条村同一批招工进公司的领导到船检查，赵志耕正领我们漆甲板。领导站在赵志耕身后，皱着眉头说：“神仙，你能不能少喝点，没见油漆味，全是酒味！”赵志耕昂着小白脸老老实实回答：“我也想少喝，但大家都不喝，酒厂也不好办，你又不是不知道我老婆你表妹在酒厂做工，他们效益也不好，帮帮他们，帮帮他们。”一脸无辜。

他的左脚在一次莫名其妙的事故中，被突然崩断的钢丝缆打断，装了假肢，上岸“做生意”去了。在北海四川路和北部湾西路交叉处，赵志耕和从破产酒厂出来的老婆摆了个流动小吃摊。从那经过，有时见不少人围着，想必生意不错；有时也看到城管人员突如其来，他们正狼狈逃窜。

拖着假肢的赵志耕，想必跑得比别人辛苦些。

轮机长

轮机长关叔，退休第二年就死了。

退休之后，脾气温顺的他一夜之间暴躁起来。晚上睡觉像炒豆子，翻来覆去。“床没有动静，睡不着。”床又不是船，要什么动静？网床可以摇晃，他于是在床边挂了个网床，床只用来放衣服。睡网床也不行，没有机器声。晚上还要准点睡觉，白天要按时吃饭，讲话压低音调，走路不用扎马步……

风湿、高血压、腰腿痛、消化性溃疡、慢性支气管炎、急性肝炎、痢疾等，都来了。

没办法。

几十年来，生活习惯颠三倒四，海里和陆地上，是两个不同的世界。

他终去了与这两个世界都不同的另一个世界。

大管轮

李妹脸蛋漂亮，但太瘦，走路时腰肢一摇三摆，动不动就嘟小嘴，怎么看都不像船员老婆。

李妹来集体宿舍玩耍之日，即是我们滚蛋上街，喝酒、打电子游戏、看电影或到处乱逛之时。有时刚出门，天就下雨。下雨也不能回宿舍。大家蹲在屋檐下瞎聊，挨时间。蹲累了，到街边小卖部买几瓶啤酒一包花生，喝着，喝着，有人就开始争吵。反正喝高了，争争吵吵，谁会当真。

大管轮梁三统的爱情，开始时是大家的爱情，后来才成为他俩人的爱情。

拖拖拉拉谈了十二年，十二年后一个暴风骤雨的上午，两个人去民政局领了张证。第十三年，阳光灿烂的一个夏日，两个人又去民政局领了张证，从此相忘于江湖。

（选自《星星》下旬刊 2021 年第 3 期）

风中的石油谣曲（选章）

殷常青

1

石油。这个词语如果被一段岁月轻轻说出，大风就在大风之上，光芒就在光芒之上了。

在一座荒野里，我向无聊的时间举杯，在一座油田，我只要一秒钟就可以把自己完全打开。

在此之前，我无声无息，要像溪水一样流过去。

在此之前，我无声无息，要像鱼儿一样游过去。

在此之前，多少人和事与我擦肩而过，那些弥漫的、战栗的、流淌的、跳荡的……在无人知晓的夜晚远去，一次比一次细小，一次比一次坚决，犹如身体里梦想汩汩远去——琴瑟。云彩。蝴蝶。蜜蜂……多么孤单的身影，还要把颜色、声音交给石油的黎明，而后迅速远走他乡。

石油因含着太多的爱，而颤抖，而粗喘；

大地因含着太多的蜜，而春风浩荡，而春水涓涓。

一个人因此年华散尽，成为远方。

一个国家因此呼风唤雨，忙于建筑。

3

大地展开，万物匍匐。

石油在日夜喂养昂贵的火焰和灯盏，喂养世界的饥饿和祖国梦想的一生。

疲倦的燕子们要飞回烟雨的南方，孤独的苍狼热泪盈眶。

石油，一阵紧似一阵地涌动着、叫喊着，它在一个国家的内心拐了一个又一个弯。它急促的呼唤，让那些石油工人来不及有一秒钟的哀伤和疲惫，它掀起滚滚不绝的巨大音响，仿佛从宿命中挣脱的蹄声，隔世的沧海，遗留千年的月光，紧紧拥住了大地的脉搏，并迅速洇开。

在这一刻，要忍住失眠，忍住午夜三点的梦，忍住爱情；要忍住大海的狂欢，忍住歌唱，忍住伤口和痛。

一些失去的时间好像就要回来了，一些到来的时间好像已经做好了逝去的准备。

一切都好像是在消失，好像在不断到来。

一切都好像正在获得新生，正在雀跃。

在这一刻，你一定要把一滴温热的石油注进你的血管，你一定要好好丰沛一次自己苍老的血液。

7

黑暗中隐藏了另一种黑暗，梦境里隐藏了理想，那是肉身留下来的疼痛，灿烂的疼痛。真正的灵魂是在祖国的旷野里，带着钢铁与火焰的元素、气息和品质，像音乐一样，像烧不尽的原上草一样，像从不同的方向吹过来的风一样……带着冰凉、坚硬的骨骼，模拟石油地带的声音，模拟那个将要抵达的圣洁之地。

石油。石油——从我的祖国到更广大的世界，所有的人都是这么走过来的。它是一个人的苍茫，那些异端、理想主义、英雄主义，美和新鲜的希望……能让天幕低垂的，永远都是那些安静的人民，它是一个人的热爱，一个国家的热爱。你可以不认识他们，但必须享用他们袒露心腹，捧出的黑色琼浆，那是一个国家的大义。

这样的人不谙真理，却在真理中活着。

我崇敬他们，却代替不了其中的悲苦。

8

风吹无疆，风吹多个方向，而不为人知。英雄一直在孤身远离青春，远离家乡。我在这座华北的小城，听天由命，心怀愧疚。我必须这样，才能把爱说出口，那未来和过去的。一座小城，阳光中含有灰尘，灰尘中的蚂蚁一趟又一趟搬运那些微不足道的幸福。

石油，这个词语，在这座小城不仅仅是一个词语，它是我们一家人，一个不多，一个不少。像我们的身体，小城的身体，每个器官与生俱来，一个不少，一个不多。

石油。石油——每当说起这个词语，或与之有关的一切，我感觉我生命里的某一部分都会剧烈一颤。如果有一天，石油离开了我们，如果谁也无法阻止一个国家的恐惧和颤抖的时候，我可以忽略二十年所有夜晚的秘密，可以省去正在来临和已经流走的爱情。

但我应该知道一些人命运的细节。

我应该知道一座小城的最后下落。

（选自《散文诗》2021 年第 10 期）

淇水别（外一章）

郝子奇

这是深秋最后的风，吹凉的月光，正在淇水漫涨，

岸上是，无人的街道是，通向你回去的路途，到处都是。

这无所不在的月色上，此去一别，应是这个深秋最后的飘落吧，

在枯叶之上，在薄薄的露霜之上，在被风吹皱的淇水折纹之上，在大伾山拾级而上的台阶之上，在我们倾杯后浅浅的沉醉之上。

还好。夜未央。万物还没有醒来。静悄悄。

静悄悄。

这个世界，语言是最沉重的喧哗，我已不能说出什么。

天穹沉静。星星的坠落都没有声音。

这个时刻，谁与一个人告别，就会眼含月色。

你。踏上归途。静悄悄。

归途迢迢。就像出发一样遥远。茫茫尘世，我们的出发，是不是为了回来。从故乡出发的，最终在高楼的阳台上远望，离村口越来越远。从故事出发的，也许找到了起点，也许永远走在途中。如果出发即是归途，谁还会身披月色，执手凝噎，匆匆上路。如果出发走向远方，谁还会望穿云消，等着迟归的鸿雁，死不瞑目。

归途，并不是距离，

是渐行渐远的背影，残月就要收拢的月色。是在梦中看到的头巾，被风吹乱，那无法拿来擦试泪水的飘动，它在风中飘动。不停地飘动。不停地飘着，动。

现在。静悄峭。大雁还没有啼归，冷霜还没有落下，淇水还没有退涨，忍住悲情，不说告别。沧桑要带走的，都是命运。淇水印证的告别，是含蓄的，纯粹的。它带向大海，多么遥远的路，忍着，都不会哭出一点声音。

走吧。趁着月色，松开手，让辽阔的尘世多一份珍重。

谁在这个时候沉默，请不要让他说话。

远走的人，不要回头。送你的人，已经蹲在黑暗里，慢慢成为淇水岸边长着竹竿的泥土。

绿竹猗猗。请记得竹竿上一直向上攀爬的挂着泪斑的眼睛。

这时候，不要说话。你若回头，竹林里，一定有风。

开封　上元灯会

不在阑珊处。最后的灯，是被风吹灭的，在历史的一个角落。

突然的黑，让很多的人走散，

而我，千年之后，在万盏灯火中，仍然没有看到，失散的

亲人。

龙庭在高处。

坐在上面，远望的人，一定看到了混浊的黄河，河水捧着金黄的泥沙。

一座城，再繁华，也抵不住泥沙。岁月随便漏下的泥沙，都可以掩埋高高的城门。

再残忍的侵略者的铁蹄都在泥沙里生锈了。历史捧起沙土的时候，黄河，已经走向了

远方。

一座城，无法行走。

行走的，是一盏灯，在城里走着，想要找到黑暗中的秘密，或者，在黑暗中等待的那个人。

那个提灯的人，是走散的人吗？

巷陌安睡。只有醒着的人，听到了黄沙上的马蹄声。或者，看到了改道的黄河正从紧闭的城门缝里，露出柔软的汹涌。

上元夜的汴京。提灯的人，一定遇到了突然的黑，让他找不到火柴，也找不到亲人。

他遇到了践沙而来的马蹄吗？

他遇到了从城门的细缝里爬进来的水吗？

因为一段黑暗，掩盖了关于灯的记忆。

现在。开封。上元夜色依旧。

风，还没有走散。历史吹灭的灯，被另一只手点亮。

那些走散的人呢？还会不会前来，脱掉大宋的青衫，披上今天的汴绣，和我相遇在没人看守的龙庭。

我是千年前走散的人吗？走遍了小巷，穿过一个又一个的路口，希望与提灯的人相遇。

那时候，是一场雪。现在，是一场雨。

历史上的雪花已经融化，而我，正被灯照亮，在光芒中，仍然没有找到走散的亲人。

现在。黄河已经到了远处。远处，还暗着。

提灯的人，已经从灯火中起身，走向暗处。

灯的后面，是陷在光中寻找着什么的我们。灯影婆娑。有些我们找到了，有些，我们永远不可能找到。

千年，或者更久以后呢？

上元夜的开封，有雪，或者有雨。

在这样的街道，万家灯火，有谁找到了走散的亲人，

有谁，会和提灯的人相遇。

又有谁，在灯灭的时候，坚定地站着，等待光的到来。

（选自《中原散文诗》2021 年第 2 期）

门外（外一章）

王　琪

有人敲门。许是送外卖的人、走亲戚的人、认错门牌的人、寻找宠物的人、催缴电费的人、推销保险的人。

也许，还是个伺机行窃、图谋不轨的人……

一个面孔陌生的人也罢，一群结伴而行的人也罢，我不问他姓甚名谁，是干什么的，而自己念想的那个人，仍迟迟不回。此时，我起身或坐下，迎接与谢绝，都是无关紧要的事。而希望和失望，却持续发生。

偶有一阵风急急赶来，在门外回旋、作响。那时，打开门，门外什么也没有，空空如也。只有一盏昏暗的路灯，幽幽亮着。只有落满台阶上的灰尘与废弃物，在风中轻扬飞舞。

如果恰好有一只猫，一只流浪猫蹑手蹑脚进来，门外并无多大声响，我反倒感觉人的脚步平时过于沉重，咚咚几声，无意中会将门内人的不安惊动。

而彼时，门外脚步孰轻孰重，比不过一轮明月越门而过。在门露出窄窄一道缝隙的那一刻，月色悄然浸入。这时，即便再黑暗的屋内，也会多出几分光亮和温暖。而当一道冷光乍泄，巨大的虚无感会因此鱼贯而入。

——从门外进来的，影影绰绰，令人无法辨识。

每当门外有响声，我愿侧耳倾听；也愿门外所有的一切，不再是个谜。

这样的事，在我以前生活过的城市西的旧居内，的确时有发生。

（选自《六盘山》2021 年第 3 期）

槐花在飘

归向自然，投报春风。

一树一树的槐花，或近或远地摇曳着，从不刻意向我们昭示什么。

馨香中的甜蜜，朴素而原初，像我们那些年月，一起历经过的童年，被确定成北方之春最深刻的记忆。

一条野径通向山川，和一条河流通向远方，本质上并无多大区别。

而一树槐花，散发香气，给我注入不可拒绝的诱惑。

默然之间，她们看着天空和大地。以素雅、清秀、淡然，活像超凡脱俗的女子，飘然于飞，又颔首枝头。

“风舞槐花落御沟，终南山色入城秋。”长安郊外，我听见有人轻声吟诵。

仿佛一抬头，就有令我心头荡漾的槐花在飘，在轻舞。

更待簌簌而落之时，香了一春又一春。

也是迟迟不能忘怀她最初的样子，与舌尖上的味蕾，我简朴的乡村生活，自此浓郁起来。

（选自《上海诗人》2021 年第 5 期）

沽河诗篇（三章）

张晓林

辛铁甲，一个铁骨铮铮的汉子

风吹原野，吹凉了大沽河的波涛。
你的心中，有一种冷。
挂甲树，也该听到庄稼的不安了吧？

你卧倒在阳光下。朔风中，巨大的危险啊，迎面而来。
你的枪，冰也似的，冷静。
你，扣动了扳机。

太快了，你们，瞄准着，射击着，在这方热烈、滚烫的热土上，你和你的战友，用自己的血肉，筑成了一座，不可逾越的，万里长城。
一场短促的遭遇战，你们，一举击毙了八名日寇。

而今，仍然不时有清脆的枪声，悠悠回响在我们耳边，也永久地，回荡在一个民族的心上……

朱家庄，中共即墨县委纪念馆

这个村庄，是个坐标，也是一个灯塔。
他标示着，一个方向；一条，走向胜利的道路。

马灯，至今依然亮着，在暗夜里，温暖着心灵。

八十岁的老爷爷，总是把那个岁月，那种生活，说给今天听。

一部老式电话机，从那时起，就一直通着，通向未来。

一盏老式马灯，从大沽河边的这个小村，直到莺歌燕舞的今天，一直亮着，心灵的光，胜利的光。

向着东方，照耀世界。

现在，夜空晴了，也没惊恐入骨的狗叫了。

这个名叫朱家庄的村落，风依然吹，诸多的安详和壮美，将一直温暖到

天长地久……

刘家庄，周浩然烈士纪念馆随想

这是一部书，一部用血和青春，写在大地上的壮丽史诗。

一个二十岁的青年人，共产党员，左联成员，即墨县委首任组织部长，浩然烈士倒在不该离开的时刻。

其实，他是去发动群众组织抗日的。他走出西尖庄村，不巧遇到了一个人，一颗子弹以疯狗奔跑的速度，追赶着他。

这一切，没人知道，唯有上天看见了，但他隐忍着，不说，把一切都交给时间。

转眼就是人民共和国成立多年的日子了。

在东北，某地，一个名叫孙光彩的即墨人站了出来，他说，他是个罪人，十恶不赦。

最后，他被判刑。不久，一块飞石自天外飞来，一举清算了他的罪恶。

历史，是人民写的；有时，也是天地正义写的！

（选自《大沽河》2021年第1期）

清澈之眼（外一章）

葛道吉

开，就进入幽深的历史之巷。

封，便被两只清澈之眼注视。

有森森然之感。我面北而立，看到了放射的庄重与威严。有风飘过，忽而掀起衣服的左摆。是东风，饱含温和、体贴、善意、明理，甚至，刚正的默许。

再感之森森然。我仍面北立，汹涌的庄重与威严逼迫着。有风又起，刹那扯开包裹的胸膛。是西风，携带审视、乜斜、疑惑、直刺，甚至，胁迫的叫真。

不由你挺直腰杆，阅读朝阳，巍巍升腾的霞光笼罩了全部的世界，把你的思想理智与跳动着的神明牢牢攒紧，朝着太阳升起的地方，挺胸阔步。用你漫长、简短而丰满的人生，做一回正义的丈量。

就鄙视小人，远离逼仄，尽管你摆脱不掉低级庸俗，离开不了腐败奸诈，就只管欣赏水里的莲花，抑或季节造就的高洁而华贵的菊花的芳容。剩下的，尽有“它”的去处，那是“牛头”“马头”、更是“狗头”铜铡的事情，寒气凛凛的血刃。

我在森严中肃立。我在肃立中醒悟。便清明起来。对视了那两只炯炯之神明。

左眼是杨家湖，右眼是潘家湖。两湖接纳大宋于今的日月星辰的灵光，在眉宇间写有“开封府”枢纽机关的存在，飞檐翘壁的古建雄姿沉稳出风雨烟尘的迷离，思想的深邃灵动着眼睛的明灭。心头一时泛起湖面上的微岚，忽而金黄、艳红、紫蓝、浅橙、翠绿，七色祥光笼罩着眼睛，装扮着开封府，那面对世界的历史深巷走来的威武之门，是开，是封？

就有霞光洞开一条鼎沸的甬道，在两眼的多彩微澜里，涌动着瓦片的磷光。

远古的琴声

说到“神”一样的存在，似乎说者眼里也有了“神”。

那个有点寒冷的日子，菊，喜出望外。

此时，我领略了“神”——古代音乐之神。跫然的脚步，就坐在那个“台”上，猝尔发出动听之音，妙曼，吹？

眼看着哗啦啦的落叶，在汴梁的黄沙大地奔跑，不是万马奔腾的飞扬，似乎和着一种天籁的音节，一会儿高山流水，一会儿雪落无声。

一个姿态，神目迥异，有醉意，身体朝右臂微倾，左臂在初春的柳枝上舞蹈……有洁净如雪的纯美，翠竹有节，龟裂之势妙不可言。

齐地，晋土，抑或汴京，履痕处处。但，这里只说万物知春、和风荡涤，清洁凛然、撕帛裂竹之快意，至于仕途勤勉、政治功绩权做下文。

悠扬传世今日，仍冠盖界派。是精神！治学精神！有谁能专一到抛弃自己的眼睛？是传说，更是一种敬仰！

五彩灯下，聚光了传统的各种乐器包括打击乐，近百位音乐传人举着师旷闪闪发光的名片，在指挥棒的统一下，高山、云雾、雷雨、冰瀑、星辰、亮月、小桥、暗流间或远与近、重与轻的爱恋般柔和，让台下聚精会神，眼里满噙了泪花。

情到浓时的流露？牙齿如此洁白。

灯光的旋转在无数人眼里射出遥远的光芒，直至春秋时期的朗月和春阳，以致朗月亲和着的洁净之色。

细雨霏霏，有寒气，无人所动。

（选自《济水源》2021 年第 11 期）

车巴河纪事（二章）

王小忠

热　爱

来车巴河边已经很久了——他想在山林里找到龙胆花，在坡地边捡到地耳，也希望在河边碰上一块含玉的石头。

事实上，他更期盼从深沟里刮来的风将他带到那片草原上。那样，他就可以放声歌唱，还可以和他们喝酒、打牌、聊天，诉说这段时日里的欢乐和艰辛。然而，大家都忙着耕种，谁都知道，埋在地里的种子已腐朽，但大家依然等待立春，等待惊蛰，等待雨水……

多么热爱那一切，可载运时间的那辆大车已经走了很远。杨树叶上栖息的飞蛾们只留下空茧壳，它们在余晖下独自仰望空荡荡的蓝天。

你们不曾知道的秘密——

他在车巴河岸边就那么等待着，失落着，希望着。

你们不曾理解的苦衷——

他在车巴河岸边，看着野猪撕扯青稞架，看雪花一片片从山头飘来。

他知道，接下来需要做的，就是生好那盆火。不再有过多的奢望，他只想听着风的呼啸，静静度过这个寒冬。

他多么热爱眼前的一切，可夏天已经过半。他想，如约而来的秋风定然将他重生。

河　岸

走出小二楼，穿过那条巷子，就到车巴河岸边了。

他总是喜欢在岸边走，因为岸边有许多野花。岸边的花，都可以叫做格桑花，都像他一样，渴望生活的美满与幸福。

他在柏木林里见到过铁线莲，在小二楼墙角处也见到了。无法数清，它们挨挨挤挤，相互缠绕，不说话，神情低落，有些忧伤。

原来，幸福的花儿也是有心事的。

车巴河岸七月的早晨还是有点微凉。金色阳光下，马匹进山了，赶马的老人并不孤独。他每天重复着从村口赶马出来，当落日跌入眼眶，他就和岸边的格桑花打成一片，让七月有了欢声笑语。

然而，居住在这里的人们总是喜欢揣摩暮色背后的秘密，住在这里的他，也总是喜欢在事物的变幻里抒发悲欢。

如果我们怀揣明灯，何惧夜晚漆黑与漫长？

河岸边的那些花尽管低落、忧伤，但不哀怨，它们依然健康地生长着。

有了那些格桑花，河岸，就有了金色的光芒。

（选自《散文诗》上半月刊 2021 年第 8 期）

那时年轻（外一章）

白　琨

那年，楼梯还年轻。

扶栏，是年轻母亲的麻花辫，及腰、俊美。被岁月捧在手里来回摩挲，散发油绿的生机。

台阶就像衣边裤角，随时保持平整，让不肯解甲归田的扣眼，与生活的扣子有许多看不见的拉扯。

眼窗注定是一扇比一扇高。远方是比远方更高的丈量，也是父亲手里的算盘和不停的脚步。

时而在光里，时而在阴影下，楼层的白墙，常会为我偷换表情，和我捉迷藏，成为家中无人时我写作业的背景。

多情的楼梯，抱着一排琴键寻找知己。我看见邻家的姐姐又被大哥哥接送，她下楼的脚步是轻快的，鞋子穿着欢快的短笛。

那时，楼梯还年轻。比这更年轻的是我最早的记忆。那年搬家，我两岁，小手搬着板凳。多么荣幸，我依然记得小腿爬阶的费力。

楼层转角，我向下一望，一望就是一辈子呵——父母正抬着桌子爬楼。

那年，他们还年轻。

时间去哪儿了

一只猫，把时间从中午叼到傍晚。

树叶再枯，也能玩出它闲懒的生活。

嘴与阳光构成直角时，晒太阳的老人是最长的边。

一飞而过的麻雀，被老人想成自己的双腿。

蹲着的板凳，倚着的拐杖，五条想跑的腿，拖不动一双羸弱的鞋子。

帽檐的藏蓝，是旧日子的尘色，戴在白胡子与皱纹的上面。

玩猫累了，老人就伸伸手。

接不住年轻的时光，分不来几十年的沧桑。有些事是必然的，怀想是永恒的。

这些是我向楼下看到的。

隔着行行冬枝，视野生生被裁成细条，像盼春的脖颈。

（选自《大沽河》2021 年第 2 期）

七月在野（外一章）

雨倾城

经不起一点风声。
七月在野，十月，蟋蟀在床下叫我。

所有的路，都适合私奔。
这里安静。我要去秋天定居，与芦花住一起。
去怀念，或爱一个人。
迟些睡，早些起。白云赠客，明月自照。
没事的时候，去数对岸的灯火。

心里有什么，欲出，不出。荒野四散，一座空山占据霜天。
村庄，住着永远的最亲最亲的家人，温暖和光。
终归要回到这里。拿走身上，所有的冷。
唯有这里，也只有这里。
屋前屋后走一圈，疲惫，不堪，仿佛就会遥远得世界都看不见。

到处是风。
山脉连绵，捎来一封新鲜的薄雾。
我在荒野欣赏月光。
——“仿佛前面的路全是记忆，仿佛未来就是眼前”。

桃之夭夭

天空蓝而远。

旧时的花，自开自落。

风吹过来，吹过去。风一吹，就落在心里。

那是一生的礼物。

我从河边回来，带着泥土的香气，桃花无数，漫山遍野。被我看见。

骤然止步。怎么形容，你的活过?

一个人的草木，无所谓人间。

花在东，在南，在西，在北。流徙。

——就像是一场追寻。

一天过去，一生过去。归来已是白头人。

乡音终是，落地有声。还是要让我伤心。

你在童年的花香中，我摸不到你。

彼此梦见，是多么奢侈。离家的路那么长。

回家的路那么长。

我仰着头，华发如雪，忽然指向了故乡。

（选自《核桃源》2021 年第 2 期）

半夜起来听鸟叫（外一章）

唐　政

她睡不着，一杯红酒里晃动着无数的身影。而每个身影，都像是在叫醒她。

此刻，除了自己和墙上的挂钟，谁还能忍受时间的沉默？

不如半夜起来听鸟叫。

那克制的、妩媚的叫声，让她想起了自己也曾在某个半夜，和一个人如此呢喃过。

鸟儿们斜着身子，穿过雨阵和夜色。

像一群训练有素的失眠者。

还有这么多的鸟儿跟我一样——

她这样想的时候，许多坚硬的秘密，就在她的心中化成了一潭柔软的清水。

不如半夜起来听鸟叫。

天空中漂浮着许多的羽毛，似乎每一片都可以带走她，也可以永远地镶嵌在她的身体中。

非常道

飞鸟的翅膀上，有群山的擦痕，也有天空若有若无的余温。

而雨水埋伏在一条河流中。

分担了一条河流弯曲的命运。

顺着一条小路上山的人，心里面一直不敢有一条大路的憧憬。

而光明仅仅是一种仪式，当黑暗从俗世中撤退，我们不得不将自己埋在一盏灯里。

一盏冥想的灯。

它有着万丈的光芒。

当黑暗又从原路返回，每一片光都会产生很多的歧义。

天下苍生，都想修一条正道。

但他们往往走的却是弯路。

而每一条道都是人生机缘，心灵拐弯的地方，石头常常高过草木。

（选自《散文诗》2021 年第 1 期）

王昭君

王功修

黄沙滚滚，马嘶雁鸣。

汉都巍峨的宫阙已不见踪影，塞外的荒凉一阵阵袭上心头。

一位美艳动人的女子端坐马上，身披斗篷，怀抱琵琶。面对永别的故土，面对未卜的前途，她心绪难平。纤指轻抖，一曲《琵琶怨》凄婉悦耳，使南飞的大雁忘记了摆动翅膀，纷纷跌落于平沙之上。

19 岁的豆蔻年华，本该和心爱的人卿卿我我、花前月下，而她却背负起远嫁异邦、和亲维安的沉重使命。

“绝艳惊人出汉宫，红颜命薄古今同。”她只是一个宫女，身体，美貌，都属于大汉王朝。

胡地 40 年，她朝暮对故园望眼欲穿，然而漫天的风雪无情地掩塞了归途。

从此，长安的明月，只能在梦里回望。

异乡无边的夜幕，让她辗转难眠。她的孤苦，只有案上那支红烛才懂。

“边城晏闭，牛马布野，三世无犬吠之警，黎庶忘干戈之役。”她忍辱负重，用青春韶华换来了汉匈长久的和平。

仿佛只是剑光一闪，金戈铁马和悠悠胡笳，在风吹草低间化为星汉无声。

大漠孤烟和长河落日依旧，世上从此不见明妃。

所有的牵念，全系于一座“青冢”。

（选自《大沽河》2021 年第 1 期）

惠安馆（外一章）

崔均鸣

惠安馆的大门经常是敞开的。

惠安馆里发生的故事也是公开的。

那些烂熟于胸的情节，被左邻右舍传播着，改编着。渐渐地，就有了五花八门的版本。惟一不变的，是惠安馆里的人物角色。

他们生活在同一屋檐下，却怀揣不同的心思。彼此亲近着，却又莫名的疏离。如同他们的生存空间，被一堵堵坚硬的墙严严实实地分割。

站在惠安馆外，往里瞧。

院内的景物高深莫测。

雪中天坛

一场无声的大雪，昨夜悄悄降临。

白茫茫一片，覆盖了天坛，也覆盖了这座曾经喧嚣的古城。连活泼的鸟儿也了无踪影。

北京，北京！这就是我的北京！！

天坛矗立着，雪松伫立着，我与你也站立着。引颈远眺，整个世界，除了白之外，还是白。茫茫大地，风流的往事已成缤纷的碎片。

像雪，随风舞动。像雾，面目不清。

像风，来去无踪。像你，心事重重。

这是中国北方，一座重要的城池，一处让你仰望的地方。据说，在这里可以与天庭对话，与神仙沟通。

上苍俯瞰着万物生灵，不言一语，而你却禁不住想放声呼喊。
面对寂寥的天空，太多的心声需要释放。
面对苍茫的大地，复杂的情绪四处流浪。
然而——
天坛告诉你。天坛四周的雪松告诉你。雪松旁边的人群告诉你。
沉默，也许是最好的选择。

（选自《星星》下旬刊 2021 年第 10 期）

抽象（外一章）

归　马

的确，童年时，我的一部分身体就突然出走，突然变得虚拟而抽象。命运，猝然抽走了我的一部分实在的身体。7 岁里的那一瞬，是飓风的旋涡，是卑微命运中巨大悲剧的核心与起源。我诅咒，坚决不接受，希望它只是一个梦境。后来，被动地开始习惯，并默默接纳与认领，任一条腿走失在这世界上，走失在身体的旷野之中。但无数个梦境又是那样清醒地提示我，失去的那条腿并没有真正走远，它只是变幻了存在的形式，或者说，被过往的时空和道路暂时寄存。是的，我的确失去了一部分肉体，但也在同时获得了一部分虚无的身体。我失去了一条骨肉之腿，同时获得了一条虚幻而透明的抽象之腿，那条腿一直在我精神失重的右侧，在虚空中支撑着我。的确，我未曾与人道及，自己拥有一种常人无法体验的抽象而微妙的支撑。这种支撑力来自身体之外，又与身体如此默契，相互抚慰。

断　崖

独腿行走，我的道路比常人要窄一半。我已习惯于断崖边缘的行走，有时甚至有自嘲与戏谑的戏剧化倾向。的确，我永远失去了肉体的完美，但失去中的获得的体验独特而细微。的确，相对于他者，我一直试图营造一种对自身高级意义的安慰与嘲讽。以这种安慰与嘲讽中的新颖，认知营造一种支撑力——对生命断崖的巨大的支撑力。借助单拐行走，就是借助身体和世界的另一半力量行走。走在大街上，走在田野上，走在草原上，走在山谷中，常常有一种近乎于伟大的力量在身心中如喷泉一样升起。有一次，我停留在某个山谷具象的断崖之下，让身心完全松弛下来，浑身发热的我要给自己降温，我甚至下意识地以自己圆润而敏感的残肢抵住沁凉的石头……瞬间，一种来自大地内部与肉体内部的深刻的理解，仿佛进入了我们彼此的身体。我凝视着自己残缺的部分，我在身体的断崖发现了火山喷发后岩石冷却的肌理，哦，原来这也是一直被遮盖的绝美风景。转过头去，在绝顶，在没有路的地方，真正的独行者前进的方式只剩下两种：一是跌落，一是飞翔……于是，沉睡多年的伤口，如一个悲悯而苦痛的山谷，开始有了苏醒的欲望。于是，我身体右侧被截得短短的腿根，如同深埋在土地中的树根与化石，微痒，蠢蠢欲动，有了重新发芽的欲念。

（选自《散文诗》2021 年第 6 期）

铁匠铺（外一章）

王东晓

铁，用尽一生，把生铁熬成了熟铁，像走完冬季的路，长出满头的朝霞。

铁花紧贴铁花，红肿的眼神，再也盛不下锈蚀的自己。勒紧腰带，剥下石头的牢房，焚身碎骨地开花。

铁匠铺子像收到沉默的狙击，空气愣在那里。

用心，用手，捧通红祝福，请铁接受时间闪电的祝福。

变，是理想不变的旨意。心火足够，烧出天空霞光般的手帕，石头般静默的肋骨。

铁的目光，依然流淌山谷清冽的风。剔除苦难，劈砍命运最柔软的头发。

做滚烫的自己。

在麦芒中亮出沉甸甸的金色勋章。请磨难砸向磨难。

让哭泣的夜晚像铁裹满全身。

因为，星星拥有最亮的眼睛，对我闪烁。

在城墙上

一行垂柳教会我引体向下，内心柔软。制定如何节食，慢跑，不熬夜。

计划像一首好诗重塑自己。

想象力撞身贪吃的我，腰间鼓起脂肪的轮胎，奔跑在分行的赛道。

为自己的名字瘦身。

像每块儿城砖咬着自己的名字，并不是谁都能成为它的族人。

不妙，体内的卡路里漏油了，累，蜗居肺部的新鲜氧气大口喘气，汗珠慌乱摁下暂停键。

小吃夜市的霓虹闪烁，撸串儿的油腻叫卖声，联合刷卡消费的时尚理念，呼唤你成为合格的肉串会员，啤酒肚的超级粉丝。

倒背如流的减肥计划，像一阵臃肿的风，躲进夜伸手不见五指的避难所。

（选自《上海诗人》2021 年第 6 期）

小区隐者（外一章）

赵大海

草丛托举小碟子，小女放下食物，给这些小宠物猫一一命名：

小黑、大黑、小白——

这些柔软的小身体，昼伏夜出。偶尔身形一闪。

小区便复归平静。

唯有小女能给它们搔痒。袒露肚皮和胸襟。

互相凝望。

为一只瘸腿的小猫哭泣；

小女的图画本上，布满泪痕。

面对它们，我总是习惯于后退，合十！

深藏小区，永远都不露声色。

每每小女一召唤，那些发亮的眼神，就从竹林、矮松丛、黄昏抑或

大雪里，纷纷蹿出。

男人书

做儿子的好榜样！

做老婆的靠山！

做家庭的顶梁柱！

男人这个称谓不是随便叫的。

你比不了人家，人家是土著，是山脚下，大海边，拆迁出的百万富翁。

你出生时候落进了草堆，你外面是个硬壳，你要自己孵出自己。

了凡坐在对面，云谷禅师在打坐、微笑，命运的多种算法，你的八十难，你的三十六条道路，握在自己的手里。

你要活出个模样。

要敢于去折腾，要给一家人足够的口粮、阳光和人民币。要给老婆、孩子一个交代，不要让家里人替你顶着天空。

不要让你的七大姑八大姨，在乡下，十几年了，还戳你的脊梁骨。

（选自《大沽河》2021 年第 2 期）

陶罐，盛满谶语

刘向民

陶罐静静地，缄口不言，被阳光照射的时候，还沉浸在梦中。

被从地下掘出时，人生轰鸣的那一刻，陶罐猝不可及，内心惊恐，依然紧闭着嘴，喊不出声。

陶罐穿着黑衣服，在黑色的地下，怀揣黑色的梦，与风月和躯体一同被埋葬，陷入无知的秩序。

陶罐装满了蓝色的水，以及闪烁的星光，盛着忧伤和无奈。灵魂死亡，不再有幻想。

陶罐不再思考，也不会思考，泥和水是曾经的过去，经历了一场火，就有了坚硬的躯体，生命却是漂浮的。

陶罐被埋在地下，与泥土相靠，与草根交织，听着春天的风声，想象着青草蔓延和花朵开放的姿势。

一些人在寻找陶罐，打开封闭的泥土，探寻陶罐，以鹰般的目光窥视经年的遗存，以及隐藏的谶语。

陶罐恍然，心神不定，直到被放进展览馆时，仍是漠然。

水与潮湿已经消失殆尽，内心干涸，不敢说话，也不喘息，忍受着干渴，紧闭着嘴。

许多人打量着陶罐，陷入深思，陶罐始终不语，静静地，成为历史中的一株标本。

（选自《散文诗世界》2021 年第 2 期）

平顶山步道（外二章）

徐　庶

一条山城步道，像一条盘踞的蛇，试图把一座平顶山带走。
没有人怀疑，一座山，枯坐久了，也有春心动摇的时候。

我信，山神打盹时，沐清风的你，会驾一袭轻纱和云朵而来。
你一露头，天下好看的杜鹃都醒了。
你一张口，满山的鸦雀都不作声了。

与半生邂逅相比，一座平顶山留着何用？

给小雪写一首情诗

今天小雪，给她写一首情诗。我的思念沾满夜色，怎么写，都是黑的。

我相信，雪白的小雪，就躲在夜的另一面。仿佛一张阴阳纸，谁也看不见谁。

仿佛一戳破，她就不是小雪了。

蝉　蜕

化蛹为蝶，只需带走点什么？

为带走一个夏天的叫声，连躯壳都割下了。大自然还需要什么呢？四肢也留下吧。为自然赎身，为来世赎命。

这不说话的标本啊，抓紧树杆，大葱一样剥出前世，以及它叛逃的不堪。

我似乎明白了，江湖有江湖的命定，如何从一场未知中抽身而退，成为已知，或知了。

星星的前世是星么？过了今晚，明天会是什么样？昨晚的星与今晚的星有血亲么？

我这样想着，眨眼便有一颗流星砸下来，如梦初醒。

（选自《金沙文学》2021 年冬季刊）

一只鸟，在脚手架上筑巢（外一章）

张　雷

银杏，叶黄。

风凉，菊香。

荒草没膝，秋虫哀鸣。

残月似钩，鸟雀逃离烂尾楼。

脚手架，覆满薄霜。主人，身在何方？

拾荒人，送走残月，迎来朝阳。

一只灰喜鹊，一趟又一趟衔着枯树枝，驻足烂尾楼旁的脚手架上。

哦，灰喜鹊要赶在寒潮到来之前，在脚手架上筑巢安家。

“灰喜鹊，叫喳喳，喜庆的事儿临你家……”童谣声，清脆悦耳。刹那间，心头笼罩的新冠疫情阴霾，隐身遁形。

蓝天，白云，在一泓碧水里浣洗倒影。

风，脚步匆匆，忙着为暮秋饯行。

灰喜鹊，筑新巢，安新家。

老态龙钟的脚手架，倾听灰喜鹊的开心欢歌，仿佛回到了青春岁月。

沧桑烂尾楼，经霜历雪……

灰喜鹊敞开歌喉，唤醒黎明，唱暖春风。

那些孤独，遗落在乡村深处

疾风骤雨，侵蚀古树的腰身。

暗夜，星月隐形。古树，轰然倒下。

另一棵古树，独自啜泣。

萤火虫黯然神伤，它亲眼目睹倒下的古树每一片树叶泪光晶莹。

老墙上的砖块，禁不住光阴的风化。这里一段，那里一截，三三两两破残的豁口，透露着沧桑与悲凉。

风，在豁口处窜来窜去，似乎是在寻找岁月遗忘的号角，似乎在唤醒曾经的犬吠与鸡鸣。

柴房外，犁铧扶柄上生出了木耳，懒洋洋晒着太阳。驾辕犁地的耕牛，究竟去了哪里？

秋阳望穿秋水，徜徉在黄土夯筑的墙根旁。

磨盘四周爬满苔藓，慢吞吞打着哈欠。

夕阳触动归鸟的翅膀，舂米磨面的村姑迟迟没有现身。

两扇刺槐木门，虫洞密密麻麻。

调皮的风儿，时常把虫洞当做了游戏的家。

隔着夜的深度，一株草和另一株草说着悄悄话。

（选自《吉林散文诗》2021 年第 3-4 期）

醉与醒

写在醉白池公园

王崇党

1

醉白池公园，只是一幅铺在地上的画卷。

它映印日月，如一盘一直在下的时空之棋，只有进退，没有输赢。

它连接天地，收摄世间风物，酿制成酒，让饮之人，微醺之下忘得失，脱凡尘。

醉吟先生白居易乐于搬浮世于小池，醉醒间，只有风月，不复有羁绊。

2

月亮铺开桌面，让远隔天涯的亲人，有了围坐团圆的机会。

一切都在融合，我已分不清醉与醒，团聚和分离，就连历史和当下，也没了界限。

微风拂过水面，醉白池中的圆月有了阵阵胎动。

3

月影中，似有朱之纯、董其昌、顾大申一闪而过。

一池的莲荷为我举着灯，此时我持卷穿行，多像一个求取功名的书生。

九百年，弹指一挥间。在时间面前，多少荣耀与功名都只能是草草收场。世事变迁，香樟、牡丹、女贞、莲荷、紫薇……它们才是园林真正的主人。

4

醉白池公园，只是主人的一个胸襟。

亭台楼阁榭池径，各有洞天，各与自己的躯体对应。行走于醉白公园，便是一次次与自己的对话之旅。

远离尘嚣，重新审视自己。花开有序，蜂蝶各有去处，风起或落完全是内心的波动。静心品茗，耕读诗书，弹筝赏舞，闲步其中，与自己促膝交谈，并达成默契。

5

其实，我们一直活在自我命名里。

人们把自己做成一枚指针，指到哪里，就喜欢为哪里命名。

公园里各种植物标有的名字，都是人们赋予它的。人们以万物为镜，最终照出的却只是自己，并非万物。万物在那里，如辛波斯卡说的那样静默如谜。

你能够做的，只是调整内心的频道。

（选自《散文诗世界》2021 年第 7 期）

我听从内心的呼唤（外一章）

封期任

把阳光刻成花朵，我怀念的香，便在时光书页上滴淌成一枚秋词。

涌来的云朵，像过早离去的花朵，总在唏嘘声里，零落成一粒星光。

照亮我，残缺不全的殇。

这个季节，我听从了内心的呼唤，可我的灵魂依然沦陷在痛彻心扉的情殇之中。

那片叶，像锋利的刃，不，更像闪电，击垮我自以为是的强劲和坚韧。

风，卷来凝霜的车前草，迅捷地查封了我的心窗。

我想同风和解、同雨和解、同繁华落尽的季节和解，用我深谙世事的眸子，洞悉荏苒的光阴和那块石头的心事。

生铁，煅烧成一块钢。

原生木的世界里，却有一双鸟儿的羽翅伸出一片云，柔柔软软的，

屏蔽我爱情的天空。

走不动的篱笆，成了爱情的背景。

那把搁置多年的木椅，等不来那道足音，踏秋而来。

我决定，在篱墙的另一个剖面，刻下时光的影子和一片红叶皱褶的雁鸣。

让丢失的爱情沿着声音轨迹，在况味萧然中，扒开堆积如山的过往，收听我将爱情进行到底的心声。

做一个安静的看客

我在山崖，只想做一根草，沐浴清风，默守着一份纯情。

尽管我没有格桑花的惊艳，也没有一树擎天的挺拔。

我随风尘起落。

我不惊扰繁华。

我随季节流转，不论时光清浅，不论人世的悲欢离合。

我老了的时候，我只希望有一个好的记忆，

记忆曾经的风华、激越和热情。

记忆那只鸽子，陪伴我度过生命中的日日夜夜。

我感激一方净土，赐予我一份温润，与阳光的晴暖。

我想借阳光投放的光影，抚摸我日渐老去而又年轻的青春。

纵然，我今已老去，依然有一颗年轻的心。依然像孩子一样的纯真，可爱。

我决定，忘记这一生的痛苦和忧伤，以及失败的落寞和疼痛。

只因，一切，都随风而逝。

爱过的，痛过的，都已成为过去。

我坐在光阴的肩头，同阳光相视而笑。

（选自《特区文学》2021 年第 12 期）

月华一样，是琴声（外一章）

倪俊宇

清泉数股潺潺而来，溅起一地月华碎片……

涟漪，明澈而细，倒映三角梅的红或几声断鸿。

顺流而下或逆水而上，都能触摸到岁月中的溪畔山花、小桥、椰羽和许多往事……

烟雨青翠的气息，自时光深处，飘来。

透过榕荫的绿雾，彩笺便成兰舟，于粼粼琴声上漂浮。

一方罗帕，一篙叮咛，沿丝弦走过几多碧水青山？

竹影间的期待，与红伞下的诺言，都搁浅在回忆的背面。

指尖的颤栗，是多梦季节的思绪。

总有一盏飘曳的灯，闪烁着明明灭灭的诱惑……

来自昨夜的独白，有谁，能聆听它刻骨的忧伤？

（选自《鸭绿江·华夏诗歌》2021年第5期）

阅读白沙陨石坑

绿色，覆盖整个直径3700米的环形大洼地。绿风，抚慰着每一粒砂石，每一叶草尖。

一垅垅茶芽，仰着尖喙，啄醒黎明，摇响绿色阳光。

染翠晨风的采茶谣，一声声欢快，追逐着季节脚步，追逐着翩翩鸟鸣……

那雷霆，那震天撼地的九千个雷霆呢？

那霹雳，那崩山沸河的八万串霹雳呢？

陡峭的坑沿山脊，直立无语，藏匿了神话中巨斧闪劈的华光与嚣响。

亘古石壁，竖眉瞋目，铁青着脸。不愿提起隐在70万年前沧桑岁月背后的巨大灾变。

纵横交错的岩纹里，镌刻着惊天动地的天火与轰响的梦幻情节。

而今，在这，在我国发现的第一个陨石坑，再寻不到史前的天外来客，再听不见大地张口喊痛。

侧耳举目，我隐约听到坑壁间有多年前拓荒的歌声在回荡，赫然看见茶树上有耕耘的汗滴在闪光。哦，大地的伤口，早被抚成绿地。

在海南名茶“白沙绿茶”馨香四溢的风晨雨夕间，总有背篓里装满春色的身影，在晃动……

（选自《淮风诗刊》2021年第4期）

风起百花洲

熊　亮

江西南昌，一座英雄的城市，一方和谐、宜居、文明的天地。福地南昌，更有百花洲，风景这边独好。

“深园抄书桐叶雨，曲栏联句藕花风。”水观音亭的先贤对联，写出了百花洲的秀美，字里行间尽显豫章故郡的豁达与厚重的人文底蕴。

风起百花洲，中山路上、杏花楼头、主题街区探寻“后浪潮文化”，“萦绿带，点青钱，东湖春水碧连天。”耳畔传来百花洲的历史典故、名人的诗篇。

风起百花洲。看，梁书美术馆、湖畔美术阁、百花洲亭九曲桥、枫叶步道……百花齐放，灯火通明，古朴与科技在这里相融。

来！走近建德观路历史的街角，驻足、细品，历史建筑与人文故事，被文字与绘画精彩呈现，可轻松开启与古人灵魂的深层对话。霓虹映湖波，灵动跳跃着的美与宁静的湖面，得到完美融合。

人在湖中游，心在曲中悠。

推窗一望，八方游客人头攒动；临湖凭栏，绿树高楼错落有致。网红美食，激活味蕾；非遗集市，尽情演绎古老与现代的流光溢彩，满足每一个到访者“逛吃玩乐”的休闲愿望。

风起百花洲，诗意伴你游。

在这里，街区商业氛围浓厚，“潮玩+夜经济”成为这里的主题。文旅街区，以年轻人为主要受众，大力发展老字号、“非遗”和地方特色品牌。业态经济和文化底蕴在这里有机结合、自然天成。

“岸旁杨柳都相识，世上蓬莱第几峰”，百花一洲，尽显东湖大美。

客从四海来，风起百花洲。

（选自2021年8月23日南昌学习平台）

散韵（节选）

贾文华

1

把钉子从木头里抽出来，再钉进去。木头，还是原来的木头吗?

将挚爱从时间里取出来，再放回去。时间，还是当初的时间吗?

那时我充满矛盾，一心想获取十足的江山，一次次于否定与憧憬的意味中，践行莫须有的历练。

直到一根白发爬上鬓角，像茫茫黑夜中怯生生的小草。

2

大风吹我的时候，积雨云正从大桥东头散开。

雨季刚刚开始，我却怀想社宅那条拱形门；入夜，彩灯交织的神采。

草原没先前那么绿了，马蹄声不再约会牧歌，来我耳畔叩门。

时间正一件件，把原先事物从我记忆中拿走；宛如，我正每分每秒，将渐行渐远的过往淡忘。

眼下，我开始敬畏时间的老成。它一声不吭，将我变成傀儡。

4

你所蕴含的恐惧，对于我的影响是巨大的。

基于你不声不响的缄默，抑或缄默的不声不响，我的考究是无解的。

没法怂恿你的口舌，让你说出存在的意义；没法与你对白，知晓你多具体，多感性，多残忍。

看不到你的样子，听不到你的呼吸，闻不到你的气味；甚至，怀疑你的存在。

你让我恐惧，平静，自卑；偶尔，你的境遇，让我有了对于生命的诘问。

如果我的自言自语，你能听懂，请记下这段不经意间的旁白。

6

河，无意将两岸隔开。只想以自己的方式，在大地上行走——平凡地走，无声地流。

不过，风，总爱挑事。

风，故意将河的姿态吹弯。波澜起伏的曲线，让两岸觉得，河，得了便宜卖乖。

河，不反驳。只是背着风雨行走，扛着雷电上路；依旧，向远方呈上执著的脚步。

直到，一根钢铁，以桥的名义，将东西方贯通。

（选自《北方文学》2021 年第 1 期）

一座离海最近的火车站

张 毅

这是国内离海最近的火车站，推开二楼窗户，你会看到海面巨大的货轮和飞翔的鸥鸟。如果周围安静，你能听到海水拍打岩石的声音。那些岩石有时被海水淹没，大部分时间它们露出海面。我有一次在岩石看落日，猛然听到一列火车正在进站，那是一辆蒸汽机车，黑色机身在站台上喷着火焰。许多旅客一脸风霜，从候车室匆忙走出，然后很快被城市淹没。

这座欧洲风格的建筑由钟楼和大厅组成。钟楼是德国乡间教堂样式，钟楼基座、窗边、门边以及山墙和塔顶的装饰由花岗石砌成。设计者是一个大胡子的德国人——海因里希·锡乐巴。

1904 年 6 月 1 日，汽笛划破胶州湾的宁静，海水剧烈波动起来。一个司炉工在锅炉下加煤，火在燃烧、水在沸腾，水汽“滋滋”响着并不断向四周荡漾，蒸汽产生的动力推动机车巨大的轮子，火车缓缓前行。一辆蒸汽机车从青岛火车站出发。火车沿胶州湾划了一个弧线，跨过几条大河，直入省府济南，与京沪铁路交汇。

这是一个重要的历史时刻，火车成为国家推动工业进程的发动机，而许多内陆城市离火车的影子还很遥远。站台上，值班员手中的信号旗在空中挥动，红白相间的臂板无声落下。巨大的轰鸣声从远处传来，土地开始颤抖，随后是一辆黝黑的火车，缓慢、沉重。高高的烟囱吐着浓烟“呼呼”作响，像一头浮出海面的巨兽，车轮高过我的童年。

“列车两旁的市区逐渐成为房屋稀稀落落的郊区；这番景色和随后出现的花园和乡间别墅使他迟迟没有开始看书。”那时，坐在出发的火车上，我常想起博尔赫斯《南方》中这段文字。长久以来，蒸汽原理一直在中国铁路延续着：蒸汽推动轴承，轴承推动巨大的车轮，机车庞大的身躯喷吐着火焰，附近的景物像被火车惊起的飞鸟迅速退去。

我无法概叹时光飞逝。如今，黑色蒸汽机已被白色动车组取代，工业革命象征的蒸汽机已退出站台。那些悠远的汽笛、站台上凸立的水鹤、急速转动的红色动轮，常让我泪光闪烁。

现在，一辆动车组正从车站出发，
车上载满海水、霞光和无边月色。

注：《中德胶澳商埠租借条约》签订后，德国政府取得在山东修建铁路的特权。1899年，德国人开始修建青岛火车站。1904年6月1日，胶济铁路通车。

（选自2021年11月15日《青岛日报》）

我的淇河血脉，永不干涸

杨开亮

一

今年的秋雨更缠绵。如帘织，如瓢泼，不知疲倦。

浸泡的身心，渐渐鼓涨，成为一丘发酵的面团。

浸泡的思绪，近乎莫名。唯有安放在禅茶的不绝如缕中，

才会心生云月，踏歌而行。

《诗经》的河床开始潮张，心在冲浪。且把探询的目光，徜徉其中——

“桃之夭夭，灼灼其华……”

“关关雎鸠，在河之洲……”

兀自误入一个充满诱惑的世界，一个青春鲜活的季节

那里有简单的快乐，平凡的幸福，从容的淡定，平静的澄明。

还有一道道葱郁的木栅栏，一个个我歌且谣的部落。

我终于明白了：为什么在凿壁借光的草堂里，一个人的明经，在低处能使草木昆虫可得而育，在庙堂能让人天之望可得而和。

时光遥远，阳光肥美。

淇水悠悠，卫风徐来。

踏着诗歌的节拍，几千年，一条河诗意奔放，一座城诗意葱茏。

诗意淇河自风流。

二

碧波竹海之上，燕燕于飞，上下追随忙。

我站在源头，望不见尽头——

如此清纯秀美的你，一如沉香般的本心，皎皎在星空下，寤寐思服。闪亮着一种生动，化为一颗含翠沁香的朝露：唱着《诗经》幽婉的歌谣，跳着卫风青春的舞蹈，摇着卫武竹君轻轻的叹息，曳着许穆夫人长长的乡愁……

一座古城，伫立河南，名曰朝歌，一直闪耀在殷商的历史天空里，无比璀璨，如铁铜般坚不可摧。它曾是城市的肇始与圭臬，安放着一个天下之中邦畿千里的中国，绵延着殷商的血脉和文明密码，闪耀着青铜的荣光和甲骨的神性，埋藏着帝辛一统华夏的梦以及他与妲己被妖魔化了的爱情故事。

智者乐水，人文荟萃。李白、杜甫、陈子昂、高适、司马光、王安石、苏轼……纷至沓来，诗意生活，吟诗斗酒，家国天下。

并且沉醉其中，乐而忘返，或长驻，或流连。

走着，走着，把自己也走成了一段绝美的山水。

淇河九叠，未有竟时，那就向着淇园更深更幽处——

滑落。漫溯。争渡。

诗意淇河数风流。

（选自《中原散文诗》2021 年第 2 期）

与重生有关

范恪劼

1

一颗无私的自然光，每个初开，才从母亲恩荫而被呈奉于生命；一片永远的宠爱露，每个幼稚，才从圣水恩德而融化于光明；一路无私的照看景，每个茁壮，才从奉献恩典而临近于辉煌；一直供奉的纯粹心，每个盛大，才从普照恩泽而有位于天道。

母亲！圣所谓有，经所谓在，万物之源，天地之理！

2

蓝天又被天空送来了，晶莹又被花草触摸了；他，你，我，又被时光点燃了。

多么幸运！无限的偶然之外，一直等待的在；无数的沉默之后，一再持续的有；无奇的必然之中，一切信任的真！

3

还没有……真的仍信任……是的……

从一睹的凝望，到一万的沉思；从一再的谛听，到万一的怅惘；

有多长的路，吝惜过多长的追逐有多久的光，凝结过多厚的嘱望！

看吧，曦光来了！信一次，清澈回荡再信一次，明亮辉煌。

4

“等到了也得到了——最熟悉的，小花。”

蓝花，蓝色，蓝草。比梦要真，比光要亮，比静要活。

看吧，真切带开的春晚起来。听吧，陪着明晰的目光清起来；想吧，再一次回到倾听，还有多么的蓝和星，于我……

5

一种记忆，也是一种痕迹，更是与生命全部融合与永远摇曳的气息。哦，是岁月！从开始，到重新……

于日，于月，于年嗯，还有出生，再一次！

像晨曦才会明澈有些隐秘的浪费；像翠绿才会珍惜有些新鲜的激荡；像滋味才会点香哪怕仅仅追着行走的细微……

扔掉越来越多，天空亮了；从容越来越真，轻松来了……

6

二十六天，清楚了；素质与玉光，认准了！身做简易的修行者，重读本根一回又一回，朴素纯洁一体再一体；真情如初，我，开心如淳安。哪怕仅仅一叶到手如初晨，就有开心的菩提归我如一新。

（选自《中国魂·散文诗百家作品精选》2021年“名家有约”）

四辑

乡村守望

乡愁帖（三章）

黄恩鹏

沉江的人

江水冷瑟，狂风大作，有人在江边问天。可悲的楚国，把他的梦想捆成了粽子。年年有鱼，问江问水。那些诗文，在江心之上泛着光亮。艾草遮天，大地觳觫。无道的昏君，臃肿的肉身，刚愎自用的体面。

盘剥刈割，碾轧蝼蚁。我不问天上徘徊的云影，也不问鼓枻的渔父。我只向自己的灵魂诘问：怀里的这冰冷石头，是不是整个国家的重量？

江涛奔赴，生命何堪？高山是祭坛，大江是祭文。沉江的人啊，毕生焦虑国家存亡的人，沉醉于梦想的人。湘流在兹，浊世可濯。一个诗人悲泪的殉道，有如悲泪的太阳的坠落。那些光洒满了一条浩荡的大江。

迷路帖

青铜之篁，人间烟火。找不到出口的山林，虚无主义者带着伤痕的梦境回归故乡。但他在一个路口迷路。像苟活于世者对前程的恐慌。他不能辨清昨日的方向了。往事呼啸，灰烬诞生。天空埋藏稀世的珠宝。星月隐匿其间，如时光的草木，任由蔓生滋长，横陈荒野。

跟着草木，他攀登山顶，清点丢失的雷声。他跋涉江河，照影袭来的风霜。他警觉、迷惘。他的故乡，在时间的深处隐遁。他的时间和他的梦想，在无尽的记忆中蛰伏。他对自己走过的路的对错开始怀疑。是的，他听见了祖先对他说：如果迷路，就要从自己的身体里呼唤出闪电！

乡愁帖

金黄的豹子沿时间的缝隙行走，脚印是不灭的花香。

暗屋狂风，深宅大雪，许多仁慈的声音，温暖着寒冷的夜晚。可是，是谁敲开了我的柴门，把自己的身世，从苍茫的时间深处找回？

把仓廪铸进骨头，携稻谷漂泊。此去经年，生活者默默无言。如今的我，丢失了祖宗的祥瑞，只带着一支柔弱的桨橹漂泊。人间困苦，路途叵测。我无法猜想云朵的动机，我无从幻想太阳给予我的施舍。祖训在上，犹似来不及躲避的大雨，敲打着我虚度了半世的年华。

时间迅疾，祭坛在侧。赶路的人，走着走着天就黑了。

故乡，故人，如我，只剩下了明天。我会以怎样的容颜出现在那块土地上？我多想有故人再邀我饮酒。多想再读：见字如晤。

无边的乡愁，无序的思念，像一只孤独的鸟儿，走失了一座天穹。

（选自《星星》下旬刊 2021 年第 4 期）

在世间（外二章）

徐春芳

你眼里的温柔，飘起了短笛。

你掌心的白雪，折射着沉默封藏的风暴。

月色拖着你的背影，显得无比苍凉。

岁月的暂停键，让我在东山的篝火里打坐。

在世间，我抬起头，看到那一年的秘密花园，被梦偷走了翅膀。

在世间，所有的爱化为一湾春水，只等一支长篙拨动。

在世间，所有的阳光打在我们脸上，如飞鸟的影子，带给我们无限的天空。

乡　愁

金灿灿的油菜花、弯弯的山路、扎着麻花辫的姑娘，这是我的乡村。

夏夜里，打谷场，躺在凉爽的竹床上，看着天上的牛郎织女星，这是我的记忆。

明明灭灭的萤火，丁香花瓣上的雨露；池塘里的蛙声，一夜如青草一样猛涨，这是我梦里的方向。

有童年，有牧童短笛，有鸟鸣和月光。

有笑声，有锄草烈日，有汗味和酒香。

我吃故乡的山川灵气，我饮往事的吉祥喜乐。

我相信流星灼灼的约定，我喜欢蒲公英轻盈的引领，我从那些稻花香和屋檐下透出的炊烟里新生。

我是过客，是绕着故园山脚长流的细水，亦是故乡本身。

父 亲

一场又一场的大雪，下在父亲的头顶上。

父亲的眼神，由锋利慢慢变为浑浊；父亲的脚步，由虎虎生风，慢慢变为步履蹒跚；父亲的额头，由青山绿水，慢慢变为浪花啃噬过的岩石。

我的父亲，我是山路边的野菊花，你以你的生命为肥料，让我的盛开成为春光。

我的父亲，我是吐丝的小白蚕，你是布满齿孔的桑叶，在你粉身碎骨的爱里成长。

我的父亲，我是黑夜里的书本，你是我案前的台灯，以身体的光明，指引我人生的旅程。

我的父亲，你曾经是我的世界，是我的硬骨头和美好，是我遮风挡雨的屋顶。

在故乡，父亲站在那里，如一株饱经风吹雨打而挺立如虬龙击天的大树。

（选自《大江晚报》2021 年 5 月 21 日）

杨塘纪事（组章）

陈　俊

四口塘

四口塘，四张嘴。对着天空哈气，吹泡泡。

四口塘是杨塘的一块璞玉，祖先和他的脚印雕刻，沙塘摆在左上角，鲢鱼塘右上角，锅底塘左下角，杨塘摆在右下角，这是坐西朝东向，与祖先看准的地象一致。若以杨塘拐为中心，以坐北朝南向，那么鲢鱼塘就等于摆左上角，杨塘摆在右上角，锅底塘右下角，沙塘摆在左下角。以此类推，循环往复，有悲喜，有欢欣，有是是非非。

玉不雕不成器。四口塘

上下左右一摆，摆成了“器”字。

中间是一脉小山，田园，屋场，鸡犬相闻。

义门陈氏后裔杂夹在鸡犬声中。安宁多于苦难。

五月之晨

一个人，大塘倒一身塘水。

一个人，荒地长一身荒草。

土地从不衰败，族谱里藏着一颗颗种子，木雕版粗壮的黑字发一身芽，灰暗磨旧的墨色摊开时依然又浓又艳，像美人痣。

生宣双层薄纸之上的文字比在碑石上更硬，更重。

压弯了翻开它的那人的腰。

他想直起身子，三叩首后，他一个人，被日头送回到水草丰茂的低处。

夜听二胡

在河中的落水桥上，听到一个老者拉二胡，如泣如诉的声音立即让我安静下来。

来自音乐的力量在一瞬间直击人心。

不管他二胡拉的水平如何，在灯红酒绿的当下，在流水之侧听到这种乐音，无疑让人一下子宁静，体验到一种发自心底的美妙。幸福原来这么简单，一种乐器发声就能让人从浮躁到安定。

我靠着栏杆，听着水声人声棒槌声和着二胡声。平平仄仄，相互交织，如果夜空中浮漂着一位神，它是否也感应琴声而停下。

生命不能缺失对旋律的敏感，对趣味的寻索，对品质的遵从。

在河水中奔走的音符，会在人心中停留多久呢？！

捉　鱼

他伸手就拎起了一条大鱼，比他举起的手臂还长，他是没有捉鱼技巧的，一只手却幸运地插进大鱼的两腮间，拿住了大鱼的软肋。

四周寂静，炎日自省，白云拥耸的野象群被一瞬间喷出的强力胶水凝住，时间安睡在少年的额前。大塘放下手中的镜子，花香填满了夏日的午后，一只鱼的劫难并没有退出画面，他的自豪自此有了一层层激荡不逝的忧郁，套在大杨塘亦真亦幻的流逝和变迁中。

那是被一场干旱折磨得暗无天日的年月。其他三口塘全干。唯有九龙供水的大杨塘半干，还未露出祖辈暗藏塘底几个塞满淤泥的水团子里的秘笈和暗语。他站在齐腰身的虚妄里，上半身在风中风化，下半身在泥水里生锈，

他因此看到了幻象：大地是一块粗粝的石头，他、他们都是石头上粗重的喘息。包括他举过头顶的那条大张着嘴巴的鲤鱼。

（选自《星星散文诗》2021 年第 9 期）

老家岩相（四章）

喻子涵

丰　岩

岩大为丰，在乌江深岸可筑墙，可砥水，可铸山，可以补苍天。

岩的美德是缄默不语，从不张口说是非；是千年责任、万年担当，不随人言。

岩也是藏在深山里的一颗颗毒瘤，等待有人揭去污垢、剜去腐肉、刮骨疗救。

岩是一枚枚醒着的炮弹，那颗核按钮，午睡在一根不起眼的手指下。

时间长了，人人脸上都长着一副岩相，有时冷峻耿直，有时狡黠多变。

出门在外，万人丛中一看就知道谁是老家来的丰岩人。

再观一幅岩画，一眼便知，谁是谁的三世因果。

双门岩

当年，一支祖先搬离小寨上了双门岩。

群山之上，青峰之下，得神气之先。

看中那个地方，是因为前有一扇地门，后有一扇天门。

前门不开后门开，白天不开晚上开。

但是我也看见，那些总想开门的人，开了天门开不出太阳，开了地门开不出月亮。

最后，天门不开太阳出来了，地门不开月亮出来了。

我忽然想起，一定有高人把控着这两扇门，不随意让人开关。

雷打岩

在乌江深岸什么事情都有可能发生，比如很高的一座岩，老是被雷打。

一座岩像狮子一样耸着肩膀，万米钢鞭落在身上，痛叫与吼声满地打滚。

巨石炸开，随着火镰圈飞到村里某户人家屋楹上。

一座岩老是被雷打，其实是打给人们看的。

就与村庄面对面，每次打雷之前村里都在闹事，雷打过后才平安。

或者有人暗地里干着陷害人的勾当，警戒一下。

有时，它打懒人，也打贪婪之徒和不孝之子。

老鹰岩

一面岩，向着天空伸着鹰头，拱着翅膀，说起飞就起飞了。

这是下半寨人看到的景象。而上半寨人发觉：

向着西边，又回首东边，它在眷顾和犹豫什么呢？

于是村里人干脆叫它糕粑琢，贴在后脑爪包在帕子里一辈子不离开妇女的头。

据说村前有三棵大树被砍以后惊动了谁，老鹰岩真的就飞不起去了。

曾有智者告诉我：看什么说什么就应验什么。

于是我想，许多事情是不能看不能说也不能听，只能去做。

（选自《万峰湖》2021 年第 4 期）

祖传的村庄（四章）

莫　独

弯　刀

淬过烈火的牙，阴霾的天气，亦掩盖不住生命的亮。

细雨霏霏。田间，稻禾青青。百草亦青青。

雨中，一个披蓑戴笠的汉子，肩扛弯刀，健步走过田埂。

山风习习，吹拂着稻草，亦吹拂着百草。

山风横过弯刀向上的刃口，感觉到了一种闪闪的疼。

哈尼山寨普通的农具之一，汉子人家行走农事不离手的拐杖。

弯刀不弯。面对多灾多难的生活，弯刀一直挺直了钢铁的腰杆。

稻　田

稻田，农家人的骄傲。

稻田里的母亲，毕生弯着劳动的腰杆，力求和那株成熟的稻穗挨近、贴切。

稻田真正体会到，劳动的母亲，其实就是一株实实在在的稻禾，风风雨雨，一生仅仅就是为了结出季节眉头上那枚饱满的稻穗。

低垂，

再低垂，

是为了进一步看清自己最初的出发点，看清一粒土的坚守，一滴水的流动，从而看清自己。

一粒谷子挺拔、积极向上的目的，最终是为了回望脚下的一丘大田，回望身边已经挺不直腰杆的母亲。

母 语

风，吹不断。

或许你就是风。山上山下，田间地角，你和谷物形影相随，追逐四季。

诉说、表达、传递，生生相息。你让一山遥远的坡地，成为自己的独立王国。

山有多高，水有多长？山腰上的墓地，新新旧旧层层堆垒。

竹笆门里，你让水烟筒花开不败，让酒碗歌声绵延。

火塘不灭。劳碌的时光，孩子们是山野里的鸟兽。围绕着年老的祖母，你把温暖一圈圈箍紧。

是的，风是吹不断的，雨亦是淋不坏的。

一只斗笠，一床蓑衣。红河岸边，牵着自己独一无二的孩子。

不老的母语。如果有一天面临着死亡，那不是因为你老了，而是因为你居住的心房，已经霉变。

茶 园

最初，第一棵是被祖先从山上移植到门前的。

一只土罐，成天坐在火塘上。

与那棵老烟草为邻，一棵茶树四季长青，碧绿的叶子，早早晚晚，每天被老祖母采一把煨进火塘上的土罐里。

从野生到家植，从一棵到几棵到一片到满坡满园，茶香袅袅，一端一放之间，已是千年万年。

像村脚底的河流，时间的水流从未在山寨停顿过，从远古滚滚而来到今天，一座茶园，绿茵茵地被一碗浓茶完整地盛装。

一座茶园，就是梯田边上的一支绿色的圆舞曲，旋转、起舞，把一片简单的坡地，演绎成一帧精美的画卷。

（选自《星星》下旬刊 2021 年第 5 期）

春天的证词（三章）

三色堇

秋天的秦岭

在长安，在秦岭，秋已覆过满目葱郁。一阵陡峭必定要来，而花繁树茂的欲望亦不会泯灭。我不记得干枯的骨节是死寂还是烟尘？越来越多的鸟的翅翼狂热起来，它们无法掩饰时间的真相，它们与秋天的秦岭完成了一场凛冽的对视。

我选择在一丛野花旁坐下来，坐在落日与花香的间隙，坐在一场冷雨的背面，这并不是“孤独者的秋天”。它们很快就会成为旷世的绝唱，成为那即将光临的守望者的狂欢！这样也好，我不必再对着就要消失的正午而感伤，也不必为那些握不住的落叶而沮丧，更不会再让秋天的风整夜吹得伤痕累累！

后沟古村

时光仿佛被卡在了这里，坚硬而光滑的石块铺满整个古村。清晨第一缕朝阳总会在这些石块上形成巨大的光芒之罩。石屋，石墙，石板路，刹那间就被包裹在一层金色的灿烂的寂静里。

几个老婆婆坐在堆满记忆的青石上，藤篮里装满了从山坡上采摘的酸甜的后沟梨，更多的人开始在空旷的寂静眺望生活。开始是风，然后是星辰，最后是一群不确定的声音。他们坐在那些光滑的石头的内部，如坐在时间深处……

我无法理解这些深褐色的石块最初的来历，正如我无从考证古村的历史。

走在由深褐色石块垒砌的古村，生命的意义是一种耗尽还是磨损，它们在风雨中的沉默，是否就是岁月的晚脸？是否就是“词与词像果子彼此惊愕地照看”。

春天的证词

又一些云飘来，像宋词的韵脚，我的影子落在它的身后，落在春天的长安路。

窗外的风吹得很急，我在不安中想着漫漶的光阴，疯狂的词语和越来越短的人生。刹那间心情暗淡起来，我不时地望向夜空，巨大的空旷包围着我，我只能用那些美好的诗句去填充，这个夜晚便不再寒冷。

这些落在人间的美渐渐明亮，就在今夜，它们依然像烟岚一样穿梭于深深的寂静，我喜欢它们纠正人间的荒谬，它抚过尘世的枝叶让你不忍再错过这春天的花期。

我已不再年轻，而这些茂盛的花朵能开就尽情地开吧！

（选自《星星散文诗》2021年第5期）

节气书（二章）

蓝格子

立　春

冰雪开始向水转变，植物在悄悄酝酿着从土地里钻出来。想象里，这样的情景多少会给人带来好心情。

可你还是忍不住陷入低沉的情绪。

生离死别，越来越多地不请自来。一个人的离开，的确像水消失在水中。

像剥好的柚子还没吃完就被遗忘在茶水间，如今，你们在毫无准备的情况下来到了结局，随意而潦草。这与你对人生的打算格格不入，甚至背道而驰，可也只得继续往前走。

再过些时间，土地就要解冻，黑色就要暴露出来，疼痛感和赤裸的石头一样，让你无法回避，泪水在无人的夜晚涌出。

你知道，折断的树枝旁，草丛还会新生，紫罗兰会再次开放。你想象着山坳里即将发生的一切，但再没有人和你讨论小麦的长势、云彩和墓地。

这些年，火车总是准时穿过山间驶入城市，而我们的祖先，与无辜的乡野一同停留在身后，这是不是足以成为一种荒凉？

立　冬

仿佛在此时，万物进入一阵沉闷的低鸣。栈道两旁的芦苇显然也不例外，在风的作用下，那些干枯的纤细的植物轻轻摇摆着，连绵成一个人起伏的心情。来往的人群有时也会交换目光，附以并不熟悉的礼貌性微笑。

你们就在这样陌生的人群中继续向前，像动物游荡于密林之中。

天空降下小雪，但刚接触到地面或其他物体就旋即融化。如同一些轻薄的爱意，也总是如此转瞬即逝。无言相对，那就只是散步吧。

接下来的路是木质栈道连接着灰色的水泥路，你们偶尔把视线抬升到前方的树枝上，那些深褐色的树叶，明明已经干枯却还挣扎着不肯掉落。像你们之间，也还有什么是这样固执地关联着。

多年前的一次沙尘暴，你们相识。后来，爱情是怎样发生和消失的，至今还没找到准确答案。

北半球的夜开始加长，走着走着，天就暗了下来，黄昏早早地成为序曲。剩下的时间只有等待，等天完全黑透，覆盖住公园、脚印，以及你们偶尔重叠又长久分离的身影。

（选自《十月》2021 年单月号第 4 期）

寨（外一章）

爱　松

那穿透密林的光芒，是不是莫咪天神，向哈尼族人布下的旨意。

那翻动枝叶的力量，是不是昂玛阿波寨神，向哈尼族人传达的祝愿。

米谷口中振振有辞，他是否在与天神和寨神对话，来吧，我的族人们，沿着祖先走来的道路，登上这一座座繁密的山林。

这棵黄栗树太小，那棵锥栗树太细，我们得继续找寻那，通体注满神谕的神树。

古藤像是祖先的意念，它们也在攀岩缠绕。

族人们，它们的膜拜，通达我们的膜拜；族人们，它们的寻找，正是我们的找寻。

外出的游子，昂玛阿波召唤你们；拜祭的哈尼，昂玛阿波护佑你们。

阿奎的弓箭，射倒了老鹰；阿波摩咪的宝珠，透露了天机。

阿奎啊！哈尼族的救人英雄，你石头岿然的身子旁，让我们来栽种一棵大树。

它的根系，流淌着你的血脉，那不是红色的悲伤，而是清泉源头的渗透与流淌。无数的梯田啊！无数养活哈尼族人的梯田，等待着它来汩汩浇灌。

房

是不是山上的风，刮来了石头，落地的声音；是不是梯田里的水，抽取了稻草，坚韧的骨骼；是不是地上的土，塑起了自己，稳固的形象。

它们为什么，做成蘑菇房，哈尼祖先可不能，再在鸟窝房受气。

它们为什么，做成蘑菇房，哈尼族子孙需要在，温暖的家园中生息。

一庹加一庹，东边的母房燃起了，熊熊的希望之火；一庹加一庹，西边的子房响起来，悠悠的弦子之歌。

稻田的清香，被围住了；祖先的足迹，被留住了。哈尼族人的肉身，有了安放之所。哈尼族人的灵魂，有了供养之地。

没有哪朵蘑菇，有这朵硕大；没有哪朵蘑菇，有这朵斑驳；没有哪朵蘑菇，有这朵丰饶，没有哪朵蘑菇，有这朵奇妙。

它们把天空，凿开了一个个洞，那是黑夜星辰，栖息闪光的地方。

它们给大地，鼓起了一个个堆，那是白天阳光，通达下界的言语。

它们在闪烁什么呢？只有身边的清流，才真正知道；它们在交谈什么呢？只有身边的梯田，才真正明了。

（选自《星星·散文诗》2021 年第 9 期）

鸭子河叙事（选章）

水　湄

1

一条河流端坐在晨光里，陪万物生长，也陪万物流逝。

以楫为马。在上古，用竹筏或桴，蚕丛、柏灌、鱼凫，沿着岷山深处，沿着古代湔水来到成都平原渔猎，桑蚕和耕作。古文明的遗址，根植于河流边，青铜神树、金杖、青铜面具和人像……在大水和青铜时代，谜底般，沉在河谷中。

水流，花开，叶落。一条河流，蜿蜒，曲折，流域面积 2057.3 平方公里，它水晶的镜面，是影像。月亮在河心圆缺，泉、霜、雪、雨、露，沿河而生，带着它的基因遗传密码，这川西大地上的动脉 、血脉之河，繁衍两岸的村庄和姓氏。它身后有数以万计的土地、庄稼以及飞禽走兽。

方向。坐标。

一条河的长征，充满隐忍；一条河流，有着善良和慈悲；一条河流，承载深广，流向星空万古的地平线。

2

千里之行，始于太子城峰下。

一条河流撕开一条路从太子城峰下来，穿越龙门山。

一路高山雪线不断隐现。劲风，追逐在起伏的青色波浪间，蜀王柏灌建国于河流边的“瞿上”。

一条河流为它标记，河流边有鲜花和绿植，计量了在境内约 90 公里的长度；

一条河流，也记下一条河流的复杂性与变性：一地一方言，拐过境，一条河流的湔字，在彭州读音与毗邻什邡不同。

一条河流的包容，让民间的语音多了生趣。

8

鸟鸣声形成一条河流的听觉。

河流上端是古蓝的天空。

我和囡囡在河边静静地走，囡囡的满眼都是河流，囡囡的满眼都是花朵。

当我站在繁花深处；当我站在河洲深处，尽力克制自己去描述琴键般起落的鸟鸣和曦光。

小小的囡囡缩进紫云英的阴影里，一丛青草摇过来，分享在她身上早春的阳光。囡囡听见鸣叫，跟青草一起抬头。她假扮雁鸭叫，她跳舞，她躺在紫云英上笑，看着这世界新的眼睛

一条河流在声音里坐着，摸到一个孩子的明亮。

19

这是我的村庄，乡野和家国。

现在，它在那里像风中白头的芦花；现在，我们已离开。

每日午后，风烛残年的老人们从老屋里出来，拢聚在河边，像一堵堵四处透风的墙。

他们头发花白，牙齿脱落，在混沌的日子里说着东家长西家短，陈谷子烂芝麻。

见惯人世的风雨，这些来自草露又将归于尘土的老人，像是继承全村语言遗产的人。

夕阳把他们的话语燃成一堆灰烬，变成流进下游的余晖。

（选自《散文诗》青年版 2021 年第 2 期）

西园记（二章）

鲁　橹

土皮蛇

无法与它对视，它是柔软的敌人，它也是，生死的执行者。

我在园子里守护的日子，我的爱人已游走他乡，西南角的豆荚藤到了冬季就枯干，我还是习惯在月夜立于它之下，那里有秋天果实的气味，而头顶的天空显得更加高远；

我把成堆的回忆放下，不再捆绑这一处的草木花叶，我想彻底抹去它们的痕迹，不再对一滴露水发出惊叹，我甚至故意扯掉纠缠的藤蔓，让那方地暴露在青蓝色的夜幕中；

那一刻，世界是有毒的，我恰恰是要毁灭。

我撕扯这一切的时候，听得见星星的破碎，月亮跌落尘埃，溅起的回声，如同夜色中有魔鬼，它裹挟了我，使我呼吸急促，心智模糊，天空以倒塌的速度拧转我的头颅；

多么奇妙呀，这危难之时，一条土皮蛇，这家园世代的土著，以它暗褐色的脊背和彻骨的冰凉来到我的手背，就这样惊醒和换回我的神志，猛然的觉悟中我扬起我的右手，那一刻的力量足以挽救我晕眩的瞬间；

天地被扶正，星空被扶正，花草树木被扶正；

我，我居然是一条土皮蛇挽救过来的：不能管控一己之欲，怎么可以立于危墙之下，且还用加倍的无知加速破坏这岌岌可危的环境？

生的执行者，只在某一刻亮出它的神秘。

角　门

墙的伤口。

冷风垂头，它才那么安静，听不到“吱呀”一声，又一声，这样安静的时刻并不多。我总要找了借口：被斥责、误会、突如其来的伤感或者喜悦；

大多的时候，却是与你一块，虽是一角，却以为全部；

也愿意做井底蛙的，只要你也在井里，傻傻地呱呱叫，就算井水干枯，也不想跳出来。

为什么要跳啊，那时的西园子真的只有一口井那么大，却装了我整个的童年，少年，朦胧的青春期，我还没有学会出走，没有学会反抗；没有任何反抗，我的被捆绑的岁月，恰恰是记忆最深的；

如果后面的逃亡没有射来箭簇，道路不关闭四个方向，如果路途上鲜花不凋零那么急，风沙只是旋转，不袭击我单薄的身体，如果，如果——

倒退的时光我并不怜惜，只是那扇低矮的角门，它关上了，

它真的关上了，堵死了我后退的脚步！

（选自《散文诗》2021 年第 12 期上半月刊）

白纸（外一章）

陈劲松

一方被大雪覆盖的大地。

白茫茫一片，没有内容。

还没有被写上标语，还没有被胡乱涂鸦，还没有被标注上条条框框，多么自由啊，白纸，有着自由的呼吸！人之初性本善，纸之初，性纯洁，犹如刚出生的孩子，眼睛里还没有一丝的阴翳。

一张雪白雪白的纸，在你落笔之前，它一直紧紧闭着嘴巴，在你落笔的那一刻，它就已经开口说话，是真话？还是谎言？是甜言蜜语？还是黑色的谶言？

是海誓山盟的情书？还是义正辞严的判决书？

抑或是口蜜腹剑的呈堂证供的证言？

在你落笔的那一刻，一张白纸，有了摇摆不定的属性。

一张白纸，它的出身，是来自一束摇曳的草茎，还是一棵大树的枝丫？或者是，一棵思想着的芦苇？这些，不用去计较，现在，它那么白，而所有的白，都像是一种无辜。

一张白纸，在阳光下，它是白的，在深沉的夜色中，它也是白的，它的体内，一直亮着一盏白色的耀眼的灯？

木匠铺

小时候，很喜欢木匠这个职业，认为这是心灵手巧的人才可以从事的行当，那么多精巧的物什都出自木匠们手下，他们让普普通通的木头有了第二次生命，又重新活了过来。很喜欢去木匠铺，看赤膊的年轻木匠挥舞着斧子、锯子，让粗糙的木头变得规规矩矩，也喜欢看白发的老木匠不慌不忙，眯起眼睛吊线的样子。

刨花飞扬。

那飞舞的刨花像是树木最后一次开出的花朵，飘出好闻的芳香。

一棵树也会咬紧牙关吗？它们躺倒在地，平静地面对着那些锐利的斧、凿、锯、锉，面对着凌迟般的“酷刑”，那些树木，平静地面对着疼痛的闪电！

木匠做工时手下发出的尖锐的噪音，我更愿意相信那是斧、凿、锯、锉等等铁器发出的，而那些沉默的木头，只是默不作声，它们，让冰冷的铁，也发出了尖叫。

我也愿意相信，那些木头剖开的木纹里，依旧旋荡着绿色的风。

面对那把叫做苦难的斧子，做一棵沉默的树吧。

在砍斫中咬紧牙关，让生命露出棱角，露出它最坚硬的部分！

让体内的花朵，一朵朵涌出……

（选自《星星散文诗》2021 年第 5 期）

寒蝉鸣（外一章）

风　荷

寒蝉切切，提剑之人，拍遍了大半个唐朝的栏杆。

好消息张灯结彩。许多熟悉的面孔在特写镜头里，劈柴的声音走在担水的路上，细数通向山寺的石阶。

天气渐凉，竹喧归浣女。

月亮从檐角走来，照着青苔。据说大雁要驮回整个南方。蝉收拢羽衣，拉响最后的提琴。缓缓的流水，湿了远方的等候。

一本诗经，被风翻过一半。现在，秋水倒映出生活的长句短句。坐在门槛上的人是谁？念着邮路慢，马车慢，从前的锁真好看。

你试衣，煮茶。从画框里取下旧亭台和旧天气。

任由寒蝉点兵，去长安。

最是那思念阔，长路风声绰绰。月上西楼，烛映窗棂。读野有蔓草，读青青子衿。

缘刻石上，粒粒似水清凉，正好应和了心跳。在河边来来回回，一封信在手心湿了，赶紧卸下那薄薄功名。

身体里走出玲珑小兽。不说夜凉枕簟滑，秋燥衣巾轻。黄灯青卷，几樽黄酒。或对饮，或独酌。丝帛添小字，最是相衬。

（选自《天山时报·散文诗月刊》2021 年第 10 期）

姚江

姚江抱紧每一个晨夕，绝不退缩。

江有江的气质，姚江非兰江。质感的描述大同小异。

在余姚，以叙事的姿态，从远古奔涌而来。

盐质的江水，在身体里奔涌，有坚固的岸。岸上的亲人，生活富足。我时常从舜江楼上凝望，江水所秉持的心学有绝对优良的品质。

姚江，养育我的身体和意志。漫步江边，听江水，那些柔软似乎变得坚固，浸染着我的灵魂。

一滴滴江水描绘澎湃，更是不知疲惫地一直向前。很多时候，我都不能和江水相提并论。思想里的怯弱，也许更像小溪。

渡口罗列，从姚江里提水，浇灌植株。月季，杜鹃和桂花，接受文化遗存的浸润。之后，吐出芬芳。

从芬芳里提取到清澈。我的生活，日复一日。

我一次次向姚江，表达感恩。

（选自《星星》下旬刊 2021 年第 10 期）

童年的味道（外一章）

离　离

我觉得那些山就是一帮孩子。一个一个独立着，小小的。它们永远不会长成大人，不会成为父亲或者母亲，不会被成长伤害。

它们多幸福啊，永远没有成长的烦恼。

这是黄姚的山告诉我的，风里都有糖果和童年的味道，风中都是我的期待。

离开时，我还在看窗外那些小小的，不知人间悲欢的山，它们的幸福就在那里安安静静，我带不走。

这些只属于黄姚的孩子。我真的不能带走一点点，哪怕藏于眼里，心里，它们只属于它们的母亲，黄姚。

因为我也是两个孩子的母亲。

雨　落

等待中的一场雨，半夜里落了。

云越来越薄，越来越少，早晨我又看到阳光。只有光。

为什么我的眼里很少有别的东西。因为我喜欢简单，我心里的东西越来越少了，眼里就会越来越干净。

最后只剩下爱。

是的，我爱这里。每看到一处，就在心里低呼，这种接纳和相融，就是我想要的。

我喜欢从头到尾都是这种融合，在这里，因为我心里的杂音越来越少，少到我只能听见自己的呼吸，平静，舒缓。

有时候，甚至没有呼吸的声音和节奏，那种平缓和舒朗，就是我想要的自己。

（选自《星星》下旬刊 2021 年第 11 期）

我是一条人鱼（外一章）

潘志远

雨。云脚。

……你踩着我了，那么轻，轻得似乎没有重量。

从那么高的云头投足，踩得花一颤：一种公园舞，风雨无阻。

树叶、屋顶、窗棚，在这一刻都嗓子发痒，一起合唱人间清欢。

野薇攒足了力气，地丁憋足了劲头。

一种阔别已久的轻。水乳交融的软。在尘世亲吻、拥抱、永结伉俪的柔……

不想践踏，也没有往上爬的企图……它早已厌倦青云平步。

一脚踏空，我没有接住，便滚落到低处，绽开一朵微笑；昙花一现，甚至来不及捕捉……

我的鼻尖、面颊、额头，和几处总是裸露的肌肤，正空前感受着世态炎凉。

一步，一步……多么密实的远行，千里莺啼绿映红。

无伞，无笠，无蓑……我好狼狈：雨网恢恢，我是一条人鱼！

我清楚网绳抓在谁的手中……

七月流火 我与荷的一段尘缘

一把伞。一顶箬笠。一件青色小罗裙……除此而外，我什么也没看见。

被推下了水，就在水里

挺直腰杆。不挺则已，一挺就挺出了亭亭玉立。

还扛起千万张笑脸。不施粉黛。

淡淡的白。淡淡的粉。淡淡的又白又粉。

一朵云在眼前小憩。

一团霞在我的心潮里策马……

你不说出淤泥而不染的骄傲。我不说藕断丝连的旧情。都不说五月踏浪，六月凌波微步的荏苒年华……

什么莲来莲往，什么荷去荷从……就这样隔着一匹骄阳，一场开音乐会的碎雨。

一曲高亢的蝉歌，一行声震云霄的雁鸣。

一串蜻蜓的栖和飞……隔一段逝水往事，对望一会儿，凝眸一会儿，出神一会儿。

一会儿是千年。一会儿是三世。一会儿是永恒。一会儿是瞬间。一会儿是一会儿……这是七月流火里，我与荷的一段尘缘，孽根。一个心灵默契的风流黄昏。

铅华洗净，唯留下一泓记忆。

香散了。色褪了。圆破了……风掀开真相。

真相那么明了，我仍看不穿它的底细。

一米真相，源千里，渊万丈……

（选自《大湾》2021 年 6 月号总第 12 期）

为草木发声（外二章）

白炳安

松果的坠落不能砸醒尘埃的昏睡，可以对蝴蝶沉迷花香加重一寸触动。

大山不能成为每一张树叶藏污纳垢的场所，可以是动植物自由自在的天堂。

大山制造了高低落差，却抹不去树木与天空的距离。

出售了装饰在头上的白云，却不能为树木打扫干净阴影。

所幸，忍着风嚣，大山为被夜掀翻的月亮，装上一款雪的净化器。

一只鸟在树上的时候，能有什么欲望？

就是栖息，想拥有一个安乐窝。

山溪不能要求流水停下奔跑的脚步，可以让流水从石头缝里灌注清澈；

果树不能要求果实一辈子独守枝头，可以让果实屏声静气地与泥土附体。

我站在山上，不能成为山的一员，却能想象自己是一股为草木发声的山风，让声从寺响起——

构成悬空的钟声。

睡莲辞

救不起的落叶在湖面躺成睡莲，吐出涟漪。

真正的睡莲，此刻与湖光山色有一个水面的距离，拥抱阳光，沉浸于安静之中，像圆形的塑料垫子浮在水面上。水珠趴在上面，感觉有点晃荡。

吹起的风想掀翻一片又一片风景，但由睡莲形成的风景，已经像桩子一样插入水中了。

一朵莲睡在湖的怀抱，有水的柔软抚摸，被爱的感觉在不言中。

感恩的方式，就是以紫的唇印盖着那种无言的爱，而吻。

蜻蜓一边点水，一边巡查，发现莲大白天都在水面上睡觉，认定莲是慵懒，露出幽怨的眼神。

误会构成的偏见，谁来纠正？

黑夜里是睡梦，早晨后是梦醒。

睡莲和睡莲之间用睡的语言深入彼此的联系，把心事隐匿在水的深处。只以一张脸向阳光表达：藏了多时的花香及花朵，等到风平水静的时刻，交付出来。

光

摸不到它，可以看到它。

是软体，还是硬物？

有热乎乎的温度，有一副光明正大的面孔，从不躲在阴暗里煽风，在角落中点火更是子虚乌有。

站出来，收藏碎影。

以一根根光线，缝补树叶之间百出的漏洞。

阳光是它的化身。此刻站在树巅，梳理得空间亮堂堂。

晚上，以一盏灯的方式出现，照亮路面，照亮前世今生。

它有玻璃的亮灿，却无玻璃的锋利。

被它抚摸过的植物，生机勃勃。

它没有飞翔的翅膀，也能凌空蹈虚。

习惯在白天的湖面上晃动着鳞片的波纹，闪闪发亮。

不眠之夜，只需释放一缕光，就能看清一些事物的暗语，拉近彼此的距离。

农历八月十五，它潜伏在一个村路口，匍匐成默然不动的乡愁，绊倒了晚上归乡的那个人。

黑夜过去，天空为云朵打开出路，亮出一个早晨来。

为又一天的生活留下光芒。

（选自《诗潮》2021 年第 10 期）

蛙鸣如雨（外一章）

黎　阳

血脉是最小的池塘。

一声蛙鸣，穿透深入往事的记忆。

老祖的拐杖，支撑起夕阳落下的时间。

从摇晃的马车上跳下来，我左手蛋糕，右手饼干。

蛋糕送给了外婆，饼干留了个祖父。

我九岁时死里逃生，从医院回来，我带着给亲人第一次的挂念。

而挂念，是我一生的遗憾。

祖父不久后离开人世，我还没学会失去，不懂得哭泣和挽留的悲伤。

一边玩着，一边注视着停在院子里的棺木。

这是一次真正的永别。

村庄，大地的阶梯

平原的平，只是夕阳中老槐树记忆的一道光影。

在光阴眷顾的树下，青石板种植出春秋冬夏的冷暖，和长衫短袖的大小龙门阵。

老人们蹲在土包上一支点燃的烟袋锅里，缭绕着半辈子的辛辣，与少年们目光中眺望远方的神彩。

这日子总是甜的，从天空落下来的阳光或者月光，把一家人的幸运洒在石碾子上。

高高的谷堆和喧嚣的打谷场，才是少年骑士的游乐城堡。

村庄，大地的阶梯，也是离乡人的根。

村庄，平原最高的那一根琴键。高于海平面的次高音，低于山峦唱和的和声，是村庄留给乡愁的最后一曲交响乐。

只有从村庄走出的人，才会在回眸的泪光里，找到向上攀登的理由和节奏。

（选自《上海诗人》2021 年第 5 期）

田野的呼唤（外一章）

苏启平

鸟雀穿过冬天寂静的天空，唤醒无数衣衫褴褛的树木。

所有的生灵开始春天前最后百米的冲刺，追慕繁华。

零落的稻穗放弃所有的疑惑，在雨滴的挑逗下身怀六甲。

蚂蚁伴随蜜蜂尽情地歌唱，晃着脑袋享受雨后的阳光。

所有的一切，包括溪水、菜园；沿着弯曲的田埂走向绿的海洋。

紫云英粉墨登场，田野盛装待嫁。

黄牛低眉，沿着池塘的青草放肆憧憬。

几百年的村庄，在油油的阳光里，满是生灵对大地痴情迷恋的眼神。

犁铧翻转，容光焕发的泥土，呼唤水稻横空出世，统领山村。

一只鸭子在我深情的眼里跳进小溪，跳进儿时关于春天的美好记忆。

心疯狂的跳动，脑子满是水稻占领田野之后父老乡亲脸上，如春风一般真诚温馨的笑容。

风吹稻浪

爽朗高阔的蓝，金黄的稻。颜色撩人，自然是最伟大的画家。

用哲学与诗歌入画，季节为背景。当一束一束的稻子依次排开，微风像检阅士兵的将领打马而过。

稻浪声声，满满信心为丰收喝彩。

一切的战斗假如都从秋天开始，那就只会有一个单一的结局——疯狂的胜利者与孤独的失败者，握手言和，用稻子酿成的酒开怀畅饮。

没人知道最美丽的村姑去了哪里，稻浪在沉寂的村庄自娱自乐。

健壮的青年手磨禾镰，头顶弯月洒下如梦的光辉。

用谷粒一样的句子歌颂秋天，金黄的颜色，饱满的声音。

荷锄而归的农人向晚而立，任稻浪沿着黝黑的肌肤一直延伸到心扉。

海一样的金黄里，狗与稻草人一起站立成田头最深情的雕塑。

（选自《天山时报·散文诗月刊》2021 年第 4 期）

风反复练习云的善意（外一章）

庞　娟

山顶的风，为西顶小镇承包云的飘逸和静谧。

就如大地的深情孕育出的安静飞舞的蒲公英。

所谓事物的馈赠无非是让白变回光明，我渴慕这样的白和飞舞，星辰绝美，照耀着一行诗的走向与归宿。

脚下的石阶蘸着河水书写夜晚的声音，曲折回转。就如西顶的风反复练习云的善意。

大自然深情，洗掉我们身上的喧哗和欲望。

石头铺砌的路不驯服脚步的心意，不迎合，不曲意，经过的人听从风的妙语来到此地。

此刻的敬慕，无非是一群蚂蚁将风灌满身体，反复练习云暗藏的妙语，卸除内心的锋刃，像青草一样盛产虚美和悲悯。

经过石头、树木、山谷之溪水时，贴心上去，与小黄菊站在一起，秋色与我有份。

夜色穿过松针的眼，由上向下淌，如是缝补白云的漏洞，如是粮食供养我的身体。

西顶的白云释放的每一个颗星星，都在释放深情。

让这里的红再红一遍

在王家辿，我和一枚红叶的距离如此近。就如我和一支体温计的距离。

我试着用咬合钳吹出义勇军进行曲的豪迈，就如秋林中的众鸟翻阅叶脉的深情。试着将水枪里注满湖泊的信念，将自己的体内灌满红叶的红。

让这红再红一遍。

石墙上长出无数的蜂窝，老人弯腰拉着井轱辘，一群羊在喝着甜甜的信仰之光。

在王家辿，所有树木的叶子，都红得刺眼和疼痛，不忍心将挂着的泪水坠落。

我知道，这样的红敲开了一座山的门，邀约一束光照进来，又照出去。

这束光守着山村的寂静，又红了一次。

十月的村口，红色越来越大。

而羊群越来越小。

（选自《开封广播电视报》2021 年第 30 期）

天湖（外一章）

王忠民

高于大地和信仰，低于云端。

天湖，越城岭下一颗明珠，湘江之畔的一汪诗眼。

当目光与粼粼的波光相逢，我隐忍许多年的泪水，瞬间倾斜而下。那里有经年的尘埃，在碧蓝如玉的水波中洗濯再洗濯。

清风徐来，万物息声。体内的混沌莫名就寂静了下来。

卸去攀于足尖的紧迫，世间的烟尘退向身后。今天，我且把自己抛进你清幽的深蓝里。

多想就此融进这无边的明净与安详，悄无声息地栖身于执着的船桨。日复一日，看清风抬着浩淼，以水的姿态，无牵无挂，奔走天涯……

让所有的词语都攀附在鸥鹭的翅膀上，看它们，在我的仰望中，细密地描述，这一片属于它们的天堂。看它们飞来又飞走，看它们盘旋再盘旋……

石城黄昏

在石城的黄昏，我像坐在暖暖的怀里。

歌声在石城的额上生根发芽。

风儿轻拂我的脸庞，表达善良与温和。

梵安寺旁，乡亲们敬仰的千年凤尾草，也开始憧憬夜晚了。

青年男女信奉千年铁树，也开始咀嚼情歌了。

隐在凤尾竹与槟榔林后，被黄昏搂抱着，我的情感静静地泊在贺江碧水中。

宽大的芭蕉叶诉说着思念，我想，今夜会不会有歌手来我的窗前弹琴。

千年石城外的黄昏总想使人去倾诉点什么，不会是别的，一定是质朴的乡愁。

我想，我该在南方诗意的黄昏时上路了。

我不会错过花满枝头的桂树。

更不会错过贺江边上此起彼落的歌声。

那一片竹叶泛着绿色的寂寞，是等我来恍然大悟吗？

那一方蛙鸣澄明洒脱的心境，是等我来枕梦入眠吗？

此刻，我的双眸，早长出了深刻的幸福。

哪怕是流浪千年，石城，依然是我灵魂依靠的家园。

（选自《星星》下旬刊 2021 年第 9 期）

门源：高原桃花源（外一章）

才　登

东旭村，高原桃花源。

所谓“桃花”，只是意象的措辞，缤纷的花期远在天边。

车至山前，仿佛走进一处山与水的秘境，而当你像剥洋葱一样，剥开层层山峰的屏障时，山门洞开，龙骨错节，青石板铺成的村道，把人引向云雾缭绕的藏族村落。

当你走进“又一村”的美景时，路随水转，青峰照壁。美轮美奂的山中人家背山面水，从见到它的第一眼开始，就想把诗情的灵魂种植在炊烟之上。

热恋中的山水，在谷底孕育出一幅“浑天太极”般的美图，一山一环，环环相扣，宛如福轮。

这隔世般的仙境！就连一砖一瓦，一石一木的诗性发挥，都美到了极致。

在这里，除了雕樑与飞檐，还有状如兰花的山峦；

除了莺歌与燕舞，还有山歌叩响虚空的回声；

除了珍珠般的白牦牛，还有蓝松白桦在云海间的瞬息万变。

你如能来，你大可在星月旁落时沐一宿花露，听半夜鸟鸣，无需洞晓偈语；

你如高兴，你还能在推杯换盏中话远近趣事，品南北佳酿，不用瞻前顾后；

你如醒来，就会发现一码排开的三十三户人家，他们才是桃花源真正的主人。

而你，仅仅只是过客。

祁连：央隆草原

我所惦念的央隆，是地壳运动顶起的万仞群山，是西北大野宠出的千里牧场，是一个适合一切生命生息繁衍的土地，是罡风天星的家园。

我所惦念的央隆，用整个祁连山作为护佑的屏障。它是军马、野牛和白唇鹿的栖息地，层层灌木托举出山岳自然之大美，万千动物的犄角犹如移动的山峰，只一声唿哨就能唤醒祥瑞，撞开福门。

我所惦念的央隆，有父亲的骁勇，母亲的贤惠。它是老托勒人最先的希望和最后的家园，因为父辈的临驾，沙尘才收敛了无视和暴戾。

我所惦念的央隆，明月经天，山水入怀，夏格日的冰雪，拿邬卡的湿地，托勒河的悠长恍如一本打开的山水长卷，一汪汪清明散发着游牧民族的汗息。

我所惦念的央隆，是我青涩岁月的最好见证，每一个从血光中临盘的新生命，母亲的胎血用来续写央隆草原的前世今生。

我所惦念的央隆，曾哽咽着拥抱衣衫褴褛的西路军和走投无路的达玉部落，并深情地为他们舔舐伤口……

我所惦念的央隆，是每一个老托勒人想回但又回不去的牵挂。

（选自《大沽河》2021 年第 1 期）

古镇（外一章）

笑嫣语

鸟鸣是从清晨开始的。当大地从幻象中穿越一条寂静的河流，秋天这么快就到来了。

这是令人沉迷之境。在落羽桥，一轮红日站在对面的崖石上，俯视我。脚踏琴键的人，细啄时间之核，而溪水潺潺。在晋级的台阶前，细听振翅之声，循着水流在落差之间，停顿、转换，两岸承载的日光，悬浮大野之上。

这是第一次从这里起飞。飞翔的白鸟回望着花朵，它的羽翼在湖面划过，轻盈而闪亮。

山冈起风后，重生的霞光在河流转弯处闪耀，草地蓬勃的记忆就是土地的记忆。走过莱特拉根小镇，每条街道燃起焰火，勒杜鹃，紫木棉，高蹈的镜头定格在丛林之间。

此刻，有人是否会同我一样，拾级而上，而行走的游客，被视为空谷之外浮动的碎章。向着某个特定的出口，不断消逝的事物还在重现，而远山不远。

在群山之后，秋天把一幕戏剧挂在瀑布上。落羽杉形成一条飘逸的绸带，洞开现实与梦幻的章节，布施在流崖飞瀑之间，优雅而芳菲。

在山岭深处，没有谁会留意一块不起眼的石头。当秋天深入后山，那些落叶，正以旋舞的方式向人群告别。

现在，面对沉默的空椅，我以诗歌的名义，一面在心底默念着落叶的碎词，一面向着高高的火焰邮寄自己。

这只是平淡的时刻。站在银杏树下，天空忍下的音符，仍旧无法阻止果实从山坡滚落泥土。就在落红之后，那些标本带着虚拟的风声，长成一只梦中的狮子，立在高高的悬崖上。

而秋天这么快就来了。一切都会慢下来。厚薄不一的时光，在返回秋水的路上，追赶翩飞的振翅之蝶。它能否回到最初的枝头，听那只纯白飞鸟的第一声歌唱，那是古镇即将在秋天弹奏的序曲。

栈　道

我走在茶溪栈道的潮汐里，几只麻雀跳跃在醒目的绿丛中，它们听到森林火车的声响踏过了秋日。栖居城堡的人，走在捡拾翎羽的路上。最初的栈道是寂静的。

我走在栈道的秩序里，蓬勃的丛林成为隐秘的象征。我还不曾钩织它的图景。就径直进入自然雕琢的幻境。青皮木棉在天空写下的标题，耀眼而明亮。那些裂变的火焰只是起点。三三两两的游客，走走停停，他们拖拽的影子在栈道上缓行。

我想象那些闪烁的眼睛，写下丛林异响的修辞，让夜晚听到了自己的回声。

在天空的背景下，栈道透着虚幻，我听从内心的画外音，重建一个时代的蓝图。站在云梯上，那些移动的双脚成为栈道棋盘上的棋子。对于冥想而言，我把它们看作休眠的落石。

现在，这条栈道是孤独的。整个茶溪谷是孤独的。对弈的棋子为我剪裁秋天的光线和画笔。那些游牧的散兵在栈道的镜头里起舞。在白昼的图腾中，我是带着自己的诗集，走在茶溪谷的栈道里，在我身边不断消逝的事物，真实而具体。

其实，我是踩在清晨的孤寂和哀愁之上，一步步走到这里来的。想到秋风之后，秋天仍是高高在上，镜中人写下没有风暴的历史，更新了道路。

置身茶溪谷，在天然移动的苑囿里，还来不及对一棵香樟树写下赞美诗，还不曾与人谈起有关落羽杉、悬铃木、银合欢的植物学。我不嫉羡风光无限的崖顶，在生命不能抵达的地方，万物作为灵性的使者，在吸引力的光芒中，挪移和追忆一种存在。

这是落花的秋日，我踩着一道寂静的光线，栈道带着自身的山河成为大地的火焰。在漂流的时间之外，每个取景框都在记录栈道成像的主题。

（选自《大沽河》2021 年第 2 期）

羽毛（外一章）

萝卜孩儿

一根羽毛落在地上，它想休息一会儿，哪怕仅仅休息片刻。

一根羽毛，飞累了就想落下。

它在下落的过程中，想起时时给它温暖的母体，想起无数根朝夕相伴的同龄羽毛们。

想起蓝天，想起蓝天上飘扬着的一场雪。一场浩瀚的大雪，让它心花怒放，让它变得轻盈、轻柔又轻透，让它忘记了自我。

一根羽毛在等待！等待另一根羽毛落下来，就落在它的身旁，和它作伴。

它还等待第三根羽毛；还有第四根，第五根，第六根……

最后，它还等待一个人的出现！

等待着这个人把它们一一拾起来，轻轻拂去它们身上的微尘。

之后，用它们做成了一把羽毛扇子。

一把扇子，是羽毛的再生……

冬天·即景

故乡的天上，云的种子落地生根，长出霜芽。

留鸟穿着云的衣裳，站在树梢上。

一群人分散在冬天的田野上。

有的在查看墒情，有的在心思春播，有的在估摸来年的丰歉。

小河边，躺成了沙洲的人，自己做了自己的岸。

感谢流水和冰块，梳理着自己的影子，照见了自己的灵魂。

土丘上，脚底生根的人，变成了一棵树！

不为成材，只想把乡土守护。

树上，一窝黑喜鹊的心跳声，融进了年轮——

（选自《散文诗》2021 年第 9 期·上半月刊）

马铃薯的蓝色火焰（外一章）

湖南锈才

童年从柴火里扒拉出来的煨土豆，香喷喷，甜滋滋；

从冒着热气的锅里拎出来的马铃薯，小小的，圆溜溜烫手，蘸着夜色吃。

还有做菜吃的，更甚——

切成丝，煮成汤，拌点线粉吃，

炖成粉蒸肉状，酸溜土豆丝……

马铃薯，营养着我灰不溜秋的童年。

三月，在岭南小村，见到久违的马铃薯呵

就像见到我久别的亲人，分外亲切——

那成片成片的马铃薯基地一簇簇，一棵棵，缠绕着，翠绿着开花了！

这蓝色的火焰，瞬间点燃了我的乡愁。

母亲的炊烟

母亲的炊烟，是一幅历久弥新的乡愁图，定格在我的记忆中——

每当天色微明，伴随着阵阵鸡鸣，母亲开始了一天的辛劳。

我们也不敢怠慢，一个个闻鸡起舞：寻猪食，扯鱼草，跟患病的父亲去放牛；与晨曦为伴，与露珠结伙；家家户户的屋顶，飘起炊烟。

暮色中，第一次近距离观察——膀子村东头第一家，倾斜的砖瓦房母亲的炊烟，消瘦得，像一股无力的绳子。

吃着高粱拌红薯，或是一碗，照得出月亮的稀粥，我的泪下来了。

如今，液化气早已走进农家。

我也在城市安家。在老家镇上，我用稿费建了个四层楼，让母亲安享晚年。

每当做饭时分，她只要轻拧开关，蓝色的火苗，就会舔着锅底，不一会，满屋飘香。

锅里汩汩冒着泡泡，水，开口说话，像一个人在絮叨，讲述着母亲的炊烟祖国的日新月异。

（选自《星星·散文诗》2021 年第 6 期）

愚公志（外一章）

余金鑫

天空是幅老旧的油画。

那遮盖膀子村的深蓝，如一只碗；

与屋宇齐眉的那抹褐色云团，像爹爹费劲咳出的疼。

村庄吐着不整齐的炊烟，那么消瘦。似在接应着什么。

池塘边，一个灰色身影蚂蚁般挪动。

那是妈妈在拔麦豆地里的杂草。

好小的童年，七手八脚的千足虫。

膀子村的人和事，都在景深之外。

捡起一块石子，抛向池塘——

我看见水域荡起的 Wifi

荡漾至今。

无路可走时，总会有人想起你。

你穿越时光，一直站在那里。

挺直的腰身，赤红的脸膛，随意扎起的发髻，穿越千山万水的目光。胸膛起伏，里面装着一个汹涌的渤海，或者正在滚动着一团风暴。肩扛别倒山的镢头，前胸后背的汗滴、腿上的泥土构成倔强的气场。

儿孙紧跟左右，像一道前赴后继的洪流。

你见惯了一拨拨满腹狐疑的绝望者、迷茫者、鼠目寸光者、失意人、胆小鬼、懒汉。

你不相信摆在谁人面前的太行、王屋二山更高，不相信有啃不下的石头，不相信有蹚不开的路。

山风浩荡，岁月峥嵘。

你的回答始终如一——

向前走，千年走一回；

挖下去，从来也没有什么救世主；

向死而生，九死不悔；

操蛇之神也会震惊，上天也会被感动。

山水经

僻静之地。

自给自足自生自灭的乡村。

一直坐落在大别山中。

山坡谷底趔趄着村夫耕牛，丰年收谷，荒年砍草。腌菜稀饭树蔸火，除了神仙就是我。

几百年前，忽有来客。威风八面的王，无意中走进这未名之地，就再也没有离开，从此一直守着这片泥土，静观风景。一方水土生辉。

贫穷的风水宝地。

寂寞的田园风光。

一念变脸，这还是你吗？

一个筋斗，十万八千里？

张中塆的鸟鸣音色灿烂。

王坟的野花恣意开放。

四水归池，灵气泉涌，一方方池塘滋养着张中塆。

五月的睡莲被多情困扰，枕着星星入睡，总被鱼儿拱动。太阳跳上山岗，睡莲们集体醒来，红衣绿裙，一场接一场不歇气地竞美。

水鸭子适时登场，三五成群，在水一方，插科打诨，君子好逑。

竹林正在抽笋，板栗正在开花，梯地正在山间纵横，一行行油茶正在吐翠，一方方田野正在描绘郎畈春耕，一片片绿水青山正在长成金山银山。

（选自 2021 年 1 月 7 日《河南日报》）

五辑

仰望星空

时间之仓（外一章）

阿　信

枫叶花园，北美冰球职业联赛多伦多队前主场。

这座拥有 80 多年历史、无数辉煌时刻的球馆，人去楼空。

2011 年，瑞尔森大学收购了它。改造时，地板下面，发现了一只封存完好的黄铜盒子，里面装有球馆的原始档案：一份协议文本。一册大萧条时期北美冰球职业联赛赛事规则。一张多伦多城市日报……一只玉制的小象。

那只小象，它代表什么？至今仍是一个谜。

谢尔顿·琼斯先生见证了改造工程全过程："我们模仿前人，在某个不为人知的所在，重新埋入一只盒子，我们把它称作：时间之仓。"

那只寓意不明的神秘小象，也一并被装入。

或许，再过 80 年，或者更长时间，人们会再次发现它：一只神秘的玉象。一个谜。

"我们以这种方式，封存时间里面的秘密……没有人会去寻找答案。因为，那是只有傻子才会干的事情。"

卡佩兰奴

在卡佩兰奴。我看着这些树木和禽鸟。

树木高大，树干上生长着彩色的菌类；禽鸟眼神犀利，辨认来来往往的游客。

它们的主人，是一个长靴细腰的印第安女孩，斜坐在树下铁椅上。她左侧的肩膀，蹲踞着她的俊友——一只隼。

一个百无聊赖的下午。

草木散发着腐烂的气息。

她偶一抬头，瞥向人群的眼神，让我悚然心惊：她的美，令人窒息；她的岑寂、焦渴，呼应着我的万古愁。

她来自我不熟悉的地方。但她鹰隼一样的眼神，似乎能洞见我隐藏内心、秘不示人的秘密。

（选自《六盘山》2021 年第 3 期）

临书有感之《空囊》(外一章)

王爱红

明亡，王铎迫为贰臣，百年之后被乾隆编入《贰臣传》乙编中，其人品几被拷问，甚遭唾骂，其书法曾被忽视冷落。

三百多年后，书画空前，王铎复拨云见日，光照书坛。

我在临王铎写杜甫的诗《空囊》。

国破山河在，这也是诗圣的诗句呀。

予尝求古仁人之心，文人之道，蚌病成珠，王铎怎样排解内心的郁闷啊。他把柔软四散的毫料扎进坚硬的笔管中。

一支神笔炼成了。

酒足饭饱，王铎在写《空囊》，但囊却不空。

春来无事，我复写《空囊》，可不会空囊。

墨浓笔涩。我的思绪一下飞到了成都，在草堂前面，踌躇了很久。

一万丈的大裘与摩天大厦，都不足以让我感动，我感动的是先生囊中的一文钱。

先生才是世界上最富有的人。不会空囊道理就在这里。

保持囊却不空的底线，在这个世界上就难不倒英雄好汉。

有书界大咖云写草书要快，痛快淋漓，有成就高者云，大草往往是慢的。我喜欢快。我写草书怎么也慢不下来，但是，写到《空囊》这里，怎么就慢下来了呢？笔涩住，拖不动了。

两滴老泪落在墨池里，墨抻开。我蘸了一下墨，这得润之笔，立刻顺畅了许多——

书毕，我很想言，却哽咽住了。

（选自 2021 年 5 月 28 日中国诗歌网）

面对大海

远方的大海越来越远，但并非遥不可及。

“大海是一页五线谱，那些船是它的音符。”

用望远镜望远的时候，这个景致我经常看到。因为过分真实，我找不到比这更合适的诗句。

好像用海水洗了手，得了灵感似的。

我凝视镜子里的大海。我只看大海，旁若无人。

不管在哪里就餐，夫人先谢饭，而我却是仰望前方。

是大海给了我神圣的仪式感。

拉近大海。坐在她的对面，小嘬一口。

（选自2021年9月10日“万卷文化传媒”公众号）

中国智造：生产线上流动的词语（组章）

欧阳健子

大国重器与智能制造

有些词语份量很厚重，像淬火过的钢铁；

比如云计算、大数据、物联网……

比如工业互联网、区块链、人工智能……

这些数字经济的重要元素和重点产业，其实就是中国智造生产线上那些最新鲜的流动着的词语。它们就像一款自主研发的国产品牌，浑身散发着中国特色和中国气派。

这些词语带着苹果的香味，闪着宝石的光泽：从第一款国产智能手机到第一张中国芯片；从万户飞天到天眼探秘；从嫦娥奔月到蛟龙入海；从飞驰的高铁到高速的5G通讯……一把焊枪为火箭铸心为动车呵护，一把钳夹组装连接着匠心独运的技艺。这是从工匠精神中提炼出大国重器的一种硬核。

聚焦一个大国智造的青春背影：在玻璃工厂的智能车间。九零后的小伙子在智能车间，把石灰石和配料送进炉膛，同时把一组数据和字母嵌进控制程序。然后通过平拉法、压延法和浮法模式，生产出一块块闪闪发光的超薄玻璃。

那是一颗颗晶莹剔透的水晶心！

那玻璃像一片阳光和月色：细如发丝。柔如白纸。弯可折叠。

那些明亮的玻璃，把所有的事物照得更加清晰，让时间也不再容易破碎，让人类的生活更加有柔性和韧性。

那些玻璃在中国人的手里，晶莹剔透，折射出一道自豪的光——

穿过大地，穿过万里河山的眼睛。

从万亩油菜花里闻到纯粹的春天

该用什么最贴切的语言和修辞，来形容眼前成千上万亩的油菜花开？来比喻那些纯粹的花朵和山青水秀的模样？来完整表达出春天的主题？

也许这大片金灿灿的油菜花，就是从美丽山村走过来的少妇。她们头顶阳光和一片天空的蔚蓝，踏着青草里的浩荡春风，整齐划一地穿着一袭旗袍。那些油菜花一样的丝绸，把一场春风演变成芬芳的爱情。

我生命里的那些区区小草，因此而被复活和再生。这纯粹的灿烂金黄引导着我草长莺飞的梦想。

我幸福地走到星期日的郊外。义无反顾地走进油菜花的中央。让自己的心律和那些花朵，在一场春风中同频共振。

我不会做一个风中的过客。我要借东风的手，借蜜蜂的翅膀，把这纯粹的花瓣和颜色融为一体，替人间酝酿一场甜蜜。

我更会借三月的月光，把自己融进那摇曳生姿的油菜花。

我要依偎着其中的一棵。它是我那依偎在母亲怀里的少年。只有此时此刻我才读懂了春天的油菜花。

总有一朵美丽而纯粹的油菜花，开在我的面前。那一万亩盛开的油菜花，胜过一万两黄金。

今夜。就让我长久凝视一棵油菜花。我多么清晰地听到了花开的声音。我也相信那明月清风的油菜花，就是我身处黑暗中的一盏小灯，就是我身处风雨中的一把小伞。

我最终闻到了春天的味道，从脚下开始弥漫开来。

幸福的村庄

在金河湾村的名字里，分蘖的水稻们长势喜人。它们像个孕妇，安静地注视着幸福的村庄。玉米捋下留守的须发，被一双村庄的手剥出一层层、一粒粒的金黄色的诗意。

从春天开始，栖息在金河湾里村的人，把花朵、蔬菜和庄稼的种子，撒进呼儿唤女的土地。

用美丽的词语和色彩，将安置的楼房装修一新，我们就可以透过一扇窗口，看到蔚蓝的天空和白云，看到远处的青山和绿水。看到头顶上高铁的轨道和南水北调的干渠将幸福延伸到远方。那铁轨是村民们在大地上裸露的肋骨和腿脚，在时间的表面上延伸出来方向。

金河湾有一口古老的水井，因此所有的生命都与水相连。即便是时间，也被一只白鹅的红掌划出清波与流水。

金河湾村有几个养青蛙的人。把简陋的小屋安置在田间水边，他让春天从一只蝌蚪的尾巴出发。从水中的一群黑色惊叹号出发。

时间从春天跳到夏天，就像一只蝌蚪跳到水里变成了青蛙。青蛙在一朵荷叶上聆听月色。而此时养蛙的人披星戴月，他要认真地听起这一片蛙声。

养蛙的人，手握石头与蛙声，在稻花香里说着丰年。

一群活泼乱跳的青蛙，就是村庄中天真可爱的孩子。他们跃入水中的过程，就是目光投向天空的时候。

大地之上（节选）

姚　辉

三

大地在找它遗忘过多次的季节。

“大地找不到更好的季节。它不喜欢那个总是谈论死亡的人。大地决定了亘古常新的再生。大地风一般，活着。”

大地走在自己的路上。

路碑，超越了墓碑与苦难。

“大地，更正着各种生长的秩序。”

石头也在生长。石头甚至是最为茂盛的——从小石块、沙砾、卡在你骨节中呼喊的结石，到砸伤神祇的巨石，以及影响季候的苍岩，让祖先不断归来的巍峨之山……石头的生长不择地势，石头也不在一些枝节上与雪雨风霜较劲。石头，直接长成了让人不敢随意沉默的历史。

“石头是大地早期的哪一部分？它能否习惯疼痛？”

“石头就是一种疼痛。”

“我还可以向石头提出哪些新的质疑——”

“你手里的石头，有可能是后期黧黑的碎片化大地。”

石头在固化生长的某种边界？不。石头只是在无悔地生长着。不影响虫卵中弥漫的多重英雄之影。不影响花朵珍藏的火焰。

“但我无法区分石头与大地各自的苦痛，及爱。”

大地遗忘过太多的事物。第五种季节出现在风的偏北处——你要注意大风转向时参差的阴影。你需要风的这些阴影。

季节重叠——

大地可能在遗忘前的一瞬，迅速楔入了你的祝福。

五

你背弃过太阳的哪一种诺言？

我并不想坚持质询什么。在太阳的侧影上，你安放另外的光芒。你忽略了太阳回旋的大量勇气。

太阳与瓜果的关系，依旧深厚。你在祖母种植的瓜与果上觅见沧桑与爱憎。你拍打那些金质种子。你想成为种子的第四类赤子。

太阳被种子抬升。太阳必须走上山峦走过的道路。它将最初的崎岖抟化为祈求。它，浪费过谁接续年岁的光焰？

"你如何进入太阳的隐秘？不高估太阳之梦，也不迎合太阳残损的幸福。你如何将太阳的时刻，确定为水与梦想的时刻？"

"太阳，低于传说。"

太阳有可能被一己的锋芒，重复。

"太阳是大地颤抖的履迹。太阳延伸了你骨肉中无尽的坦途。但你是时常迷路的人，你可以在太阳的背阴面，做一些淡紫色标记。"

你有太多的诺言。太阳复述的晨昏，在纸面上铺开——"一个错过旭日的人，也在以同样的方式错过落日。"

蚯蚓的太阳，也是鸦与凤凰的太阳。而虎与龙鳞的太阳，从不轻易出现。

"大地朝天穹扬了扬空旷的脸。"

而这一刻的太阳，将获许用大片灌木搭建——

你被一片草色，裹进失效的诺言中。

六

星辰与泥土将达成怎样的默契？

负责实施一种新型照耀？

"星辰像岁月的某种回望。你的骨殖，对应苍穹之远。星光，有可能正构成黑土最为幽深的部分。"

"某夜，某年，泥土朝着冬天缓缓滑动。"

“你接受过谁淬炼多年的星光？”

我认识那些负责改造星空的人，他们比草木年轻，他们是浮在光阴中的多种启示。他们，也负责锻造你的梦境。

你是否仍在研读字词表面的星空？

大地以甘苦纪年。大地熟悉那些与照耀及遮蔽有关的全部往事——

灵魂如何学会填补星辰与泥土间的距离？“大地醒着。琴弦能否成为星辰的骨头？埋在泥土中的弦，不敢轻易断裂。它必须与星光至少构成一次生存与爱的预约。”

琴弦，让泥土燃烧。

你也可以融入这漫长的燃烧。“刻骨的咏唱催促枯荣。你从一百种琴声里，找寻火焰。你让大地放弃过另外的火焰。”

我被那个哑孩子带到夜的转角处，他，用星光捏制形状各异的陶器。

据说，他用星光捏出过一首不易传唱的歌谣……

（选自《星星》下旬刊 2021 年第 9 期）

一把走失的钥匙（外一章）

毅　剑

许多年来，它已习惯了锁的等待；一扇敞了关、关了又开的门，总是给予它过多的信任和宠爱。

可有一天，它还是走丢了。

也像我多年前，曾经一直寻找过的那些自由和快乐，多年之后的今天再度审视，它们只不过是一些与生俱来犹如风一样的东西，更多的时候，它们也会自动找上门来，调皮在揪两下我左边的耳朵，又靠近我们右边的耳朵私语一阵。但现在不行了，我早就过了贪玩的年纪，也不再有原本的好奇和耐心。

是主人匆忙间的一时疏忽，还是别的，一把远离了锁子的钥匙，总认为主人会努力将自己找回。

但这次，主人真的找不到它了。

没有什么能与时间抗衡，等待了许久的锁，在日子的深处一天天锈死。

即便有一天，这把走失的钥匙再次走回来，那把锈死了的锁还在与不在？就是还在的话，它还能打开原本的那一扇尘封了已久的门吗？

一扇总关着的窗

那扇窗，从房子的建成，就似乎不曾开过。

这当然不是建房者的初衷——

一所房子的一扇窗，如果不是为了通风和采光需要，建房时，大可不要。自然它存在了，也就会像一些事物的发生一样，就应当有它存在的道理抑或作用。

可这扇窗，许多年了，的确不曾开过。就像一个心如死灰的人一样，一扇封死的窗，是不是它也会万念俱焚？不再相信这世界的风雪尘烟和阳光雨露了呢。

事实上，窗的存在，就是为了更好地暴露一些事物的真相，似曾相识的人物和事件，我们习惯了透过历史的天窗来推测和了解。

透过现象看本质，一扇总是关着的窗，一年又一年过去了，它到底尘封了多少往事？又有多少幸福和快乐、多少发生和没有发生的事情，一直就被这一扇窗死死地封着呢。

一扇窗开着，是一道风景，一扇一直就关着的窗，又何尝不是一道风景呢？窗子开着，可以看外面的世界，反过来，透过窗子，我们也可以看室内的空间。

活着是缓慢的，也是孤独的吗？一扇总是关着的窗，仿佛告诉我另一种隐秘的答案。

（选自《地火》2021 年第 3 期）

乾道不谬（二章）

李俊功

旷 远

过浑源小记

天边的云，并没有跟着我们，它们有它们的辽远和安宁。

我们的车子在滚滚的扬尘中穿越，远处的花野，很雅致，留一幅幅剪影。

让天空刻画。

让远处的风轻喊一声。

吸引自然慢慢转身，看微风的隐身术。

看花朵，艳丽，光彩，捧着热泪盈眶的一阙阙词章。

我知道，世界每天都在夸张。

此刻躲在道路一边的树林，望着走得很快的人，和车辆，并不伴随虚假的笑意。

虽然，我只是远远地路过，对于大片树林的热爱，全在那种杜绝寒暄的瞭望之中，它们的不言，和平静，是远地风景最好的解说。

我知道，烟尘一旦沉落于黄昏，人间苍生，在灯光的背后，在自身的阴影中，此刻，像一棵棵绿色植物，才算真正站了起来。

草原有看得见的安静

在正蓝旗看草原

指点着，下午的时光指点着野罂粟、野豆荚、车辘轳菜、小蓬草。

在关于草的细节上，天空和草原都有所成就，无限辽阔，适宜于为爱情酿蜜，找你心中飞久的小蜜蜂，让她在你的心上歇息。

运用多少场梦境织就了这一下子展开笑脸的云锦?

我建议，你就是其上的一朵花，或者一抹春色。

你的不走，是此刻的宁静。

你的瞭望，是鹰向着你的飞进。

用远处静静吃草的红马群，解释草原的空旷，用远处突然站起来的山包解释此刻夕阳成熟。

必须用脚步解释，为曾经的自我困守，自咎。

世界浩大的心在哪里盛放?

想象之远，并非荒凉。有谁知道，巨大的空旷，胜于谎言般拥塞的肉身之乐，胜于封闭的玻璃酒瓶满盛的酒精之醉。

胜于我们对于即临故乡的一百种胆怯。

（选自《大河诗歌》2021 年秋卷）

忠魂（二章）

许文舟

读革命烈士陈毅安家书

天高云淡，黄洋界上炮声更浓。亲爱的，落下这三个字，陈毅安又看了看北斗七星，那是另一个人，痴情地眺看。

拈起手感稔熟的狼毫，从容下笔，思念被战争一点点掏空，再被思念填满。短暂的战事间隙里，试墨、横风斜雨，落纸成泪。

山是好山，却插满战争的箭簇。映山红开得适合有一场旅行，在井冈山上的男人，只有敌进我退的转移、敌退我追的进击。本也可以独坐幽篁，静听松风。择菜、掐花、稼种……因为革命，自己把自己赶出家门。

戎装加身，大大小小的战事，就是一个军人的日常。接下来就只有家书，给了爱情无法预约的安排。信还在，覆盖了时间的尘埃，仍有短促而密集的鼓角相闻。

在博物馆，我在陈毅安的许多家书中，看到一张白纸。讲解员告诉我，那是一个悲情的实相。“我死了，你就另选他人”。一个坚强的女子，多年以后才明白，自己的丈夫，早已把生死交给了革命。

54 封家书，只有很少一部分在博物馆。那些最长情的告白，随两颗心入土。每一粒文字，都是活着的心跳。

参观中共一大会址

合上《共产党宣言》，13 名共产党员，缓缓向历史纵深走去，鲜活的灵魂，却渐渐清晰。

多媒体沙盘里，已不再阴霾密布，无法一笔带过的灯火，勾兑出相距百年的浓浓夜色。听，还是看，到处都在和过去相遇。白铜似是可以凝固这些情节，却无法还原五花八门的方言，在随风飘摇的小船上，吹响为劳苦大众的号角。

举起手，就把重担接了下来。可惜已听不见他们的语音，我看见了 13 张年龄不一的脸庞，那是一个政党的源头。有人穿了商人的斗篷，有人揣着难民的身份。红色的宣言，从外文换成了仓颉眼底的鸿爪。信仰，在盯梢中驶离港口。

不长的会议，确实有过争吵与辩论，但最后都归落到，一个政党的宗旨与理想。代表们握紧拳头 ，喊出共产党万岁，声音很轻，轻到听得见沸腾的热血。

我就在那些半身浮雕中，逐一对照着，并轻轻地喊他们的名字。胸前有山的起伏，百年的远方，早已是梦中的花园。

从这里到这里，就是百年。最先睡醒的人，掌心捧火，点亮夜的衣角。时间是 1921 年 7 月 23 日。“起来，全世界受压迫的奴隶”。离开或到来，熟悉的旋律，依旧是一个政党的初心。

（选自《茶乡》2021 年建党 100 周年特刊）

许慎，仍躬耕在那本厚厚的字典里（外一章）

卢子璋

在大汉朝的一座花园里，看到了你。

你荷锄拭汗，仍在侍弄那本厚厚的字典。

为了研墨，用了一池塘的水。

那支如椽之笔太重。你浃背的汗水，汇流入了池塘。池塘汩汩永远没有干涸——为有源头活水来。我见到了另一个秘密。

常有许多官员光顾。而你总是俯首躬耕。省却了几多的交往，省却了几多的光阴。

在别人觥筹交错的时光里，你造出了世界第一本字典。后来的后来，有位叫鲁迅的作家，也向你学习，把别人喝咖啡的功夫都用在了写作上，而终成大业。

如今，我和我的儿孙，再次来到了这座园子里，我们不敢惊扰你。

儿孙们从你的身影中，得到了一些感动和启示。

时间老人，也从院墙边路过。用最时髦的手机，拍下了一幅催人奋进的图画。

儿子在你的目光里，向着书房挺进……

这叫冷的孩子，正悄无声息地坐在阳光的腿上

3 月 14 日上午，天气晴朗。没有风。阳光铺满了院子，但温度却低。

不经意间，这些散漫的阳光就纸片一样地在院子里铺展开来。铺展的样子是柔顺而轻飘的。如刚吐出鹅黄色嫩芽的柳枝。

它就这样大方地，但是还很柔弱地铺展在院子里。

空气里还流动着冷。这冷是悄无声息的，它们坐在大片阳光的腿上。像阳光的一个丢弃的孩子。兀自地玩耍或者入睡。阳光视而不见。

上午十点钟的时刻，轻薄的阳光在院子里漫无目的地游走。但却没有风，风儿被它夹在了胳肢窝里。

而冷是它的一个丢弃的孩子。

3 月 14 日的上午，这孩子坐在阳光的腿上，独自地玩耍，或者入睡。

我行我素，却没有半点声响。

而阳光，也还是一个病中的苍白色的母亲，肢体也是苍白的。

它虚弱，迟钝，麻木……

（选自《牡丹》2021 年第 6 期）

一朵兰的名义

邱春兰

众草静穆，你不是那只白蝴蝶，

一别水云从灵魂开始转色入世。

我不能虚构你的名字与身世，你成为你之前，我必将，在雨雪浸润的山崖上，寻见你，认出你。

在浮尘的光影里，镜里一个季节，

惊问另一个季节，不必想象，

你忍不住仰头，与我灵魂对视。你转过身，昨日荒芜了一半的眼神，都可以忽略不计。

你必将以一朵兰的名义雪里煮酒，花里醉良辰，

亦或见证，所有幻象，你拥有兰的名字，

雪景中行走，万象皈隐，万物显露旨义，你在一切秩序之上。

你要延着黑夜、白昼、永无止息地轮回往前，

带着一身白月光，照亮天南地北的人，如果可以，你要恰好用深入骨髓的爱，用一生的辽阔俯察万类，仰望苍生，永如原初。

（选自《女也》2021 年 6 月创刊号）

春夜帖（外二章）

林　莉

额间贴桃红，青衣沾寒露，薇薇姑娘在山中，给远方的人写明信片。

一个多么肆意的良夜，不问山外事。

趁着大雨急敲屋顶，没有地址、收件人，亦可将湿漉漉的自己寄走。

琴鸟的眼里起了雨雾。

鸟鸣山空。她在山中，她不在山中，是真实的吗？

“甜槠树在雨夜，互相交换了眼神和颤栗”。

所　见

清晨，畲家小院，几枝杏，斜斜的、碎碎的，带着雨。

从树下走过的老乡，略佝偻、苍黑。美或好里有毒。

孤鹭立于溪中一卵石上，倒影，被波光搅乱。

我们偶遇的老妪，九十六岁，眼睛已失明，听力尚存，她着黑衫，拄拐杖，倚于土墙旁。

我们打听小溪的名字，她摇头，听不懂，又转身拿来山中刚挖的春笋，比划着问我们是否要买走。她年岁已高，只谙畲族方言。

她和灰斑鸠、野杜鹃、香樟树一起活着，和山涧、松鼠、青牛一起活着。

她活了很久，形拙，色怯。

她活了很久，自己浑然不知。

猎　人

他在悬崖旁救了她。她进山采菌子和灵芝。

她的丈夫瘫痪在床。她带着三个孩子讨生活。后来，他时不时把一些猎物悄悄地放在她的门口。把田地里的农活替她做完。他怜惜一个女人的艰难。她感激一个男人默默递来的温暖。

后来，她的丈夫去世。她的三个孩子长大，在城里安了家。她去城里带孙子。再后来，她去世，她的孩子应她遗愿，把她带回了山里。

他依旧孑然然一身，采药、打猎。偶尔，到她坟前坐一坐，抽几支烟。

山中何所有？惟见庸常人平淡无奇的生平。不可言传。

（选自《星星》下旬刊 2021 年第 8 期）

雪花在银碗里消融（外一章）

马端刚

焦急不安中我在等待，翻过了阴山，穿越河西走廊，那里有草原炊烟的味道，一群征西的男儿在毡房煮好了奶茶，一个叫图瓦的民族，举杯期盼我的再次归来。

春天未来，秋天就更遥远。禾木白桦的嫩芽正被大雪覆盖，喀纳斯坚硬的湖水，让我柔软的心沸腾，黄昏古老的马头琴声里，思念像一把英吉沙小刀扎在心上。

曾经种下的那株薰衣草，是否能等到秋天的收获，为什么锡林河和额尔齐斯河不能交汇，为什么阴山和阿尔泰山不能相聚？不要问我为什么，谁能说清楚思念与思念之间的距离，站在它们之间，只看见雪花在举起的银碗里消融。

亲爱的额吉，你是否听见我凄婉的长调，你是否看见我湿润的眼睛，在你怀里的时候，就知道北方之北，是我的家园……

一匹马在春风里奔跑，其实是一群马

就这样，开始寻找自己的故乡，那里有我们的祖先，我们的身体也将埋葬在那里。酒醉的我们游荡在城市的街头，找寻不到故乡的坐标，那些朝夕相处的伙伴是如此的陌生。月光灿烂，用什么去遗忘，用酒，用岁月，用文字。窗外的那棵小草顽强地生长，坚强地面对尘世中那份孤独，歌厅却流淌着“孤独是可耻的”……

我们知道，遗忘很难，一颗心与另一颗心的距离，用什么方式链接，都已经被岁月腌制，不要说我是一个忧伤的诗人，我和你一样，都被遗忘，内心都已经开放出腐败。

我和你一样，可怜的人，找不到故乡，一块小小的土地，已经被侵占，一匹马在春风里奔跑，其实是一群马，流离失所，无所依靠，春风里，默默祷告，亲人和土地苦苦等待我们的归来……

（选自《散文诗》上半月 2021 年第 8 期）

与雨对话（外一章）

倪宏伟

听见风声，听见屋后竹林窸窣的响动。

落下来的脚步很轻，如踩着睡眠的叶子，鼾声是梦乡。只有一滴、两滴，恍若突然醒来的侧身。想着拧熄的灯光，用思维的绳线，与黑暗对接。

夜雨，开口就是细软的语调，像时针走动。

最初的谣词，已编入课本。蝌蚪从池塘滑进时间的空瓶，有一双小手拿着木棍，搅动雨点的眼睛。那时候，笑靥上留着单纯的酒窝。

突然想到鸟巢，一蓬潮湿的草芥，雏鸟的嘴唇等待进食。

那是一帧画面，在细雨中提笔描绘。跳跃的念头陷入寂静，如多出的枝叶，被声音慢慢修剪。剩余的空白，适合记叙抒写，面对一片窗外的朦胧。

与雨对话，用心揣摩惦念的结果。

（选自《散文诗》2021 年第 3 期）

菊花茶

面对菊，一杯茶的光影。

窈窕的花朵已经许配秋天。离宋词很近的水，手持菊黄，铺满诗意的嫁妆。我用一杯茶，把菊花固定，让尘世的风雨不再穿透。

菊，浮动在朦胧的视线，如智慧的禅语触碰虚空。

我与杯子对视，品味弥散的清香。体内的欲望慢慢降低高度，与身后的凳子契合。松弛的心绪，绕过菊茶的腰身，如夹在宋韵的秋风，把满地的黄金甲带离尘土。陷入空白的想象，开始收藏多余的花枝。窗外喧嚣的声浪，难以读懂菊茶的恬静和缄默。

我走出茶杯的余韵，坐在菊花台空旷的边缘，修行一种层次。

附着于内心的沉淀物，开始充盈肢体，而且不断吸收精华。菊，搅动水的回旋，在金黄的色泽里盛开一生。

（选自《四川政协报》2021 年 11 月 25 日）

一次心跳，可以地老天荒（外一章）

王金明

酥油灯吸吮夜色，早起的生灵布置黎明。

如果要用回忆通知一位故人，我要告诉她，一切都在生长，一切又都在回归原位。

为了避风，点地梅紧贴低垂的五月。为了等待，绣线菊和白杜鹃已高于眺望。

小羊跟着母亲踏青，马群跟着扎西追风，我跟着春天的指尖，给你写信。

经历了彻骨的寒冷，我才学会用灯火讲述一切长夜，曾经冻僵的词，已被牛粪火烤热，曾经苦涩的路，已被沸腾的格桑花铺满。

是的，每个人的一生都值得书写，在思辨的两极，黑暗和光明，犹如不可分离的白昼和夜晚，我和你，都无需再功利地换算痛苦和欢乐。亲爱的，也许天堂就在我们自己的心间，一次心跳，可以地老天荒，永恒就是一次眨眼。

你呀，你可以在任何地方回首，看见我眼角湿热，正在为你传递一览无余的高原。美德沉淀在所有事物的表面，像一只蝴蝶。

爱有花纹，会飞，像另一只蝴蝶。

被蓝天抽象到一尘不染

在高原的叙事中，与草地起伏相对仗的，是天空绸缎般的蓝，而力道千钧的排比，是茫茫叠嶂峰峦，犹如深深的创伤，一句一句，横亘于语言的出口。

在习惯的缄默深处，大峡谷咆哮如雷，岁月始终没有停止钻探。

那最核心的一滴冰川融水，也始终没有停止对人间的倾诉。

格拉丹东，巴颜喀拉，南迦巴瓦以及冈仁波齐，你们高悬的冥想，要为整个蓝色星球提供眺望。

一千条河流发出的叹息，又被无言的蓝抽象到一尘不染。

人间恩怨点缀在时间的轴线上，像警句，也像眼泪。

就借一缕霞光涂改草稿，纸上已是一片萌动，一株火绒草，也可以轻易点燃我。

我若再点亮一盏酥油灯，那便是一次爱情的开始。

所有的光，都是笔，所有的火，都会写诗。

（选自《星星》下旬刊 2021 年第 10 期）

春日（外二章）

阿　垅

一只猫伸展的哈欠，给这个正午带来了困倦。

窗外修剪果树的人，攀爬的姿势，效仿于墙角漫游的壁虎。

多余的枝条纷纷落下，无声的葬礼，要和花蕾初生的仪式同时举行。

微胖的妇人在浆洗缀有云朵的蓝色桌布。

还有一些不可预知的渴意，像融化的冰块，从杯口慢慢溢出。

朗　读

窗外，一片叶落。
缓缓地，又一片叶落。
风穿上这样的鞋子，会露出寓言的脚趾。

透过时光的缝隙，课桌上斑驳的印迹依稀可辨，齐刷刷翻开的书本深处：

一个人在挖山，一个人在填海，一个人将锃亮的镢头，当做传家之宝。

悟出了些什么？
教鞭在轻敲少年走神的脑壳。
秋渐深，多么美。
思想的原野镶着金边——
一马平川。

哦，这是永远的课堂，一剂苦口婆心的良药。

你我久别的童声，端膝而坐其间，再次整齐地朗读一遍：

“愚公移山，感天动地……”

脸　谱

窄巷子适合擦肩，宽巷子适合回望。

一枚糖人身披铠甲，一段挥鞭远征的时光，晶莹剔透。

有古色，也有古香。

青砖黛瓦的店铺前，上演川剧的变脸之人，甩袖回头，是一张窦尔敦盗马的脸，回头甩袖，又是一张霸王别姬的脸。

她看得那么出神、痴迷。

一旁的我，只是想在众多眼花缭乱的脸谱当中，如何把这张粉里透红、妩媚的脸挑选出来。

（选自《星星》下旬刊 2021 年第 6 期）

闪过的事物（四章）

伍荣祥

一滴蓝

一滴蓝从天空滴下来，滴答一声，呈现诱惑。之后，滴入生活的纸上和子夜的梦中，从此以浅蓝与深蓝的方式经常浸入我的心绪与怀想。微风从树丛拂来，一滴蓝在院子的石梯与旷野的田埂之间散开，使我的步履愈加蹒跚，心事愈加凝重，而先前的憧憬和辽阔也愈加弥漫。

一阵风

一阵风不打招呼，说来就来，天一暗就呼啦啦地首先吹飞对面邻居晾衣杆上的衣衫，还用力掀翻了我窗台的花盆。瞬间，满街树叶纷飞，包括纸屑和尘埃，还有房顶上众多惊飞的鸟。狼藉一片，先前静悄的窗户也被吹得咯噔咯噔着响，而我书桌上一叠书稿也从内屋吹向外屋。这时，我伫立窗前，真想开口说句什么，话音刚到唇边却被另一阵风吹散。

一个人

一个人总是在我前方晃动，忽左忽右地阻挡着我朝前的路。有时，还居然转身以马蹄声在我背后不停追逼：当双掌放在胸前，我就感到忐忑不安。谁折腾于我？平淡无为，退却之词是我一生的护身之符。诧异与突兀，如今我依然不明白是谁还在阻挡着我和追逼着我？追逼仍在追逼，阻挡仍在阻挡，今夜我仿佛看到了人间的危险与陷阱。

一轮月

一轮月，相不相见或挂不天上已经不重要。我常常将这轮月放入我黑夜的梦中，或者信手涂鸦在我白天的纸上：其实，这是一轮水中之月，一会儿聚合，一会儿离散，仿佛那么近又那么远。真实遮掩真实，虚无遮掩虚无：中秋之夜，我不知道是我在望这轮月，还是这轮月在望我？

（选自《星星》下旬刊 2021 年第 6 期）

动物人生（三章）

徐澄泉

一只虫子在靴子里纵横

一只小虫躲在靴子里，在宽广的原野纵横。

靴子拥有的疆土，戈壁一样，生长几丛芨芨草。小虫在戈壁滩驰骋，顶天立地，无忧无虑，不饥不渴。它是这片土地的主人！

我是一个慷慨的施主，愿以血肉之躯供养一个小小的生灵。不管它是不是一个高尚的灵魂，我都无怨无悔，不痛，不痒。

大雨倾盆，猛力击打我的靴子，为我隔靴搔痒。

雨声盈耳，雨声刺耳。有人为我掏耳朵，我酣畅淋漓，不痛，也不痒。

大雨继续倾盆。

亲爱的小虫，你现在过得还好吗？是痛还是痒？

楚国的鱼

自从屈原被汨罗江水杀害后，一些中国人良心发现，就改吃人为吃粽子了。

屈原的忌日，粽子的受难日。

屈原和粽子，一根绳上的两个蚂蚱。

一如屈原，粽子是被人推下激流的。

一如粽子，屈原有棱有角，但他的命，是别人用绳拴着的。

屈原就是粽子，粽子即是屈原。

纪念屈原，何必要索粽子的命！插艾草，挂菖蒲，是纪念屈原。写诗，作赋，也是纪念屈原。

纪念屈原，还可以：抓条鱼，最好抓条汨罗江的鱼。把它挂在树上，示众灭威；把它吃进腹中，惩凶除害。

因为楚国的鱼，曾与楚国人合谋，都是害死屈原的元凶。

鸟先生找鸟

鸟先生找鸟。

一场雪一阵风一个人一杆枪一棵树一片林，淹没了鸟的声音。

鸟先生的希望和热情，开遍了雪地，又一朵一朵枯萎。

鸟先生一天一天枯萎！

一声枪响震聋了鸟先生的耳朵。鸟先生在雪中徘徊，无限叹息。他抓起一把红羽毛，鸟就回到了手中。

鸟先生就站在雪中。

鸟先生与鸟，就隔一杆枪的距离。只隔一杆枪的距离。

（选自《星星》下旬刊 2021 年第 8 期）

纸伞匠（外一章）

陈巨飞

收音机还能用，播放着新闻和旧戏。“德尔塔毒株蔓延迅速，世卫组织称打疫苗后也要戴口罩”——

很快，他调好颜料，完成构图：一只蝴蝶，在空荡荡的秋千边萦绕；秋千的背后伸过来一枝待放的海棠，虽然有点不起眼，却藏着浩大繁复的春天。

抬起头，他看见一朵石榴花已经绽开了花蕊，像在演奏一曲悲壮的唢呐；更远一些，则是青石巷鳞次栉比的青瓦灰砖。几缕升腾的烟雾从黑黝黝的烟囱里爬出，它们在升高的过程中逐渐变淡，直至消失不见，稀薄成透明的空气。

他朝远处眺望一会儿，又觉得一切都那么空虚，仿佛周围的事物本身就是他的臆造和虚构。不信，就去看视力所能及的地方：青石巷外面那一抹黛色的群山，晴朗时它们还有一层或重或浅的轮廓；如果天气阴暗，一切就会隐藏在浓雾后面……

“回首繁华如梦渺，残生一线付惊涛。”于是，他小心地在图案的旁边把两句诗题上，收笔的时候，却不慎将一滴墨汁滴落在油纸上。

弦上的夜色

月亮，你不过是紧绷在我内心的一根弦。

我从唐时开始饮酒，唐后就不饮了。我贫穷，衣衫褴褛，摇摇晃晃走进长安。

长安一片月色，我的美人在闺中发出幽怨。而壶中的酒，空空如洗，只倒出满杯的月光。今夜，也只有月光陪我同醉。花影斑驳，一夜过后，皤然白发。

酒，挥洒不尽的无颜之墨。

（今夜，有大鲸游来。它硕大无朋，来自北冥。）

最后的一杯酒，藏在时间的褶皱里。月亮翻过古老的土墙，让那些旧日子，如同崩裂的琴弦。

（选自《上海诗人》2021 年第 5 期）

每个人心里都藏着一处旧址（外一章）

陈旭明

我放胆断言，每个人心里都藏着一处旧址。

那里，或许早已空无一人，门上一把锁。木扶手、泥瓦，比修辞还经不起推敲。泛黄的报纸糊住正在朽去的雕花窗棂，头版刊登的新闻报道，倒像是明天才会发生的事情。

那里，或许迎春落尽后，枝条上，桃花精致如钮扣。

只是，寂寞的香味稍显单薄。

世界，沦落为最华丽的废墟。

尽管天空得体、四季井然。巨大的、加圈的“拆”字是碗大的疤，在城市随处可见。（如果青春是顽固的钉子户，那该多好。）

曾经，你坐在那里。门开着。窗敞着。草在脚趾缝里摇着。之后，树荫遮住你。一切都自然、相宜、环环相扣。仿佛，之后懵懂的启蒙、仓促的性爱、欢乐的天伦。还有出走。

你在犹豫什么呢？你在回视什么呢？

厌恶灵魂被圈养。你愿意驾一匹花斑豹子独步天涯，并且你相信只要转过身来，所有复活的种子会挤满道路。

而鞋尖，却迟迟不肯朝向回归的方向。

相比赞美，忏悔，更有着人性的体温。

时光，会摆正一个人重新端详尘世的姿势。

当你找到它时，你已经知道香菜原来不过是芫荽的俗称；眉间皱纹，并非相思咬下的牙印。

其实，只在身体侧过之间。

黄昏迎面飘来，如同一封被岁月揉皱的旧信。你拔下第一根白发，放在掌心，像摩挲一把多年后失而复得的钥匙。

时间丁丁当当。

人，始终没有说话。

她从后台过来

她踮脚：星河倾斜在瓦顶。谁在童年伸手摘星？要相信每一朵花都在内心给自己修葺构思已久的花园。绛紫色的帷幕试图遮掩什么。云集的月色，远远追来……这吐光逐电的时辰，有病句之美。

她伸臂：骨肉一苏醒，仿佛听见孤独在喊疼。泛白的幻觉开始抖动一羽羽翎毛。哦，偶像年代，青天一鹤，“请安静，思想的纹理正将你们引入胜境；请倾听，一个用沉默来说话、不以肢体炫技的人。”

她旋动：一丛蔫萎的岁月蓦然有了绽开的冲动。踟蹰，一生摆脱不开的最大天敌。画出季节的形态——声音，倘若不能从灵魂罅隙破壁而来，所有的图像就呈现雕刻的凿镂之范式。哦，梦居然粼粼有光。

终于，她停顿……

……端坐的你们，永远是观众。“难能可贵的是，在人前人后，取下欲望的面具。”

她腾跃：临风拨弄微光，反手弹奏日月——以伤口铺路。海即将下沉。结晶的泪会不会跳荡成那簇野火？“我有鲜为人知的油彩生涯”，美，终究在特写的节奏中显形。

她捂住：心是一扇铁质合页锈蚀的门。哦，过眼的，不过是一串串内分泌失调的命运，不要流露油脂味的笑容，当你们一次次听到硅胶、玻尿酸、肉毒杆菌在体内发出锐声尖叫，我捻动寂寞（骨感的？），为疼与痛启锁。

她静止：仰首为春。俯身成秋。任仪态万方，最美的，还是背影悄然而去。

珍爱者，请把掌声留给生活、鲜花赠给亲人吧！

——不是所有曲终人散，结局，全部形销骨立。

（选自《上海诗人》2021 年第 6 期）

与李清照对饮九杯酒（二章）

何敬君

第一杯：西湖，断桥上

……打开每一扇窗户，都是断桥
梦，在断桥的断处，惊醒
残酒浮出无边的愁恨，浮不出道路的影子

一个王朝背井离乡，一步步走向崖山之涯
钱塘江抽搐在淤泥与脂粉里，呻吟着，混浊着

你一生“争渡”，而今更“谢他酒朋诗侣”
只在“怎生得黑”里画一扇窗户，独自守着，昼夜地守着
自己的酒是热的，是活的，是澄净的镜子，是硬朗的血汁

在你魂灵的出口处，一杆诗笔一本词笺
不曾有半句点染“三秋桂子、十里荷花”
“吴中，空传有西子”
湖畔山麓寻不到一抔土一棵树供我念想你

漂泊的南宋不是国，杭州永远不是汴州
你日夜在没有道的路上寻觅，梦里梦外流离失所
不肯阖上的眼里，西山很远，临安很远，越来越远越萧索

……断桥之外岂有风景可写？

此时，端起的酒杯里风吹乌云
我听你低吟“但余双泪，一似黄梅雨……”

第二杯：杭州，小巷门楼下

秦桧死了！
武穆坟头青草萋萋，如剑如刀！
我们痛饮！

小巷外，烟花轻飘，月色凄迷
西湖上，楼船载酒，琴声与歌声低回
促狭的天空，泛着乌光的云跌跌撞撞
浓云卷起沉重的雪，裹着江北的凛冽寒气

“易安心事岳王知”
一杯酒倾下，汴水便汹涌了……

一生是北人，听不得雨打芭蕉的“点滴霖霪”
凭栏把盏，长啸对江南一隅举世的怨怼
“壮士饥餐胡虏肉”，一滩深红里涌着黑的血
“北狩应悲易水寒”，一道灿白中泛青的光
这光，这血，皴染着临安城惨淡的余晖

你早已憔悴成一道伤痕，划破了天，撕裂了地
这伤痕是宋朝的一扇残窗，是望向千古空廓的眼眸
这伤痕是你的，也是我的

以魂魄酿酒，以梦为杯——
“去洒东山一抔土”

（选自《大沽河》2021 年第 1 期）

有一种遥远（外二章）

曼　畅

一个人刚刚离去，另一个人走到门边，有些事物就是这样，静谧高悬于夜空，了然的季节，有风说来就来。不知道接下来的时间要如何度过，星月于暗中相互打量着，两年前的今天我坐在这儿，用另一个人的眼睛看着季节。

我只喜欢风像风一样不停地吹，幻视自然生长于美好，时光慵懒，唯有简单之物，譬如一朵温柔的云，譬如两棵摇曳的谷，我们像我一样，一瞬间给时光灼伤。生活是流动的，时光也是，今夜只有两朵花开，在梨花的右侧等待，胭脂，小马，笑或苍茫，而我却更愿意发呆。

日子总是这样，没有原由地离开或走近，这稀世的梦境，多么干净。窗外的天那么蓝，一些善良的雨，堆在云的四周。

那些树枝

应该是夏天，叶子哗啦啦的响，一些流云像旷野里的风，从天边流了下来。喜欢时间里的孤独，日头高高在上，看似一个幸福的时光，四周多是一些明暗相交的事物。

一只鸟巢在不远处的枝梢上悬着，我总描述不好一朵流云，有隐隐起飞的风，一种纯粹的自由，并非空穴来风般的攀升。万物如梦，几乎忘了沿途之上降落过的倾盆大雨，有些事情无法假设，比如雨水不能让思想下沉，比如颍水河的脉向几乎因你而被忽略。

我不确定这是我永久的盼望，尘埃弥漫的路，我在一朵云的本质之外，已经注视了很久。梦想还在扩张，一些事物变幻着，或许在清晨，那朵欲望本质的云越过头顶，花将尽，枝头露着瘦瘦的小青果，向我展示岁月的拳头。

说　辞

铺开三月，落满的雨水和风声，不只仅仅为记录什么，桃花开在这儿，疾如闪电。生长或是开放，在固定的枝头或固定的方位，有时我会觉得万物祥和。

还有一个细节，也许是梦重叠在了一起，一些奔走的词或一些孤寂的字当面数着春风，语言纯粹而安然。这个时段比我想象的漫长，我是说她行为轨迹，且听风吟，云在夕阳中的山顶上一团一团的，日光中春风继续。

还有两个词从春风里吹来，它们不是物的侧影，流水就躺在那里，我相信重复的跨越，有几分钟鸟鸣像推门进入的洁净，有时很急切，有时又很安静。乐意它的出现，桃花开着，一如岁月，轻轻经过我，和我尘世的孤独。

（选自《大沽河》2021 年第 2 期）

白云法则（外一章）

敬　笃

黄鹤一去不复返，白云千载空悠悠。

白云即虚无。晴空万里，白云带我们走进一个未曾规划的天空，飞鸟云集，万物裸露。

天空即诡秘。包容万象的胸怀，深藏一切功与名，所以才有了神马都是浮云的喟叹。

白云之下，万物生长，这是命定的秩序，也是对美好世界的想往。

白云之上，波涛汹涌，是另一个国度，别有一番滋味在心头。

道有黑白，云有乌白，被颜色渲染的二元空间，非此即彼显得无比正确。

可是，世间岂止黑白。

抽象法则

我看见城市广场的青铜雕像。庄严、肃穆。云，漫无目的地飘着。

隐含在事物背后的一切，任何抽象的词汇都无法描述。

现实的怪诞与先死者的博物馆，在丧失记忆功能之后，开始怀念。

游弋在黑色的河流中涤洗灵魂，搭乘蓝色木筏，漂泊、走远。

岁月的青铜，在玄武岩上扎根，并且写下关于生命的天书。可供朝拜的神灵，是最遵循抽象法则的。

时间的暗喻，不可多说。

（选自《扬子江诗刊》2021 年第 2 期）

河流·我·记忆

李　萍

1

一夜之间，河流被点燃了。

那条河我熟悉，是穿过童年记忆的一条河流。

狗鱼、石子、冰草疯长的河岸。丝丝缕缕漫过河的前世今生，以最年轻的姿态点燃着那条越来越瘦、越来越小的河。

是的，就是那条河，不知是我跟着河数着日子，还是河流追着我掐着时光，我们都走着走着不见了，走着走着走远了。

那是一条曾经丰满的河，属于我的河。

我这一生读着河岸行走。

有些情愫在生长，水草一样环绕行走的思绪。

其实，我是不需要转身的。如果我愿意，我就能从所有的记忆中抽离，当然，包括狗鱼、石子、冰草，还有河边的那个伙伴。此外，还有天空。

2

有些人走了，遥远如河的记忆。有些人来了，陌生推开乡音。所以，记忆更遥远了。

盛开的声音，不失河的风骨。

肝胆相照的记忆舒缓一些心疼。

如此，内心似乎很安静。

四野悄然，沉默着，穿过曾经的深刻。

村庄与河，暗恋的方式符合人设。

慢饮一壶茶，诗心更深了一些。记忆总是不按常理出牌，一切可以有黑无白，有往无返。归程里，有多少烟雨从唐诗宋词里迷蒙，漶漫出一个个字的神韵？

我站在琴声里。我分明记得自己打过水漂的石子，都比这河面要宽、要厚。

神的手指沾着时光之水，马蹄阵阵的烟尘里，大地卸下记忆。

于是，我顺势把自己交给一条鱼，一条有胡子的鱼，那是缺一根胡子的狗鱼，书本上找不到好听的名字的鱼。

3

明月如雪。

每一天都是灿烂的，每一天也是缤纷的。如此安慰心情，如此安慰目光，我的心，百毒不侵、刀枪不入久矣。

飞雪的冰冷与骄阳的炽烈，显现花言巧语暗度陈仓的一些薄凉，我还是喜欢被吴侬软语锻造的刀剑划伤。

月儿在林梢，月儿把借给别人的霓裳，挂在温情的檐下，时光渐渐晶莹。

轻抚一些看不见的伤，往事在某个隐秘的地方站立。

虚幻的深邃，在我来来往往的目光里……素笺已经铺开，依然痴迷一朵花开的声音。

空，很空。静，很静。

河边人家阿姐做的浆水面香气迷人，绿绿的香菜来自花盆，芦荟花静悄悄地开了，似乎形单影只，其实怡然自乐，因为，有香菜的香一直陪伴。

生活简单，人也简单了，所以，拒绝虚伪的交往，与芦荟一样，自得其乐，没有什么不可逾越。

人是要学会寂寞的，如同野花，哪怕孤独也要盛大绽放。

一些场景犹如时光的投影，不会轻易被穿透。

河流，波澜不惊地记录着尘世故事：遇见的景致，遇见的人，遇见的事。

人生就是如此简单。

沉默，是最美的懂得。

我懂，渡劫万千，然后静寂。把话语归还得彻底干净。

自此，与月色两不相欠，各生的欢喜。

（选自《散文诗》上半月刊 2021 年第 3 期）

将短暂藏于夜（外一章）

小　睫

水声隐去，八月的最后一朵火焰随之熄灭。

窗外，蛙鸣于枝头继续着自己的旋律，没有什么可以阻断它们对明天能够伫立枝头的平凡畅想。

水落石出，一些事物卸下了笨重的伪装，相继浮出，百态可见，真相往往隐于虚拟，出乎意料，带着水淋淋的叹息。

正午的阳光以最远的距离照耀。角落零散的阴郁，尚未被水带走的大大小小的污浊和深浅不一的腐朽。

欲望的嘴唇积劳成疾，再一次三缄其口。

虔诚，还是朝拜？

那些放养的灵魂是否借助一次风起云涌，集体归巢？

安之若素。

劫后余生的草木抬起倔强的头颅，任初秋的风吹拂。

或许，只有卑微才能聚敛无限生机，穿过突降的死亡，铺展活着的意义。

夜，总是善于以一颗包容之心，接受短暂的伤痛，偶尔飘过的哭泣，并佐以星月清澈的照耀后，深藏。

悬　崖

有流水经过。

时间一点点消减一个人柔软的部分。花草是梦里的气息，茂密的绿被黑色掩埋，裸露的是坚硬的骨骼，参差的牙齿。

不断提升的海拔，让你怀抱孤独，望见远方的同时也成为远方视线中的风景。

大多时候，它只属于静寂。

内心的火焰跃跃欲试，温暖只是虚拟之词，一件招摇的外衣。

欲望与迷茫形成的夹角，总是大于九十度，如果你想站立，需要精通倾斜术，而这种技能的修炼，常常需要将自己全盘托出。

风雨的千锤百炼的肌肤，到处是伤痛的结痂，它们将最初的平坦化为险阻，遍地是锋利的刺，无路可走。

偶有花朵生长于冰冷的缝隙，也是谎言幻化的假象。

所有的美都构筑于海市蜃楼之上。

风吹云散。

来路正在一寸寸消亡，身后百丈冰。

你需要停下脚步，勒住内心的马匹。

（选自《散文诗世界》2021 年第 12 期）

中年行色（二章）

温　青

步履缠绕

一些挂果的枝蔓，多有低垂，久悬于空的果实，有的已被虫蛀，有的熟过欲腐，也有个别不抵风雨鸟喙，渐次残缺不全……

到了一定年龄，那个步步为营的人，开始被一些繁琐的日子缠绕，迈不开腿了。

此时，那些平常事物结做牵绊，一串又一串的，像极了愈勒愈紧的绳索，束缚了一个人的步伐——

有如眉宇间的羞惭和忧虑，亦如中年的浑浊与沉淀，这些生命中无法中断的反复，时而清醒时而迷茫，消耗了过多的心力，不复往前的果敢与坚毅。

如果因为顺势而生的虚荣，给一段光阴穿上华服，那他一定会走得更缓慢，甚至于漫无目的；

不是日子显得更长了，而是他在自己的眼眶中打上了五彩的马赛克，无论多么艳丽都是虚幻的，看不清来路也看不清去路。

让过去的成就束缚今天的梦想，让昨天的负担压垮今天的热忱——

那是一个走在下坡路上的人，只有踏过青春之后，步入人生收获的季节，他才会明白，什么是成功，什么是失败。

这就是成熟的过程，有无数纷至沓来的执念，在缠绕中听从生长的指引，慢慢终于清醒了——

这是一个从自我开始，才能诞生一切的世界；同时，也是一个离开了自我，才能成就一切的世界。

致远之境

下半生将从何处出发？

如落叶漂零于溪流之上，追随游鱼的漫无方向？

还是于树桠间的鸟巢下，辩识月影斑驳的远方？

前半生堆积的荣耀和伤口，一直相互撕咬，那个行将衰老的灰发伴侣，会为你不忍割除的那些羞惭，打起遮挡烈阳的伞——

你所有的行装都将遗失，一个毫无牵挂的人，还会不会想起老旧的爱情？还会不会回望落满尘埃的家园？

已经耗尽了自己的童年、少年和青春，把梦想折叠在皱纹里，路途上总有一些不可避开的邂逅，会在每一个交叉路口掘下陷阱，为折返的游魂搭起巢窠。

你行进的姿势，与眼前的每一棵树、每一株草，都有着生长的血缘关系——

在风中站立时，已经交换了血肉；并通过脚下的大地，交融了与下半生相关的骨质部分。

成熟，是生长的巅峰吗？尔后走向衰败，是不是在重复生长的固定节律？

通晓这种必然，是理智，是一个中年人不拒绝继续生长的勇气，也是他预计成为一道人间风景，行将致远的境界。

走向下半生的辽阔，如同逆光劳作，太阳的方向是炽烈的，而背后的土地上，那道修长的剪影，是一柄劈开新世界的长刀——

高大，锋利，一往无前。

（选自《星星·散文诗》2021 年第 3 期）

绕不过时间的悲悯（三章）

张敏华

鸟　鸣

黎明，黑暗的极限。光的鳞片被大地呼吸。

我诞生，像飞蛾！

未来，一个虚幻的词，我不知道该怎样才能抵达？

钟声，一种自由的声音，将谁轻轻唤醒？当我飞翔，泥泞的天空与钟楼一起倾斜，在遥远处，伤口被光缝合。

像飞蛾一样焦渴，但我已学会了叶子的沉默。

天空掠过的鸟鸣，是我向往的自由！

在路上

许多无形的触角在移动，光线暗下来。从花园路到景阳路，被命运驱赶，车辆慵倦地驶向黄昏。

空气一度显得潮湿，像某种现实。“活着离死亡还有多远？”一张茫然的脸感受着内在的恐惧。

风放弃最后的等待，路边倾斜的电杆不能自拔。无法抵挡血液的焚烧，高潮过后的迷惘，连同那些看不见的疼痛，被一杯葡萄酒呈现。

倒空的酒瓶，成为肾虚的象征。

一颗心在坠落中惊醒，时光的倒影随冰雪一起消融，仿佛一次向内的旅行，但依然是焦灼、倦怠和脆弱。

“在路上，事情可能永远都是这样。”被镇静剂迷恋，我无法预见更多的荒凉。在缅怀中活着，脸上还有未消退的胎记。

一身藏青色的外套，映出一张背叛的面影——

疼痛，一件无法拒绝的礼物。

如何让我驱走流感的冬天？泄气的春天，减轻了花朵的忧郁！

那　边

小河流淌在乡村的怀里，孩子们吹着口哨从山丘上下来，向日葵站着不动。

风摩挲着树皮，回到曾经熟悉的粗糙，叶子屏住了呼吸。

冬天在等待时机。下雨了，转眼间变成绿色，关心春天的人，将得到爱情。

篱笆那边，一只鸟飞过，在它的身后，留下大片的虚空。

（选自《星星》下旬刊 2021 年第 4 期）

有感于“八女投江”（外一章）

宋春来

她们打光了最后一颗子弹，在弹尽粮绝的情况下，她们相挽着投入了冰冷的乌斯浑河。

她们是指导员冷云，班长胡秀芝、杨贵珍，战士郭桂琴、黄桂清、王惠民、李凤善和被服厂厂长安顺福。她们当中年龄最大的23岁，最小的刚满13岁。

在生命的最后时刻，她们朝着大部队的方向齐喊：“不要管我们，握紧手中的枪，抗日到底！”

这就是“八女投江”的故事。奔腾的乌斯浑河，一定会永远记得这八名英勇的女战士。

那飞溅的浪花，一定会永远难忘她们血战到底的英雄气概，难忘她们的勇敢、沉着和义无反顾。

天地英雄气，千秋尚凛然。八名宁死不屈的女战士，她们身上闪现的是崇高的民族气节。

她们可歌可泣的光辉业绩，她们视死如归的革命斗争精神，谱写了惊天地、泣鬼神的抗日诗篇。

清澈的爱

吃沃柑的时候，我想起了陈祥榕，想起了他青春的笑脸，想起了他清澈的眼神，眼里有闪闪的亮光。

浑身上下都是朝气的人，我也想起了你在高原上捧着桔子一脸满足的样子，也想起你写下的战斗口号：“清澈的爱，只为中国。”

年轻的战士啊，我吃的沃柑，清甜汁多爽口，这是我可爱的家乡、辽阔的大地上的出品。此时，我多么希望你也能品尝到这么好的果子。

窗外阳光明媚，清风吹拂，我知道所谓的岁月静好，无非是有许许多多像你一样负重前行的人。

英勇牺牲的勇士啊，我也想起了一个网友的话，我在深夜惊醒，突然想起，你们是为我而死！

（选自《贵港党建研究》2021 年第 2 期）

定风波（外一章）

李佑启

鲈鱼甚好。

风波里的确带有腥味，但不是鲈鱼出没风波里的风波，而腥味却是血腥的腥。

秦氏夫妻早已跪下认罪又如何？皇上的那十二道金牌，仍然在路上，一道急过一道。

人间正道，满是沧桑。

蜀道难，正道更难！

当温暖的阳光成了卑鄙者杀人的利器时，赤诚永远也无法成为善良者免死的金牌。

当抱负与意志一点一点在回归的路上消亡殆尽时，那一声长啸，终究无力抵挡灭顶之灾。

当奸邪向正直宣战时，血的教训，已成定局！

忠？可以。

精忠？可以。

誓死精忠？可以。

只是，别谈报国。

当愚忠以精忠的身份义无返顾一往无前时，坍塌的圣殿，又何止半壁江山？

一个亭子可以定风波，一句谗言，却可以定历史！

沁园春

一位站得远，一位站得高。

站在英吉利海峡，他说，春天来了，就应该让我看到春天。

他站在万里长城的墙垛上，说，冬天来了，那我就让你看到春天。

千里，万里，冰封雪飘，银装素裹。

整个冬天的记忆，都被两位伟人强行占领。

那园，是干净的园；那地，是干净的地。

这世间，什么时候如此干净过？

他还只是在梦中渴望，但他已经捋起袖子开始大干。

他不但看到了干净，还看到了美，看到了未来，看到了英雄，看到了万里江山如此多娇。从秦皇汉武开始，看到了冰雪覆盖下的春天，和盎然绿意！

有的人，却只看到了寒冷，萧条，和沮丧……

他能从冬天呼啸的北风中看到满园春色，有的人却将自己的瞳孔定格于老鼠的目光。

看见了春意的那不是臆想，那叫浪漫。臆想与浪漫之间，其实只隔着一首诗的距离。

很多人的心都在滴血。有的血滴下去，只能溅起魔鬼狰狞的狂笑。他的血滴下去，却能让魔鬼的笑声催开朵朵艳丽的桃花，带来春意。

因为，他的身后，只有他自己一个人的影子。而他的身后，却有无数人手挽着手肩并着肩。他的身后，只有孤寂。而他的身后，却有一片蔚蓝的天！

前者的滴叫哒，后者的滴叫沁。

如此，汪洋的诗意，满园的春色，还会远吗？

（选自《大沽河》2021年第1期）

清廉之魂（二章）

马仕安

周必大

从庐陵到庙堂。一支笔底的波澜，托举你人生的第一次跳跃。

梦着梦寐的梦，你抓一把明月清风，倦心思虑笔耕砚田的那份热望。

秉烛掩卷的日子，年复一年。

骨血晕染的一汪眷眷之情，深深地沉在心灵的书斋里，梳文栉字、浅吟低唱。

笔歌墨舞的声韵，拔节着你搴腾疯长的志向。

款款漫溯的辞藻，攀着丝丝沁人的微风，轻轻地走进帝王的梦乡。

时光荏苒，朝歌朗朗。

承蒙帝王的恩典，你将手中那支蕴含着思想的纤纤笔锋，伸进歌舞升平的月殿云堂，以意存笔先的超逸，勾勒生命勃发的意象。

笔诛墨伐的游刃有余，成竹在胸的雕章琢句，使你的聪颖、你的睿智显尽风光。

从起诏、修史，到上言、进奏，你踩着时间的影子，携着正直刚烈的秉性、鼎新革故的坦荡，沿着那一台台扶摇的碧墀步步升高。

回眸援笔而就的万千气象，你励精图治朝野的笔意更加犀利、更加纵横、更加轩昂。

强兵，你一部《诸军点试法》，道尽了躬身佑国，整肃军纪，固我国壤的痴痴情长。

富国，你居安思危，为商贸流通，惠及天下，尽心竭力，大作文章。

安民，你以民为本，减赋赈灾，不惜为天下苍生倾注一副衷肠。

修政，你不避权贵，大义凛然地将任人为贤、监考官吏刻进安邦治国的朝纲……

秉笔直书的骨力，奋勇撑起骨质疏松的宋朝。掷地有声的韵脚，笃笃地踩痛贵者的骄奢，奸佞党羽的狰狞目光。

捋着儒气超然的长须，你隐隐地感到身后有一股嚣嚣的狂潮，正迫不及待地在你笃学好古、一代翘楚的心原上，垒砌一道道羁绊的屏障。

潇潇飒飒的秋寒里，你那曾丈量江山的笔势，匡时济世的丹心，终随一纸“庆元党禁”的污名，痛苦地惜别了你为之呕心沥血、为之鞠躬尽瘁五十一载的庙堂。

庄严的权势下。

索索的影，于荡荡的淫笑中，戚戚地背着生命的余韵，郁郁地归隐故里，凄凄地守着心中那轮苍苍的太阳。

而你殚精竭虑扶佑的宋朝，终在你那一声长长的哀叹中，狼烟四起、箭镞弩张、悲歌袅袅……

于成龙

一领青衫，怀抱大器晚成的梦境。

依依抛下喊山的儿，相濡以沫的妻。凛凛肩起一纸圣意，披荆斩棘地在凄风苦雨的嘶鸣中砥砺而行。

搦着一路血色颤栗的声音，滚滚心魂，挽一身刚直不阿的正气，温润你的昂昂壮志、纠纠雄心。

置身宦海，击浪踏波的坚毅，烈烈地冲出骄横和淫逸的羁縻。

虔诚地将天理良心举过头顶，任瑟瑟流浪的寒风揭你粗布的衣、吹你萧索的影。

清操苦节的生命，瘦如一杆秀竹，节节破空的骨韵，颤颤地、颤颤地张扬着举优劾贪、宽严并济的铮铮之音。

回望故乡你远在万里，一缕苦苦的情，熬的是心血，为的是天下，想的是社稷。

苍劲的宏音，驰骤天涯。整肃纲纪的愤愤锋芒，深深地剜痛骄泰奢侈、贪欲无艺的皇亲国戚。

一生，操守廉洁，为道立命。勤政不息而恪守不渝，涤瑕荡垢的碧血丹心，拳拳地演绎你那惊动天地的浩然之气。

世事沧桑，大道无垠。无垠的大道，使你扶摇而上的精白一生，无愧朗朗乾坤、天下百姓。

倚着浩荡的皇恩，你谦谦地将天下第一廉吏的旌旗，挥舞成大清王朝一道震慑人心的风景。

从此，你的名字，宛若一阕清清的音，穿过尘世叠叠的云，在另一个昊空朝夕长鸣。

（选自《吉林散文诗》2021 年第 3、4 期合刊）

与岁月书

牧　之

1

岁月起伏的沧桑，有落红的暮春徘徊。

喊一声，逝者如斯夫！古驿道的长亭便布满了祖先匍匐的姿态。

那些坚韧与不屈随着我们的血液，在意气风发的红尘里与奔向大海的高原河一起结伴同行，等落日的光芒，举杯邀月。

岁月，一路的风霜雨雪，有祖先们悟透的红尘万卷抵达我们的心灵。而草木在暮霭中有我们的乳名在风中摇曳。于是，江湖开始悠远，红尘布满玄机。

2

岁月的窑片，有风雨雷电不断闪现。

秋的落叶，生与死都在擦肩而过。

日子的荆棘丛生里，有母亲的心急如焚，有父亲的不屈不挠。

山鹰，从我们伫立的山崖掠过。

而搬家的蚂蚁们正在长亭外古道边聆听我们祖先内心的祈祷。之后，一路沉默着前行。

远方的期许，有佛光闪现。

3

雪落的古道。

岁月的经幡布满禅机。

那些饱经风霜的古树，在我们必经的羊肠小道，在用晶莹的朝露与日暮的汗渍告诫我们，河有自己的方向，风有自己的故乡。

尘世的喧嚣，在岁月的缅怀里恍如隔世，却又让我们在不约而至的风中感悟一棵小草的沉默，一片落叶的幽深。

然后，面对雪山。

看大风起兮云飞扬。

4

月光，在树梢摇曳。

我们把红尘的悲伤交给岁月，漂泊的游子把乡愁搁浅在异乡的野渡，那八千里路的云和月，在等我们祖先灵魂的阳光洒在春风浩荡的故乡。

蓦然回首，大雁正在回乡。

一缕阳光，照着蒲公英飘飞的种子。

我们便依山而眠。

等春风来度飞扬的时光，不负年轮。

5

叩问苍茫岁月。

我们临水而坐，将心底的挣扎，灵魂的痛苦，和一朵野花的凋零一起放在湖水的涟漪之上，和岁月的挽留与叹息，等一场浩荡澎湃的暴雨汹涌而至。

然后，与岁月对峙。

在无尽的荒野里寻找自己丢失的影子，在枝叶的缝隙间，听几声鸟鸣，抚慰我们在人世间千疮百孔的灵魂。

仰看无边的苍穹。

等我们无改的乡音，弥漫着岁月的辽阔。

（选自《散文诗》2021 年第 6 期）

何吝热血洒鸳江

宋显仁

“何吝热血洒鸳江”，这是共产党人胡福田的诗句。

胡福田，他是一个“在外面做事的人”，平常回到家乡时，他总是着西装、系蝴蝶结、戴礼帽、拄拐杖，一副有钱人派头。

可家里人却抱怨他“太抠了”，而只有他自己知道，他穿得像老板是为了掩护身份，他口袋里的钱是党的经费，当然不能给家里用。

在旧桂系部队时，胡福田任过班长、排长、连长直至营长，率部起义走上革命道路后，他在西江沿岸指导工农革命运动，开展减租减息和反夺佃的斗争，如火如荼。

胡福田，一个在斗争中成长起来的人。蒋介石发动四一二反革命政变后，白色恐怖笼罩广西。“革命处于低潮，就好比稻谷入地，不久就会发芽，最终一定能结出胜利的果实。”胡福田以此发动群众，组织暴动，攻打土豪劣绅。

一个具有崇高理想和坚定信仰的人，他就会有强大的精神力量。遭叛徒出卖被捕后，胡福田坚贞不屈、视死如归，就义前，32岁的他写下了气壮山河的绝笔诗：“蒋贼害民万夫指，明知有虎此山行；母体腐烂新芽长，何吝热血洒鸳江。”

现如今的梧州市北山，树木苍翠茂盛，鸟语花香，这不老的青山一定会记得，1928年12月底，中共第六次全国代表大会代表、主席团成员胡福田，他的热血就洒于此地。

一个“富贵不能淫，贫贱不能移，威武不能屈”的大丈夫，共产党人胡福田，他的精神永远值得我们铭记和敬仰！

（选自2021年3月25日《贵港日报》）

穷和富的断想

熊元善

穷与富相互依存，有穷人就有富人。

现在的富人，大多曾经也是穷人；现在的穷人，将来有可能成为富人。

有的人很富有，他却很贫穷；有的人很贫穷，他却很富有。这里说的穷与富，是以内在的精神来界定的，是可以留存于世的！

不知哪位伤心欲绝的款爷说过："我穷的只剩下钱了。"而我却说："一个富人若富得只剩下钱了，那这个富人就真的是一个穷人了。"——这就叫人富心穷。

真正的富人，人富心富，总能做到内在与外在的谐和。真正的富人乐于帮助穷人。被帮助的穷人要力争向上，发愤成为富人，好来救济其他的穷人！富人帮助穷人越来越多，穷人就会越来越少，社会才越来越进步，人类才越来越祥和！

穷人，富人，都不是神，都很脆弱，都很渺小，犹如叶子一片，苍海一粟。穷人，富人，要聚集一处，形成熟透的秋色，形成亮丽的风景；要汇合一处，形成生活的浪头，形成奋进的海潮……

（选自 2021 年 11 月 13 日《百花洲》文学公众号）

六辑

走向未来

夏天的生长（外三章）

王芬霞

越来越近的太阳，将更多的温暖，传递给草木、花朵、庄稼。万物欣欣向荣。夏日的风，带着内心的火焰，拂去春天的娇羞和青涩。

一切都在生长。天空拥抱所有的物种。

少男少女们，换季般脱下了成长的烦恼。更多爱的火花，被太阳擦出。你的笑脸，有了向日葵的灿烂。

黑夜短暂呀！我愿在夏天的躯体上奔跑。我还将摄入更多的食物，像庄稼般拔节，不负疯长的夏天。

夏夜热辣辣的风，褪去了所有的羞涩。

浅　夏

站在浅夏的门口，我看见鸟儿在河水中嬉戏。

我的心，像鸟儿轻盈的身姿。

我不用担心，冬天冰冷的水，冻僵了它们的躯体

我看到，绿叶遮住了沉思的枝杆。一些思想的光斑，在叶子上跳跃。槐花，给浅夏涂上了一层芬芳，比春天更加丰盈的花朵，透露着温馨、明媚。

浅夏滚烫的话语，总是穿透单薄的衣物，直抵心扉。

你裙子上的花朵，迷幻了我的双眼，我分不清你和花的容颜。

在这个浅夏，我不知道，美和真理哪个更近。

铺在天上的路

铺在天上的路，没有坎坷曲折，没有带刺的荆棘。
铺在天上的路，宽广、高远。
近跨城际，远越大洋，缩短了时间，压缩了空间。

曾经，我们羡慕鸟儿的翅膀，我们想象着神仙腾云驾雾。
曾经，我们看着星空发呆。
曾经，我们只能放飞风筝。
可如今，高路入云端，银燕飞四方。

铺在天上的路，金辇开道，龙飞凤舞。仙女飞翔，衣袂飘飘。
铺在天上的路，传递着白云般的深情，太阳般的温暖。
铺在天上的路，深邃、渺远。

天上掉下来了一颗枣儿

暮春，桃花灼灼，梨花淡雅。相约在安宁仁寿山下，领略一场盛大的花事。红花似火，白花如雪。春天，以怒放的花朵和袭人的花香，作最后的告别。

坐在一棵枣树下，观花赏景，品茶茗香。突然，一颗枣子掉进了茶杯。仰头，几只麻雀在树上飞来飞去。鸟儿啄下去年遗留在树上的一颗枣，恰巧掉到了我的茶杯。这是多么偶然与巧合！须臾，再喝那一杯茶，便有了淡淡的香甜。

天上掉下来的一颗枣儿，带来了愉悦兴奋，也带来了希望和力量。

心烦时，去赏花吧。莫要错过春天的花事！无奈时，不妨品茶茗香。天上如果不会掉馅饼，也许会掉下点别的什么。

（选自2021年5月25日《兰州日报》）

清风塘（外二章）

马东旭

莺穿柳带。

牛羊著了相，只啃新鲜的青草。我读四书五经，悟做人的奥秘。有些人看不见塘中的水，只因水没有颜色。但能看见一叶扁舟轻帆卷，我确定扁舟上的老翁，不是打鱼的。因为水至清则无鱼。他在修，朱子的道；坐，陆子的禅。

能否齐家、治国、平天下，不好说。但他一定扔掉了内心的斧头和斧头帮。与清净的水同体，灵魂已被一行白鹭带上青天。天青得令人跺脚。

好像。

让他一人所拥有。三月的清风有良知，徐来。吹向一花一世界，一叶一菩提。吹向老翁归于潜默。在水中遇见真实义、一点也不虚的自己。

陈两河

人不能两次踏进同一条河流。

我把陈两河，看作浑圆的一体与天地，通达古今。以不变者而观之，人还是那个人，河还是那条河，牛羊啊还是那群牛羊。站在河畔，我极目四天垂。

一只俊鸟在夕阳外。

降伏了我的心。

它于树的枝条上晃动，枝动它不动。它修戒定慧。它看着这个颠倒的世界和耕耘的人类。似看非看。它发出清脆的鸣声，真的悦耳。我想到鸟宿池边树，老僧敲开月光下的门。那门是实实在在的门，也是空门。他合十的手掌举向眉心，举向一条河流本自清净，它顺势而为。

倘若没有挂碍。

直抵大的江河湖海。

废黄河

映着一小块夕阳在平原上守口如瓶。它曾有天地境界，远上白云间。但现在，它回到了自然境界，又细又小。

与三两棵烟树，

相伴。它是黄河的一滴好水，遗落在宁陵。它隐蔽在自身的岑寂中，岑寂而缓慢地流淌，一会儿出，一会儿没，一会儿出没无常，驱动浩浩天空。上有黄鹂发出清脆的妙音。

以好水，造好酒。名为张弓。

但不允许贪杯。以好水，泽被大地上的万物，万物皆有仁性。一条旧河，是我身体里非理性的部分。如黄淮大地捧出的一枚贝叶。闪烁着幽幽之光。

这就是慈悲。

（选自《青岛文学》2021 年第 5 期）

只有风才知道的秘密（四章）

彭云霞

从梦中醒来

不该用颤抖的双手拨开前世的弦。

不该在千年的相思渡口，等候一只总也不会到来的船。

也不该在寒冷的季节，违背时令，写下炙热的诗句。并非分生出一些幻想，仿佛游魂，又将飘荡至何处？

咀嚼着寒霜中风的苦味，渐渐从梦中醒来。我总算明白了，那个可可托海牧羊人的深情等候，终究不过是一个凄美的传说。也许多年之后，我会看着窗外的落叶，早已昨是今非。或许一切都将归于平静，日子终会变得很轻很轻……

缘　份

我用怎样的智慧，才能参透这宿命的玄机？

与你不期而遇，仿佛一种缘，丰泽了岁月，惊艳了时光。这是我的温馨港湾，一个梦中向往的地方。如今没有别离，无需逃避，只悄立在那里，不离不弃。

宛如一棵树，在黑夜里坚守，迎接黎明晶莹的露水，并努力在树下找到最后一枚果实，把它当做我内心的依托。

就站成树一样的姿态吧，兀立于天幕下，倾听远方的天籁，在温情脉脉的一刹那，已凝聚了千年光阴。

此刻，我的眼泪在空中飘落，也许只有风才知道它的秘密。

抵达一种远

自从遇见你，心即使再野，也懂得拒绝，也止不住会在刹那间想起你。

如果结局是喜，我会忍受过程中的所有苦，无论多久，我都愿意把等待变成一种姿态。

就像一个虔诚信徒珍惜我们的相聚，因为我知道，你喜欢我美丽的样子。

然而时间太快，相守太短，牵念才是永不凋零的花朵。如果日子只是时间的延宕，有何意义，只有用感恩、用激情、用爱去浇灌，才会开出美丽之花，而我，为了抵达一种远，总是竭尽所能，无怨无悔。就让爱成为一种风景吧，让美在我们心中开花结果。

我的世界很小，小得只能容纳你。我的文字没有大自然，没有人生况味，所有的风景都是你。从此，时光之外，与诗相互温暖，相互慰藉。用最近的心，感知最远的彼此，感知一种不语的默契。

雪之语

别后的目光，瘦成了两支短笛。一支将梦吹近，一支又把梦推远。而这远近之间，我知道一半是失落，一半是期盼。

那悠悠笛音，吹皱了岁月，却不曾折断幻想。今夜，我在大雪纷飞的迷茫中与你对视，恍若梦境，续写着一个又一个相遇的片段。

西风烈酒，呼应着我的孤单。而时光深处，那被泪水浸泡着的相思豆，如一幅秋日的油画，色泽浓艳，却又预示着人生无常。我就在这幅油画里细细咀嚼，一次次重复，一次次沉溺而难以自拔。

今夜，思念如雪花飘在你的城池。今夜，你我之间只有一颗心的距离。静默中，听风，沐雪，未曾泼墨，却已然成画。

今夜，雪是唯一的抒情。

（选自《牡丹》2021 年第 6 期）

一页江山

燕南飞

1

老树如手指，深深抠入石缝中。

想抠出那深藏的虫语和水声，这是我唯一的信仰，将一座山高高举起。

夕阳，仍如初见时的羞涩。

雄鹰或骏马，仍然在替我巡守领地。

这么雄壮的山脊，险些就撑不住落日的重量了，它失足跌倒，瞬间抛出自己。

2

画一根头骨。

崖上，挺拔的一棵树，坚守自己的理想。

那被放逐的猎手么，在一页江山上奔腾。如此壮士的一笔凿开了希望。

九十九匹骏马，在山谷里追赶嘶鸣，它们在寻找骑手的下落，找回被流放的自己。

3

河流的遗迹，从山谷里蜿蜒游出。干涸，是最让人心疼的涟漪。

不说话。

听流水声在岩石上控诉，一字像灰烬，一句像火焰。它用九十九道弯曲的锋芒写下：逝者如斯，一生只想带走一个匹夫突出重围。

逆流而上。

去山顶，每一块石头，每一根草木，甚至每一小块指骨，都是一片天空与大地的亲生骨肉。

一节指骨，曾执掌一页江山。

一页足够。

4

北风落地，顺手点中一截光阴的死穴。

你才能听懂它身体里的风骨被折断时的声响。

水声急，剑影就是女子皓目中的锋芒，是桃花盛开时的香，是一只野鸟横空出世，劫走桀骜不驯的硝烟和月亮。

抵挡苦寒者，身体里都藏着一团火焰。

弹一曲东风饮马，待我归来时，会还你半世辽阔。

（选自《星星》下旬刊 2021 年第 5 期）

闪电向大地献出不朽的玫瑰（外一章）

杨　东

我是另外一个我。

始终保持对一切温暖的钟爱。而我偏执于在渐起的光明中，努力融化慢慢消失的寒凉。

学会了从稼禾，从草木中倾听大地的掌声与夜晚的私语。而我却从一江春水中嗅到了澎湃。

但我仍是另一个我。

继续爱着。

昨日融化的挽歌与颂词，既不短暂也非永恒。

无常中，总有不谙世事的人，以不变之姿，爱我，爱我们，也爱世间所有黑白分明的人。

此刻电闪雷鸣，行人隐迹。

庭院里荡起美。一支支闪电向大地献出不朽的玫瑰。

大雨倾盆，在它愿与不愿的相逢之地。像被时间反复叩问。

不断被接受，被认领，被否定与肯定。

明天，一个平常的日子，或许仍有回忆和悲伤，有更多的欢笑和热泪。

但一定有我——

怀揣信仰与执念，如阳光挥动华美的丝绸，向我们致意。

此刻，雨停了。只剩玫瑰绽放的声音。

只剩不断耀起的闪电，照耀更加晶莹的大地——

我仍将回到我们之间。

雨中安放的翅膀

大雨有滂沱之势。

风声雨声草木声，稻花香里隐去的虫鸣声，小儿朗朗的读书声，它们悄然出离于虚构。

一切都不是坏消息。一场雨，带给怀揣念想的人感动。

我也乐意接受风雨的教诲，用浩荡辞海洗净原本不多的虚名。

仅剩的荣辱也如淡淡的尘埃，发出萤火一样的光明。

更多沉默的人突然苏醒，说出取悦世界的语言。

幸免遇难的蚂蚁经受了审判，而我已习以为常，用一滴雨修葺自身。

看起来，我好像拥有了一双雨中随处安放的翅膀。

（选自《星星散文诗》2021 年第 10 期）

万物在诗中流淌（三章）

紫藤晴儿

雪

它白过了光阴的苍茫，像一个字符落下来。崭新于事物的外壳，你也需要腾出一颗虚无的心。喜欢看一场雪的铺天盖地，它不会偏爱于谁，也不会孤立谁，像神赐予的天空，它平分给每一个人。虚无之中，你可以在大雪中朝很久的那个自我走来，也可以从身体中出走，用灵魂说话，去爱一个人，想一个人，风花雪月都在其中。

雪的尺度从内心罗列，就像一枚月光呼应着爱意，血液里流淌着暖，洁白于心的也会永恒在生命之中，我爱那些轻如雪花的力量，仿佛只用那些轻便可以击打着某种停滞。闪电般的凉意划过皮肤，我有收缩的感官，爱同样激荡着一个冬天的茫茫，我在雪中任性着，找不到答案的时候，一片雪花也会成一个遥远的远方。

雪的埋伏卷轴着一个冬天的长卷，读它的时候要怀抱着一个春天的山水，一如站在冬天的风口想着春天。什么时候雪越下越大了呢。世界在雪片上推移着，我也会靠着那些洁白站在风中。什么话也不说，好像只有爱情才可以让我开口。

雪在下，世界和我美好如初，安静如初。

野　草

枯萎之中它们好像没有了颜色，或者那些苦败的黄不是它们本身的颜色。

被时间践踏着，它有柔软的草叶，弯下去的柔软又会再弹了起来。贴着大地生长，风吹不动它的安静，安静得仿佛一切都不存在。我不知道它们的种子和根哪一个会先抵达真理，同样的静，同样的安慰，它们活得更为简单，像某种光落在了心底。也落在纸页上。大地上的野草一片汪洋的时候我也会把它们当成了海。用安静制造着风暴，只是草叶向着一边倾倒，而后又会再转向另一边。它们的静也会留在内心的空旷处。

“大地飞快的云朵，只是经过”，或许仅用这些静足以寻找到喧嚣之外的经文，和一片野草站在一起，或是匍匐在一起，我能想起的是什么呢？我忘记的又是什么呢？光阴之中编织的辉煌又属于什么呢？

如果我学着向一片野草低头认罪，我的情怀似乎也会是野草的部分，刀割着草叶流汁液不说出疼，被诋毁的根须也不会说那是妄图。沉默着活着，滋长于时间。

野草葳蕤，像我的诗由我到它。由它到我却从不荒废。

一只喜鹊

它嘴里衔着一根细小的枝条穿过我的头顶，它微小的轻像一个字符在飞。

看不清它的眼睛，也看不清它羽毛的光亮，仿佛它是先前看见过的某一只。从那棵树到这棵树，从那个巢到这个巢。它在高处，我有无法靠近的距离。它把那细小的枝条轻放在那已经成型的巢上。时间搭建有不被摧毁的建筑，而我看着那些静，无法仿效的安宁。

会让我有了一些羞怯之心。

风雨和雷霆摇曳着它的安静，暴风雪击打着它的安静。这在枝杈上的屋顶仿佛得到了神一般的祷告。我无法与一只喜鹊交换语言，也无法同它抬起一根树枝，去平衡人间得失。什么样的尾巴又似乎从我的身体中划过一般，那样的轻足以让我流泪的，像抚慰了那些隐藏的疤痕，有了缓缓的暖意仅仅因为触碰了那些羽毛。它又从它的巢中飞向了远处，去觅食还是去重新寻找一些枝条。还是它鸣叫着它的明快，以一种光线迎接着我的灰暗，提取我所有的不快。我是那么愿意跟随着它，直到它消失在眼眶之外。我可以等它飞回来，也可以仿效着它的翅膀，用那些轻扶起灵魂。

我还是站在街角看它如何再飞回来，像一种祈祷，为我呼风唤雨，而那仅仅是一种心境。退回世俗，我也可以完全拥有它。

（选自《大沽河》2021 年第 1 期）

飞鸿雪泥（节选）

李崇虎

1

与己对视，寂然无声；

得鱼忘筌，谁与尽言。

2

是来自失乐园的歌声吗——音乐。

从高远的天宇流来，淹没你心里心外的所有空间。

有些幽怨，但不绝望；游丝一样的轻唱，穿透了聆听的心。

记忆深处，那些睡着了的往昔被轻声唤起，那些人，那些事，便从遥远的地方走来，向遥远的地方走去。背影最终消散在天边最后一抹暮色里，泪水就这么不知缘由地突然流下……

3

笑声，跳跃在墨色的羽翼上。

宁静的壳被打开，逃出的精灵们，翅膀碰响了一串梦，涟漪在暗夜里荡漾。你的叹息，在何处激起了回音？

黎明来临，蝶儿栖息。

是什么从眼中流下？你只说，这个春天有点冷。

4

春晨，风很凉。潮声驱赶着金色的细浪，涌向远方的泊船。沙滩上没一个脚印，踩上去，有一丝怯意，如同害怕弄皱了洁白的丝质床单，害怕撕碎了带水的粉色花瓣。

5

这样独舞着，无语。

观者雷动。你，无语独舞。

在期待吗？那一双手，拍出最干净的节拍，轻松应和了你心灵深藏的韵律。

8

时过境迁，时空流转，有些人和事已经在记忆中抽象为符号。隔日再见，依然因当初的深刻而无法更改！

10

洞见，不是分析缘由，不是揭示规则，而是如掌上观纹般整体呈现。你必须摒弃所有立场，才能获得这种洞见的能力。

这是一种极大的简化与还原。

（选自《星星散文诗》2021年第8期）

歌声中的格萨尔王

杨剑文

歌声响起。

一个男人苍凉、雄浑的声音响起！像一支箭，射穿幕布——远古的云彩降落下来，在舞台上弥漫开来一种雄性的传奇，

光芒四射！

格萨尔王走来……

“手心里蜿蜒着生命的沧桑，脊梁上镌刻着男儿的梦想，雪域英雄格萨尔，你的风采撩动着谁的帐房？马蹄激荡，山河歌唱，唐古拉风暴卷走多少悲壮……”

在歌声的混音里，仿若有：

有马蹄踩踏草原的声音，

有刀剑咬紧刀剑的声音，

有酒杯碰撞酒杯的声音，

有颂词叠加颂词的声音，

有火焰烧透土地的声音，有种子长成草海的声音，有鼓声、号声、呐喊声、欢呼声编织在一起的声音……

在歌声中，格萨尔王浮现：在马背上端坐，在群山间穿行，在城堡上瞭望，在征伐途中凝视即将收获的土地……从歌声中走来的格萨尔王，有银子的光芒，有雪山的气度，

“……热血汉子依旧把你神往，你是灵魂呼啸的力量，你是云彩羽化的光芒，你是格萨尔，我的王。你是格萨尔，我的王。”

从这一片土地中走过的格萨尔王，一直在歌声中“活着”。

“手心里蜿蜒着生命的沧桑，脊梁上镌刻着男儿的梦想，雪域英雄格萨尔，你的风采撩动着谁的帐房？岁月悠扬，寂寞芬芳，青海湖眼泪冰封多少惆怅……”

歌声飙高！

此刻，一段雄浑的声线着重描述出格萨尔王雄壮的生命！歌声高了，王的身影近了，王的面孔近了，

格萨尔王从传说中走出来……来到舞台，来到草原，

来到马奶酒浇灌格桑花的地方，来到青稞酒浸泡虫草的地方，来到酥油灯照亮夜空的地方，来到歌声唱颂英雄的地方，

一首雄浑的歌声，带着我们见到格萨尔王。

“……痴情姑娘还在为你梳妆。你是灵魂呼啸的力量，你是云彩羽化的光芒，你是格萨尔，我的王。你是格萨尔，我的王。”

从歌声中走出来的格萨尔王，在这片土地上正以另一种生命的方式“活着”。

歌声飘远，舞台上降落的云彩飘远，

歌声似一支响箭，格萨尔王的身影在响箭的余音里渐渐远去，一段雄浑的传奇渐渐飘远，

幕布落下，歌声停止！

格萨尔王的背影，飞升而起，飞升而上，渐渐成为一颗星，一粒火，在天空中，在大地上，在心扉间，用千年传奇养育着一片温暖的春！

（选自《散文诗》青春版 2021 年第 11 期）

马唐草（外一章）

林进挺

遍地丛生的草，是田野上最撒野的名字。马唐草，除不尽，烧不尽，任随践踏，任随刀割镰锄，长满了田坝、路旁、水边。

只有在地里的时候，马唐草才被耕种人连根拔起，穷追不舍。

马唐草，还是大水牛最喜欢的食物，随处可见慢行的水牛，悠然啃着马唐草，一副惬意的模样。

青青的野草，谁也不知道还有这么文雅的名字呢？

马唐草，旺盛的生命力和翠绿的姿态，像是一个个调皮的野孩子，滚动在田野里。

竹　林

曲径通幽处，竹林高高地撑起一片别样的风景。

柔软的泥土，滋生着修长的翠竹。那一支一支青竹仿佛是大地瘦削的毛笔，在天空中挥毫着洒脱灵动的书法。瘦骨伶仃的命运，却有大写的力量。

春风拂面，也拂竹林。一阵阵“哗哗”声，如奏起一支清扬的歌谣，吹向耳畔，也吹向远方。

竹林啊，隐约着婆娑的姿态，传说着多少动人的故事，见证了乡下的生活。

（选自《星星·散文诗》2021 年第 5 期）

一双棉手套（外二章）

司　念

父亲布满老茧的手粗糙不堪，它们出现在深井下、矿区上，出现在清晨的垃圾桶边，傍晚的马路灰尘中。

它们扛起过患病的老头，抚摸过儿女的额头，也羞涩地搂过妻子的肩头。有时静默、有时欢乐，风雨滴落在这一双粗大的手中，掌心纹路纵横，是每一个起落的刻痕。

我想给这双手戴上棉手套，保暖它，温存它，呵护它，蕴蓄力量。和大树相比，它们是如此渺小，托起的却是整个家庭的梦。有了梦，你的嘴角挂满枝头。

都说岁月从不败美人，我说岁月也不败英雄。天地之间，英气最逼人。我看到辽阔的草原上，打马而来的少年器宇轩昂，英姿勃发正走向一条做父亲的路。眉宇间透出英气，洛桑花摇曳在风中。

我织了一双棉手套，套住这天地间的英气，把理想笼罩在每一个家中。这样，谁也夺不走雄伟气概，做的都是壮志的梦。

壮志难酬的时候，不妨织一双手套，献给最敬畏的人。

祭　祖

油茶和杜鹃覆盖黄土时，你又老了一岁。

每当我看见松针，就响起父辈犁地的样子。他们把背朝向夕阳，把牛赶往朝阳。一起一落之间，沐浴雨露和阳光的洗礼。结实的肩膀，是劳动赐予的恩典。

大地内部的变化与我们身体中的意志契合，松柏常绿，千年的场景定格，往昔如梦，尽在眼前。

这片土地生长着棉花，温暖悲凉之心。一颗颗棉桃挂在枝丫，清脆碧绿，像一个个野果，给奔走之人止渴。有了棉桃，我有信心挨过严冬。褴褛的乞丐也将被棉布遮盖。

麦子收割在秋天，庄稼地凹凸不平，麦茬参差，母亲弯下腰，捡拾丢落的麦粒，不给冬天遗留问题。大雪覆盖以前，她把麦秸秆烧好，粉末洒向麦垄，期待一起挺过严冬。她把麦粒磨碎，酿成黄酒，给父亲斟上一年的祝福。她把麦穗砍断，喂给猪牛，也为它们送上辛劳的安慰。

麦子弯下腰，母亲和父亲也弯了腰，最后趴在一辈子耕种的土地上。

炊烟升起的时候，我开始流泪。他们和热爱的土地融合在一起。

油茶作为新的物质被这里接纳，杜鹃不再只开在山野，她们成为新时期的网红产品。

复　活

冰霜把天下至毒冷冻起来，冬天是一座显微镜，持续观察病菌组合的序列。它们一旦固化，世界凝结成晶。

天愈加严寒，进入三九后，人们把灶膛填满，把炉火点亮，互相搓手问候。

你说，只有冬天的心才是跳动的，咚咚咚，令人发热。当你提起冬天的运动，广场舞就密闭在格子间。如此静默的跳跃，只为与死亡斗舞，一较高低。

我看到一群太空人奔走在方舱中，拯救地球的外星人包裹严实，用他们独有的语言互动对话，机械的舞步没有节奏，把心脏的跳动同步在呼吸机屏幕。

曾经不爱运动的人此时把春天浇在嘴里，把清晨的光线当成跳绳，在亿万地球人的注视下跳了又跳。

生命就是这样纵身一跃，向死而生。

宇宙之间立着一群发光的生物，隔离一切有机物，让病毒无处附着。

（选自《延河》下半月刊 2021 年第 3 期）

柳树：狙击手（外一章）

雷黑子

没有比铜瓦厢的柳树，更温柔的树了。

它可以为任何一朵浪花弯腰，也可以向任何一波急流低头，甚至五体投地，只要洪水肯守规矩，老老实实地卧在河堤下，玩耍也好，睡觉也罢。

秋天里的柳树，是洪水最怕遭遇的狙击手，因柔顺而缠绕，因缠绕而密集，因密集而滴水不漏。

冬天里的柳树，是假日休闲的少女，穿着冰做的衣裳，闪着七彩光，和腊梅争奇斗艳。

春天里的柳树最贤惠，把一年里储蓄的最温存的心思，全都做成了柳椹，盛上铜瓦厢贵客的盘盏。

吃不完的，就打包装进体贴的柳絮。

让乘坐着风的絮，把铜瓦厢的偈子，带到你想不到的远方。

整整一个暮春，柳树都在夜以继日地忙碌着，吐露着铜瓦湖的心声，罄倒着黄河流逝的潋滟，给铜瓦厢的万里沙滩，披上了盈盈白纱，憋着气，捕捉着沙粒的魂灵，与千年前沉在河底的柳木船对话，相互谅解着风和日丽。

也许只有在唇齿间复活的柳椹，才看得到。

那些阴影，不过是阳光深思后，宽厚地捡起的人性背面。

虽然铜瓦厢的名字，被历史这块橡皮悄悄从地图上擦去，但是温顺的柳树一直厮守着铜瓦厢，没离开过这块伤痕累累的土地一步，和铜瓦厢的儿女们一起，用柔韧的性格和刚强的汗水，重铸着铜瓦厢的传奇。

楝树：捡落日

楝树来到铜瓦厢的时候，身上披着黑夜皴裂后的感叹。

每一株楝树苗，都保持着老鸹的体温；每一个良宵，都被老鸹衔走过；每一个清晨，都在鸹叫里诞生。

二十四番花信风，最后一位在铜瓦厢出场的，是楝花姑娘。

楝花姑娘在谷雨中悄然而至，为楝树洗去满身的委屈，涂染着素雅的淡紫裙裾。

如果楝树愿意和紫色烟花，深入浅出地交谈一次，璀璨肯定会珍惜，坐落到枝头的新月。

夕阳哪怕是回头望上一望，也不会与新月擦肩而过。虽然只是蓦然的回首，再深厚的文明，也会感动得通透起来。透过瘟疫燃烧过的荒漠，在大河之湾，人心的缺口，种植一颗楝楝豆钢做的骨壳。

把童年里赢得的楝楝豆，都弹到黄河的西岸，弹成最害羞的夕阳。

让穿着楝花裙的小揪揪，每晚都能把落日捡满篮筐。

把那些头脑长癣的日头，都放进楝树的树荫里，涂一涂楝树亲手熬制的楝花膏，清醒成光洁的月亮。

把羞怯的楝花香托付给风口，脆薄的风声，都会被滋养得铜哨一样硬朗，就连树荫里小黄狗乘凉的呼噜声，都变得绵香流畅。

（选自《星星》下旬刊 2021 年第 1 期）

豌豆花开（外一章）

邱　伟

一朵油纸伞上的湘绣，原来，生长在这里。众多故事或传奇的原发地，像桃花，开着。

豌豆般乖巧的少女，在花前。以及，许多的少女心事，羞怯着的雨丝。

整个春天，在她眼中。人与人，人与花，遭遇了霏霏细雨，便有了水灵灵的欢喜。

钟声响了。流水间，客船关停。

到岸上，用心，捏一只白蝶，然后，回家。

豌豆花开。一边为大地画好淡妆，一边放飞相遇的美好。

梧桐花

真想告诉你，遇见时，发生的一切。

那时，月静，风轻。

多少年，风轻雨急。千山万水间，蓦然回首，春光已然流逝。

在飞虹池街 31 号，月在高处，我们在月下。其时，这个世界，正被一件旧事，感动着。

树下驻足的蝶，收敛翅膀。

爱与被爱，抑或，正是两只越飞越远的鸟……

（选自《大沽河》2021 年第 2 期）

湛卢，淬火的铁锈（外一章）

转　角

月圆之夜。

干净，不沾染一丝恶习的纯洁之物在大庭广众之下自行游走。

为配得上主人，她使命地完成历史与存在的对峙；她在淬火的缝隙里笃定对纯度的超越。在她面前，即使王者，也将退让三步。

丑了那么多年，凌空破浪的雪花借助飞翔的弧度攀上崖顶；为使决心坚如磐石，她要继续丑下去！

贪得无厌者在梦里咬牙切齿，面目可憎的人确曾高估了自己的韧性，即使寒光践踏勾践卧薪尝胆的一十六年，智者依然相拥远眺……

被大雪遮蔽的现实愈发不可收拾了。

相比之下，超乎想象的时间可否予未来以美好的愿景？而今日的见证者是缄默呢，还是该豢养赞美与同情？

站在近处，一阵风吹出潮声。在某个特定条件下，她，或可重见天日——

一块斑驳、锈蚀、褐绿的铮铮铁骨！

雪地葵花

名字被割舍，而另一种惯犯伪装成我衰老的体态。

他用什么利器把黑暗削减成葵花的茎，空空的，空空的茎管里注入我的血液，让我四处流浪。

万籁无声，唯生命在此，无言。

一只大翅野鸟坐在叶片上听风与白土缠绵。

滞留的雪一不小心又把我遗忘。

我已故的爱啊——

依偎在黎明的头顶投注下曙色。火烧云奔走相告，大地已返还给我晦暗的心灵，或者一些不可抗拒的力量。

我就是那远方最幸福的葵花。

立在雪地，阳光里。

然后，一座玄妙的寺院开出亿万朵洁白的莲花，我奔突其中。

耀眼而明媚。这湛清的金色用庄重惩罚我的视线，这绯闻的缔造者掠走我的十月，我的蓝天，我疼痛的黄昏，及苍茫的一切……

越来越安宁。

（选自《六盘山》2021 年第 6 期）

白月吟（外一章）

侯乃琦

窗外，风穿过紫竹林和路人的裙边。心爱的夜褪下春花秋月的壳，变成一个念头。怀旧火柴是小小的指挥家，安抚寂静笙歌。谁的墨，变成浪漫的湖？透明如纸钻进薄薄的空调被。

明月下，白马依然，踏过姑娘的梦，在她老去前，不停奔跑。更多时候，眼前没有泥土的痕迹，一排排鹅卵石铺陈开来。目光叹息，疲惫的想象趴在桌上，相机拍下她的头发和一株绣球。夏天溶化，像一份热巧克力。白衣，我此生注定为你写诗。如果一个字是一种使命，咖啡已满，夜已续航。

寄　秋

九月，万物轻颓。白色幻想，如果岁月折返，回到这宫殿，这扇门，敞开心扉，进入里尔克的秋日。一卷胶片，留下缪斯经过纸上的痕迹。路人瞬间变成故旧。

树叶藏着深邃哲思，吹向未来的风，也吹向一尾鱼。小草生长民主湖畔，小提琴寂静。我手边是你赠予的种子，玻璃球开花在心房窗台，你是守望者，季节咏叹田野不枯，天空单薄，披上外套和古老灵魂。黄橙橙的月亮，像孩子踢飞的皮球。

（选自《扬子江诗刊》2021 年第 2 期）

赤壁幽谷的守卫者（外一章）

李维宇

旧年的人与事，再也不会站出来。

只有风，轮回而来，吹着曾经的山谷和草原。

赤壁幽谷，站成与风合谋的石头。

赭红色的沙砾岩，经历了怎样的沧桑？用血色弥盖细小的忍痛。

刀锋一般指向天空，却不索取。

活成流逝里的丰碑，不为纪念，只为坚持。

即将落下去的夕阳，用通体的红远远地呼应着万仞绝壁。落日也有沉默的时刻，它将话语权交给幽谷中的山石。作为一种开始，延续落日的转身。

呼应一种不朽，从不消失的石头，顶着蓝天，同在。

无人知道它内心的波澜，但潮红的躯体，出卖了它的羞涩。

守候亲人一般守候着山谷。或许，是在召唤远方的疲惫吧，让他们来这里歇一歇，敞开久不打开的心扉，说与石头。

最好的听者，只管倾听，不插话，沉默才是最好的抚慰。

一块岩石的硬能换得多少柔软的交付？那些不远万里而来的人，该怎样面对这古老的馈赠？

石头不会告诉我们答案。

石头也只是石头。

七月的萱草花开了，热烈而执着。格桑花也开了，向上的杯盏，装满星辰。

所有花朵都有草一样的身段，柔软，无忧。与不肯弯折的石头形成互补。

守着石头的僧人，慢慢变成石头。脚下的草叶，每一片都是一卷经书。

有缘人会听到一字一字的诵读，清晰如木鱼敲打，字字入心，星空般，明净与辽阔。

把星辰送给冶海

冶海是最好的倾听者。

它有巨大的怀抱，不管你信不信，它能收容你所有的悲欣。

冶海不是海，只是一面湖，倒映着山和岸上的面孔。

冶海治好了向它问医的人，把辽阔送给他，把摇荡也送给他，愿他内心也有一面湖，如镜子，观照自己，反省自己。

到了冶海，会知道日子的深浅。

雨来的时候，万千水滴敲醒沉睡的湖面，水位上涨，正如我们越来越深的日子。

成为琐碎日子里的突围者，唤醒庸常。

再深的日子，也要将吃水线握在自己手中。

起身赶赴一场邀约，重新与自己握手，重新认识那个叫作“我”的知己。

一面湖水，让我们感受潮湿的身体，然后才是内心。

一面湖水的深度，不只有鱼和船知道。一面湖水最好的知音是环绕它的山，和山上手握经筒的转山人。

让湖水替我们行走，让鱼游到陆地。互换身份，是一种沉溺。

我们化身为水，坐拥一群山峰，和一群倒映的脸。

一轮明月抱在怀中，一轮圆月是我们小小的梦想。

还日子一片湖水的平静与包容。
还我们自己每天的行走。
黄昏滑入水面，步入水的深处，完成我们未竟的心事——

把星辰送给治海。
把天空送给群山。
把你送给你。

（选自《星星》下旬刊 2021 年第 11 期）

下雨贴（外一章）

龙　少

这不是雨声，是欲言又止的沉默，是沉默放在手掌，又轻轻拍打的回响。

忍冬和月季不会在意这声响将惊扰谁的梦境，也不必知道鸢尾和蔷薇，哪一个最先得到春天的眷顾。此刻，雨落得正紧，而房间安静，一些词语顺着雨声滴落下来，像灯光翻过了暗夜的拱门。

“一个人在后半生接受贫困和疾病”，也容易在雨天感受单薄和困惑，你有悲伤可蹉跎光阴，却没有太多光阴可释放悲伤。日子深了同样让人徒增烦恼，猫在沙发上伸懒腰，旧衣物按时回到了衣帽架上，一切日常简单到极致，而墙角的光亮，正好落在一大束刚刚绽放的百合花上。

假如一天的完整性就是，从上一滴雨水里走出来，再回到下一滴雨水里去。你低头寻找的时间，是不是已在屋后的山坡上，长满了青苔。

成年之后的春天

春天的文字从窗外的曦光返回，轻易就获取了属于我的，整个清晨的记忆。

我不擅长提前为某个片段，列好定义，只在有限的时间里，为自己的生活和文字排列秩序，并将它们搬运到我喜欢的星际，现在是桃花娇艳的时节，而凋落后的杏花刚刚好地铺满了草坪。这让我想起悲痛的终点，也许是某个事物完美的开场白。

我不喜欢成年之后的春天，也不喜欢生活给季节强加的幻想，当鸟鸣将早晨的光线变得柔和，风正好为一树花开，做足恰到好处的铺垫。我多想那阵鸟鸣，能够持续的，在每个清晨光顾我的窗前，那羽毛般轻轻飒飒的风，也再多驻足一会，最好再有点薄雾，淡青色的，袅袅地奔跑在院外的田地里。光照过来，朦胧的，婉约的美，浩大而平和，从河流到屋檐，安详地洒下。

如果昨日有雨水降临，我还希望看见，碧绿碧绿的麦田，掀起裸露的水滴，饱满而新鲜，像你，深爱过的慈悲心。

（选自《星星》下旬刊 2021 年第 3 期）

无影灯（外一章）

马雪花

夜幕低垂，柔软的黑渗入模糊的边界。黑暗之外，清冷覆盖温热，春寒与秋凉快速漫卷，于无声处散落人间的白雪。

变异的谎言，暴露在雪夜里。那些失去良善的水分子被理性剔除，像一朵迷失春天的花朵，慢慢与花瓣告别。

男或者女，只是命定的符号。真正流落人间的只是一个异物，或者是一条早已熟稔我们五脏六腑的通道。

恶性的恶和良性的良已经替代了我们。

白的雪散落人间。纷纷的白溶于呼吸，溶于血液，溶于滞留白日末梢的麻醉剂中。

春天依旧呈现暖意，时间被切割，铺天盖地的疼痛被时间隐匿，与时间一起消失。

阑尾，自卑又自信，虚虚实实地游走在肠管盲端。最终，在手术刀的利刃上沦陷四肢。

无法复述每一个章节。平静的光影下，我们只愿意做自己的无影灯。

那扇门开启，我们进入。时间以分秒计算，肌肤被光影分解。之后，我们脱胎换骨，在肉身的光芒里返回肉身。

处　方

白色的疆域，边际线不断延伸，不同姓氏的基因密码或彼此相认，或擦肩而过，或互为仇敌。

旧日的风始终懂得温热寒凉。那些来自山间的草色，早已立于窗下，执守风中，呈现君臣佐使的扮相。

分秒变换，草香与墨香相互成全。追随一支笔的脚步穿过字符的禁锢，协调五脏六腑的表里阴阳。

纸短情长，我们内心的秘道是堡垒也是软肋。每一个病症都是隐匿的叛逆者，需要用药液的性味调和。

呼吸滑过肺泡，微咸的韵味里抵御病魔的利剑。四时五味酸甜苦辣，再回头，轻与重，冷与暖，渐渐褪祛原初的罪恶与凶险。

血液的河流润养我们的肉身。

发烧，咳嗽，只是时间长河里微小的旋涡。

北风猎猎，指腹点醒脉搏，辨别各种情绪的来龙去脉。笔尖粉碎复杂的符号与曲线，剔除裹胁肉体的毒素，消除疼痛为我们预设的警戒线。

（选自《星星散文诗》2021 年第 8 期）

无名的狂欢（外一章）

田凌云

生灵之狂欢象征未突破的自我——

声音似纷飞的落叶，又被一场又一场大风从峡谷里捞出来，再次旋转成一种崭新的声音。

时间在科技的前行中拽着精神倒退，无数双手从屏幕里伸出来，抓到这里、那里，哭泣的、微笑的你脸上，但没有摧毁的力量，自我的坚强是唯一的答案，人之所说皆困于人之所见，智慧在沉默中沉默，在天空中喝着云朵的茶盏发出上帝般的雷霆之声。

人间与天空有着永恒的距离……

考虑到人类的承受力，一条龙不能在人间轻易现身，在此之前，人人都有成龙的可能，但未经过任何合理的检验，像最好的现实都在最温柔的梦中，最好的玫瑰都开在思维的角落，隐秘地公开于有限的群众。

今日之关键词会成为明日之咒语，愚蠢和智慧都像酒一般发酵着，空中的楼梯断裂是一种无人言说的规矩，部分人提前坚固了它，部分人大意地滑下了它用时间酝酿的阴谋，再一次回到一贫如洗的白我中。

但那是财富，巨大的只为森林之流水知，只为伟大的无欲知。

等待的火苗

脆弱的希望在原地拉响微弱的呼救，等待一些细小的温暖蜻蜓般落在“我”心的湖面。

时光飞快如衰老的皱纹，孩子长成大人，社会在同一双眼睛当中经历了巨变，在午夜惊扰着某些思考者的梦，给他们安慰又给他们挑战。

远方的信息不断弹送到心灵的深处，途中又被某些法网所过滤成简单的黑白物质，去往名为“逝去”和“未来”的两间屋子，在“逝去”中关闭信念，在“未来”中点燃照彻未来的火炬，令身心都感到温暖。

记忆像一场场真实的梦，善良是最后让它不被摧毁的理由。

为此我答应所有善良正直的朋友，永远不让你们的期待在我这里轻易落空——

不处顺境的年轻人，愁苦分散在四面八方，在午夜给我打来急需温度的电话，我温柔地抚摸他们成长路上的伤口和那惹人怜爱的迷茫，给他们一些最基本的力量。

要相信：光明或许就在一件事后、一刻思后、一个短暂的沉默后。

等待着所有探索当中的年轻人去随时捕捉它，摔倒不过是一种自我幻觉。

（选自《十月》2021 年第 4 期）

寂静之书（外一章）

王彤乐

在很深的林间，一种忧郁困于其中。

小说的下一章，故事会如何发生？迷迭香的气息环绕着我们。

记不记得我？我是你蓝色的笔杆，是你陈旧的信纸。他们催你交稿，催你评论无聊的时事。而我催你爱我。

你塑造少女的日子里，我翻遍书房所有的书。你也爱过无以计数的人，那些少女变成长颈鹿终日啃食城市的树叶，我或许是其中之一？

不重要了。想摸摸你的扎胡子，想穿你穿旧的短袖。

窗外是一场寂静的大火，你写寂静的书。我坐在你的书桌上，寂静如四月的一场风。

摇滚歌手

“所以暂时将你眼睛闭了起来，黑暗之中漂浮我的期待”。

我在台下看你。嘿，最酷的男孩。

那使你深不见底的是什么？睫毛上落的光？金属耳环？脏辫？或者只是童年小镇里的萤火虫？尾翼带着黄，我以此而燃烧这一生。

想要在架子鼓前敲击出你的旋律，一些光怦然落下。人群接连走散，你唱歌给我一个人听。我的帽子被风吹掉了，我的心脏跳得好快。

贝斯声，机车声，摔吉他的声音……遥远而模糊的梦境里你背光而行。

在我诗意的彼岸，舞台上的灯光渐渐黯去。

（选自《星星》下旬刊2021年第8期）

小雪，小雪

肖雪莲

1

小雪，小雪，一整夜我都穿行在你的白中。

我用一个名字来医治我的漫漫长夜，我的失眠、偏头疼。

小雪，小雪，一整夜我都在嗅闻你发辫。你用清凉又温柔的气息喂养我。

像我初爱的人那样。

2

倘若，一朵雪误落南方，便将继续在无尽的大地上流浪。

在昏暗的灯下读诗。

在长长的小径上徘徊，而细雨纷飞。落叶潇潇。

3

谁将听见并回答我，一个农夫的女儿，因为种族遗下的天性、基因和血液而发出的喃喃吁告。

小雪，小雪，你说出的农谚、箴言还在麦地里传唱么？你发出的耕作指令，还在被农人们准确无误地执行么。

小雪，小雪，谁给你取了个如此好听的名字。

又把你写进祖传的农典，是那些睡进麦田的农夫吗？

当他们睡进永恒村庄的麦田，谁来继承他们古老而光荣的事业。

那些生锈的犁铧、镰刀、锄具吗？

那些散落在南方潮湿工棚里的农人子孙吗？

4

小雪，小雪，你收走河床最后一滴泪水。

又赐予她们来年的幸福和期盼。

你取走恋人的爱情，却又令他们因寒冷而不得不挤在同一张床上。

小雪，小雪，你整夜整夜疾走在南方和北方。

你有多温柔，就有多残忍。

5

小雪，小雪，你猜今天哪个友人会来造访我们。

如果陶潜来，我们便去东篱的崆峒山，折柳，采菊，顺便开僻一块菜园子：种青菜，种豆荚。

草盛豆苗稀不要紧，快活自在，便好。向晚，咱们便荷锄归家。不吃茶，只吃酒：佐以一枚月亮、五棵柳、七朵菊花。

如果是子瞻来，我们便去江堤，看水，看云，看雨水漫过草坡，看飞鸟踏过雪地。

再选一块向阳的坡地：夏天种稻，冬天种麦。收成好坏不要紧。只要我们可以用诗歌和流水养活自己。

如果没有人来。

咱们便邀来自己的影子，就着这一江寒流，

饮尽这千岁忧。

（选自《星星》下旬刊 2021 年第 3 期）

途经理塘：最美好的遇见（外一章）

许小婷

无论去稻城亚丁或者走 318 川藏线去拉萨，绕不开理塘。

三月的风渐渐点亮毛垭草原的春天。每一株泛青的草叶上，都有牛马嘶鸣的回音。

地阔天高，白云变幻着花样在蓝天奔跑，牛羊偶尔抬起头，望一眼天空，洁白的乳汁便从体内流淌出来。

无量河的脉络趟过毛垭草原流向远方，水流经的地方便有了生命的色彩，一条条河流似彩带，在草原轻轻一挥，春天的草原，碧草连天，骏马，牦牛，绵羊，鲜花，醉了游人。

山海盛宴、日照金山、雪山倒影、河流舒展……自然赋予的奇观，天地调制的色彩，将理塘绘成美妙的画卷。

一只白鹤飞过，缝补了此生的沧桑，将所有的祈盼写在天空。

没有刻意，一次经过，便是最美好的遇见。

在理塘，不要云梯，抬脚便是天堂。

稻城亚丁：生命的亮光

一场雪，又一场雪，落在海拔五千多米的山峰。岁月打造的亚丁，仿佛一抹生命的亮光。从水的世界到雪的世界，晶莹的不止是山。

珍珠海、牛奶海、五色海、三座神山，从洛绒牛场的木栈道开始起步。栈道一侧是清澈见底的溪水和各种水生植物，溪流似玉带系在渐渐泛青的草甸上，轻盈、妩媚。

从洛绒牛场徒步到五色海，单程约五公里，走过木栈道便是沙石路。沿着雪山融化形成的溪流溯流而上。望一眼来时的路，许多山峰已在脚下，许多弯路抛在身后。

每一次的停留积蓄更多能量，每一次的驻足认识更纯粹的自己。

几只鹰从头顶掠过，拔起山的高度。

在缺氧、风暴中登高，就像在最艰难的人生路上行走。即便摇摇晃晃，趔趔趄趄，一生经历的风攒起来似乎也没有亚丁的这场风强劲。

三足鼎立的北峰、南峰、东峰，托起我的仰望。离我最远的地方是亚丁，离我最近的地方也是亚丁。

亚丁于世人，恍如一个梦想。

（选自《星星》下旬刊 2021 年第 10 期）

江城落日

秦国珍

金色的灯笼，一丝丝收回它的光芒。

红霞紧随其后，是追随也是驱逐。

一只大雁落单，羽翅泻下无边苍茫。

或远或近的游轮驶过，将残阳撕扯得生疼，被水花一遍遍抚慰。

是哪位仙子的纱裙遗落山尖，等着明日的朝霞捡拾。

一盏盏街灯顶着微微的苍凉，开始睁开睡眼，以便看见更远处垂落的黑暗。

明净的江水沉默不语，它博大的胸怀装得下日落，并将所有的光亮和暗黑沉淀。

我喜欢沉醉在这罅隙中，恭候微光在面颊上流动。

耳畔总有不息的风声

江城落日，大美无声。

峡江两岸，一片安详。

我在你身边坐下来，做一个沉默而心怀江河的人。

我想留下来，我想在暮色里为你点亮一盏灯。

（选自《人文万盛》2021 年第 12 期）

如果可以，随时落在尘埃上（节选）

沐　墨

1

背离，于是有了故乡。再回来，车子开进腹地，故乡的名字在地图上消失。

如花四季，于拆迁中遗失。

莽尘吸走时间，挖机以暴烈的方式抢走了朝阳的耕耘。山风没有尖叫，山雨也没有落下来。因为，山已不在。

河流断脉，山花燃尽，一眼平川，众生息。导航用指针指出，此地为机场用地。许多事物，被埋在这里。这里的路，注定通往人世的别离。

阳光并不明朗，大概阳光自己也知道，被更名后的空气，有着泪目的别意。

在曾经李花飘飞的田头，我靠近渠水流经的地方，回想一片稻子的成熟。隆冬的风沙挟裹着我，失重的心，宛如一把铁锹的落下。

我喊了几声，声音被风吞下。风尘长驱，沙石塞心，我需要借一身雨的轻盈，去感受季节的气息。

2

尘，一直飞，从现在飞回过去。最远最暗的灯，蛛网密布的角落，祖父弹去身上的土。

在土的包围里，一张灰帐雕花老床上，睡眠进入草木葳蕤的世界。

霜流着尘的早上，瓦缸蓄着水，也蓄着昨日的玄月，似灰非白。祖母葫瓢一勺，经霜的冻，化成薄薄的灰。老茶树下灰布褂子的笑，收集了尘世的厚爱。

丘陵草木，溪河田野，屋宅家畜，时间于这些事物源起而停留，又于这些事物消亡而出走。当尘封完闭，当光怪陆离，我将沉默。地上的尘，会越来越少，人身上的尘，会越来越多。

故乡最好的酒，总是埋在树下，灰尘凝固了它最初的香味。当有人离开，尘埃扬起，酒香散尽。风，最终未能把酒曲的暗语，留在尘上。

6

也许，我的期待没有以前多，看事物的眼光，越来越清晰，也越看越空茫。只是，这一头长发如瀑，为见你而准备。我忍一世繁芜，任它温柔生长，任它低到尘埃去。

很快，我被逼至风口，转轴渐渐失灵。自闭、冷漠、猜疑和防备，在病毒的序列里悄然启动。

我忘了你喊我的声音，自与你分别后，我独自嚼下那包辣条，泪如雨般倒灌我的喉咙。

我留下一些眼泪，为了那些不曾淹没的辽阔。

7

疾行之尘，匍匐于地。我不知道一场瘟疫的持续，到底能把光阴坐得多深。但我知道，一滴泪的故事，总要袒露给红尘。

也许，什么也不曾表达，但有些爱，依然是病毒式的繁殖和掠杀。爱不停地用力，如万籁之中的狂风和细雨。

福尔马林的边境，余疫未退。时有海棠未眠，守着无尘多梦的陋室。时有放浪形骸，从朝晨平躺到夜深。

（选自《散文诗》2021 年 6 期）

在淇河，以《诗经》的名义相聚

韩新彦

一

泉源在左，淇水在右。这样说的时候，三千年前的女子和我们一样，奔驰在漂泊的路上。

如今，道路越来越方便，我却只能一次次路过你的光华。

淇水，一次次洗净我寻觅的渴望；秋雨，一次次洗净淇水的波澜。

每一滴水，都只能经过。就像你我，纵使结庐淇水，终老卫风，也仍然将要离开。花朵不是真相，四季也不是真相，他们一年年来到又离开。

只有爱是真相，在流水的无情洗刷之后还在《诗经》里闪闪发光，一刻也不曾离开。

那轮明月，从苦海奔波中抽离，细细地照亮和抚慰我们内心深处的皱纹。

二

秋天里，白头的芦苇吟诵着《诗经》的花朵，经过了他的一生。他知道，明年再来的白鹤的梦里，会有他青春年少的瘦削的影子。

淇河的碧波，随意揉捏搓洗半河的白云，轻轻摆布着《诗经》的韵脚。

直到诗廊里的每一首诗都振翅乘风，飘飘欲飞。

生活就是一场战争，你永远不知道战斗在什么时间，什么地点开始。所以，你不辞千里，来到淇河畔；

在袅袅炊烟里，系马卸甲，举起酒杯，与我轻轻相碰，与曾经豪饮于此的诗仙李白兄一起对饮，饮尽千古诗话。

以《诗经》的名义，我们一次次相约淇河。

三

让我们在淇河畔坐下来，在这深夜里，举起这一杯陈酿千年的淇水，一饮再饮，饮尽这抽刀难断的，那即将来临的重重的离愁。

淇水流淌，记忆是连续的，《诗经》是鲜活的。

《诗经》每一篇里，都藏着芬芳岁月的爱的源头。

在浓重的夜色里，清冽的淇河吹送过来对岸秋田醉人的丰收的气息。

黎明的离别，在浓重的白雾里；看不见你离去的脚步，只能看见你孤独的背影。

黑夜过后，那些浓重的晨雾，一遍遍打湿了归程。

岁月，不知道人间忧伤。只有淇水，万古流淌。

（选自《中原散文诗》2021 年第 2 期）